古诸侯国消亡了，它的国名成为姓氏流传下来，它的文化作为民间姓氏文化也部分地得以保存和流传。这些姓氏文化在中国统一后的两千年间又不断地融汇于祖国文化之中，为中华文化增添光彩。

——耿乃光

『祖乙圮于耿，作祖乙』

——《尚书·商书·祖乙》

古耿国的传说

中国商代耿国传说与祖丙的故事

耿乃光 著

耿氏家族中流传下来一些古耿国的传说故事，讲述了先祖建立和治理耿国的业绩。这些传说填补了耿国七百年历史的空白。《古耿国的传说》一书就是作者根据史料及耿氏家族流传的故事编纂而成。

學苑出版社

图书在版编目(CIP)数据

古耿国的传说/耿乃光著. --北京:学苑出版社,2012.1

ISBN 978-7-5077-3961-9

Ⅰ. ①古… Ⅱ. ①耿… Ⅲ. ①民间故事—作品集—中国 Ⅳ. ①I277.3

中国版本图书馆 CIP 数据核字(2012)第 012967 号

责任编辑:陈辉
出版发行:学苑出版社
社　　址:北京市丰台区南方庄 2 号院 1 号楼
邮政编码:100079
网　　址:www.book001.com
电子信箱:xueyuan@public.bta.net.cn
销售电话:010-67675512、67678944、67601101(邮购)
经　　销:新华书店
印 刷 厂:北京广内印刷
开本尺寸:32 开
印　　张:8.625
字　　数:140 千字
版　　次:2012 年 2 月第 1 版
印　　次:2012 年 2 月第 1 次印刷
定　　价:25.00 元

目　录

耿氏文化概要

姓氏文化是民间文化的一个重要组成部分。我国汉族人的姓氏有相当一部分来自古代的诸侯国名，在这些诸侯国存在的时候，国名、地名和姓氏往往通用，诸侯国消亡后国名作为地名和姓氏则长期保留下来。从上古经夏、商、周三代到春秋、战国时代，在中华土地上累计存在过的诸侯国有数千之多。在诸侯国存在的时候，各诸侯国由于自然环境、生产条件和生活习惯的不同，其政治和文化各具特点。当中国统一成为一个中央集权的大国时，政治上的统一促进了文化上的汇合，各诸侯国的文化融汇成统一的中华文化。在这个文化融汇的过程中，一方面由于吸收了各诸侯国的文化精华，使中华文化发展到一个更高的水平；另一方面由于中央集权统治者的政治需要或短见，着意摧毁了一些诸侯国的文化，其中包括不少文化精华。

古诸侯国消亡了，它的国名成为姓氏流传下来，它的文化作为民间姓氏文化也部分地得以保存和流传。民间的姓氏文化在家族中或以先祖的传说故事的形式一代讲给一代听，或以歌诀的形式世代相传背诵，或作为风俗习惯世代因袭，也有以文字形式留存于族谱之中。这些姓氏文化在中国统一后的两千年间又不断地融汇于祖国文化之中，为中华文化增添光彩，有时也被统治者作为异端邪说而禁止。家族宗法势力的活动对统一国家的政治生活是有害的，应当禁止，但为此而摧毁姓氏文化则给祖国文化造成了不可弥补的损失。

耿姓在我国是一个小姓，在我国人口总数中所占的比例虽然没有确切的统计，但一定是很低的。耿氏家族大部分居住在我国北方，现今主要分布在山西、陕西、河南、河北、山东、甘肃、宁夏、新疆、内蒙、辽宁、北京和天津等省、市和自治区。多数耿氏家族传说来自山西。据山西省耿氏家族的传说，这个姓氏来源于春秋时代尚存的耿国，古耿国的地址在今山西省河津市一带。耿国的建立远在商代，是商王朝的一支。传说古耿国是商代建立的一个侯国，规模相当于现今的一个县。这个诸侯国经历了 32 位国君，延续了 700 多年，在历史上曾创造发展了自己独特的文化。耿国消亡后，由于作为耿国后裔的耿氏家族中有相当一部分人长期居住在山西省和陕西省的偏僻山区，与外界交往不多，因而使古老的姓氏文化能部分地保留下来，这种情况类似于四川省山区保留下的巴文化与贵州省山区保留下的傩文化。

如果把耿氏族人中留传下来的姓氏文化称为耿文化，它的内容包含了三个组成部分。

（一）耿国与耿氏的传说

关于古耿国的情况，正式记载在史书上的只有两处。一处是《史记·晋世家》中有这样一段记载：

十六年，晋献公作二军。公将上军，太子申生将下军，赵夙御戎，毕万为右，伐灭霍，灭魏，灭耿。还，为太子城曲沃，赐赵夙耿，赐毕万魏，以为大夫。

这一段明确记载了古耿国灭亡的时间是在晋献公十六年，即公元前 661 年。古耿国的地址《史记》作者司马迁没有说明，据《史记集解》《史记索隐》等资料考证，古耿国在今山西省西南部。这一结论是可信的，因为司马迁虽未指出三个小国的地点，但应离曲沃不太远，这与耿氏族人所传古耿国在河津，春秋时代尚存的说法是相符合的。

史书上另一处关于古耿国的记载在《尚书·商书·祖乙》中，只有一句话："祖乙圮于耿，作祖乙。"

可惜"祖乙"的正文没有留传下来，只传下来上述作为"祖乙"序言的一句话。关于商君祖乙的定都《史记·殷本纪》记载："帝中丁迁于隞·河亶甲居相。祖乙迁于邢。"（邢：音 gěng）

关于邢和耿是一个地方还是两个地方，邢和耿在何处，祖乙迁都到哪里……史学界有不同的见解。《尚书》中的这一句话，首次将耿作为一个国都记载下来，其时代在祖乙时期即公元前 14 世纪。根据上述史书上仅有的两段记载，又推出古耿国存在延续了 700 多年，这也与耿氏族人关于古耿国建于商代，是商王朝的一支，"君侯三十二，国运七百长"的传说相符合。

耿氏家族中流传下来一些古耿国的传说故事，讲述了先祖建立和治理耿国的业绩，这些传说填补了耿国700年历史的空白。比较完整地流传下的故事有：

1. 祖丙立国的故事

讲述了商王祖乙的弟弟祖丙建立耿国，联合夏代遗留下的诸侯国防御鬼方入侵的业绩。故事中表述了耿氏祖先祖丙的品格和智慧，为耿氏寻根提供了依据。故事还通过祖丙朋友的家世，给出了关氏和刘氏曾是一家的传说。众所周知，三国时代刘、关、张桃园结义，异姓兄弟情同手足。祖丙的故事中有刘氏一支御龙氏与关龙氏合为一家，到商代成为关氏的传说。

2. 耿章耿伯明父子的故事

讲述了武王伐纣，周朝取代商朝的时期，由于耿章耿伯明父子的文治武功，西殷耿国得以在周朝继续存在。故事也涉及到东殷东渡之事，为研究殷人东渡美洲提供了又一种传说上的依据。还有一个故事讲述耿太子伯明居比干府，在比干遇害的时候救出怀孕的比干孙媳，为比氏留下了根苗。

3. 太乙归隐的故事

讲述了春秋时代诸侯兼并，耿国末代国君太乙看清了不兼并他国就要被兼并的形势，决定弃国存族。保全了族人的生存，避免了诸侯国之间的残杀，同时也使得古耿国700余年创造的文化得以保存。与多数历史传说故事贬低亡国之君不同，在耿氏的传说中对耿国末代国君太乙评价很高。太乙与立国的祖丙，战国时代的族人庚申，一同被列为耿氏三圣。在耿氏后人心目中，春秋时代太乙的弃国存族是明智之举，祖丙与太乙的智慧使得“耿之立国，善始善终”。

除了古耿国的传说外，还有一些耿国之后族人活动的传说故事，如战国时代庚申发展耿氏文化，西迁扶风开创耿氏关西支系的传说，汉代耿恭与匈奴作战据守疏勒拜泉出水的传说，三国时代耿焰北迁五台山的传说，北魏时代族人建云岗石窟的传说，清初耿梦麟和五个儿子（一门五德）丢失太极演化图的传说等。

（二）耿氏家族中承传的一种独特的易理

这种易理至今残存的内容主要只有两图四诀。两图是太极演化图和天地五行图，四诀是太极演化图诀、天地五行图诀、八卦五行相关诀和太极演化图副诀。此外还有“坤循周天”、“乾行地脉”，和“犛（ào）牛”等概念，其他文献上不见。由于耿氏源于殷商，族内承传的易理又贯穿着复归于坤的思想，所以有人认为它可能是失传的商代归藏易。但历代前辈传易时都明确指出这种易理不是古归藏易，这种易理一直没有确切的名称。近来人们将此易理简单地称作耿易，将其太极演化图称作耿氏太极图。有关耿易的内容，笔者曾在第四届国际世界语科技学术会议上作过报告（1994 年 7 月 12 日，北京），并在拙著《乾坤掌养生功法》一书中作过介绍。

耿易是什么，一直是人们关心的问题。就其内容看它是一种易理，是易理必源自古易。我国古易有三种，夏朝有连山易，商朝有归藏易，周朝有周易。三易各有其特点。夏易连山由艮卦开始，象征山之出云连绵不断。商易归藏由坤卦开始，象征万物莫不归藏其中。周易由乾坤二卦开始，象征周全完备。耿易从坤卦开始，并指出事物要存在，要发展，必需复归于坤。由此可见，耿易不是归藏，但它源于归藏应该是正确的。还有人提出有古耿易与今耿易之分。古耿易是商代古耿国建立后发展起来的易理，直接源于归藏易。今耿易是在古耿国灭亡之后，耿氏族人在古耿易基础上不断地吸收新思想发展起来的，其后在流传过程中又不断地变化、丢失，留下目前的两图四诀和一些个别的概念。因此，我们现在研究耿易，一方面研究其现存内容反映的哲理，另一方面可通过它间接地探索其源的踪迹，特别是当其源已经失散的情况下或可有一定的帮助。

（三）耿氏家族中承传的一种养生功法——乾坤掌养生法

耿氏乾坤掌养生法包括基本功法和扩展分支两大部分。基本功法包括四功和八法。四功是合掌功、感掌功、击掌功和抖掌功，八法是压、擦，对、振、翻、转、推、抓八种掌部的动作方法。四功和八法均有手掌式、足掌式和手足掌式三式，在手足掌式中发展起四象感掌功和混元一气功。耿氏乾坤掌功法的扩展分支包括二人对练与多人合练，压掌按摩和感掌按摩，六脉感应，物体导气和持物练功，热体导气与热源感掌，仰泳功和仰卧功，大自然感应，声音感应和六耳猕猴功以及目功等。其中感掌功中的意念心概念、六脉感应概念、仰泳动、耳功等在现今门派众多的各种功法中不多见。功法中的手足掌式、耳功和对生物练功等动态，在殷商时代的甲骨文和金文的图符上均有所反映，这证实了耿氏乾坤掌养生功法源远流长。

耿氏族人长期生活在偏僻、寒冷、经济落后地区，生活水平低下，医药条件很差。依靠祖传的养生功法，族人能有健康的身体，且多长寿之人。根据传说和对甲骨文和金文的考证，这种古老的养生功法是在商代巫觋集团的巫术的基础上发展起来的，但它已不是巫术。这一点正如前述耿易是在归藏易基础上发展起来的，但耿易已不是归藏。耿易与耿氏乾坤掌养生功法两者之间有着密切的关系，养生功法中贯穿着耿易的易理。耿易也正是由于作为乾坤掌养生功法的功理，在族人传功的过程中得以承传至今。

在古耿国的传说故事和耿氏的传说故事中出现的代表人物，其思想方法均表现出在不同程度上受到耿氏独特易理的影响。这些代表人物的言行与业绩，是耿易在政治、经济、文化和军事活动方面的体现，因此，耿文化的三个组成部分是一个有机的统一的整体。目前耿氏族人中的一些人，其中包括不同文化层次的人，其思想方法仍或多或少受耿氏独特易理的影响。其特征表现为忠厚、踏实、坚韧、保守。尽管不少族人很少了解耿易或全然不知耿易，但耿易的潜移默化在这些人身上仍表现出来了，这大概是姓氏文化一百多代人影响的结果吧。

耿文化的大量遗弃始于 20 世纪初。义和团运动的失败，庚子赔款，使族人痛感传统文化之落后于时代，开始虚心学习西方科技、文化。近百年来族人中出现了一批掌握现代科技、文化的人才，为祖国的昌盛做出了贡献，这样做无疑是正确的。但数十年来，我们据一时之功利将数千年古老文化完全遗弃不一定是明智之举。我们应把主要精力用于钻研现代科技，但我们在业余适当关注一下传统文化也是必要的。首先使传统文化保存下来，因为在一定时期内被看作是过时的无用的东西，在新的时期或许给人们带来新的启发，重新发挥意想不到的作用。

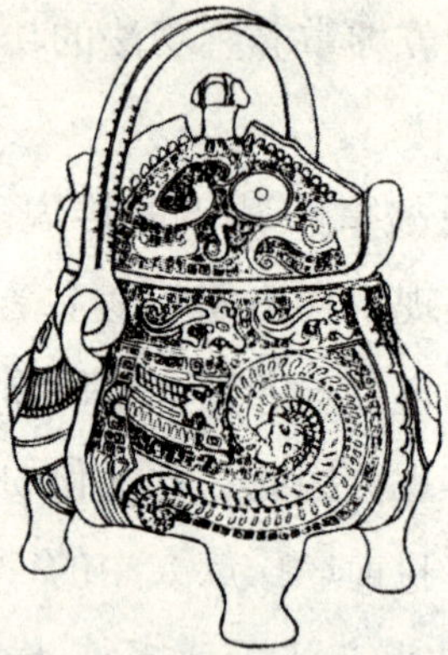

耿氏先祖三十二君侯谱

黄帝曾孙喾（kù），生契（xiè）封于商。夏代八迁亳（bó），十四传至汤。

商汤代夏立，祖乙十三王。弟丙建耿国，西殷御鬼方。

君侯三十二，国运七百长。耿氏耿国后，先祖记勿忘。

丙子日月星，子昭孙喜承。喜子伯勇长，仲宁与叔平。

勇子名旭升，平后继为君。旭升子康甲，继位称太壬。

太壬生耿常，常子焕与炀。炀子名外乙，外乙生耿章。

章有二太子，伯明并叔亮。叔亮无男儿，继位明子昌。

般午与太申，耿昌子及孙。申子贤二子，重甲并整辛。

整辛生耿灵，灵子名沃辛。沃辛生祖癸，祖癸子雍丙。

雍丙无世子，祖癸孙元承。元子名耿恒，耿恒生上丁。

上丁传太乙，退居壶口隐。立国数有定，传族永无尽。

黃帝曾孫嚳生契封于商夏代八遷亳十四傳至湯
商湯代夏元祖乙十三王弟丙建耿國西殷禦鬼方
君侯三十二國運七百茲耿氏耿國後先祖記勿忘
丙子日月星子胎孫喜承喜子伯勇長仲字與叔平
勇子名旭昇平后繼為君旭昇子康甲繼位稱太壬
太壬生耿常常子煥與煬煬子名水之外乙生耿章
章有二太子伯明並叔亮叔亮無男兒繼位明子昌
殷年與太申耿昌子及孫申子贊二子重甲並整辛
整辛生耿炅炅子名沃辛沃辛生祖蔡禎蔡子維丙
維丙無後子祖蔡孫元承元子名耿恒耿恒生上丁
上丁傳太乙退居壽口隱立國數有定傳族永無盡

耿氏先祖三十二君侯譜　耿方光整理　耿倫元書

三十二君侯世系表

祖丙[1]—

— 日[2] ┌ 昭[5] — 喜[6] — 伯勇[7] — 旭升[10] — 太壬[11] —
月[3] │ 仲宁[8] (康甲)
星[4] ┘ 叔平[9]

— 常[12] — 焕[13] ┌ 外乙[15] — 章[16] — 伯明[17] — 昌[19] —
炀[14] ┘ 叔亮[18]

— 般午[20] — 太申[21] — 贤[22] — 重甲[23] ┌ 灵[25] — 沃辛[26] —
整辛[24] ┘

— 祖癸[27] — 雍丙[28] ┌ 元[29] — 恒[30] — 上丁[31] — 太乙[32] —
┘

古耿国自公元前 14—13 世纪祖丙立国至公元前 661 年太乙退隐，共 25 代 32 位君侯，历年 700 有余。

小提示

从公元前 14 世纪到公元前 661 年，在黄河的两大瀑布龙门和壶口附近，黄河的东岸，曾经有一个诸侯国持续存在了700多年，这个诸侯国叫做耿国。现今我国汉族姓氏中的耿氏是古耿国的后裔。历史书籍中没有留下多少关于古耿国的记载，在耿氏族人中却有不少古耿国的故事世代相传。传说中商王祖乙的弟弟祖丙是古耿国的第一位国君，是耿氏族人的祖宗。既然古耿国源于商王朝，因而耿氏寻根要通过商王朝追溯到黄帝。

引 子

从黄帝到契

我国夏、商、周三代之前为五帝时代，五帝是黄帝、颛顼（zhuān xū）、喾（kù）、尧和舜。黄帝是五帝之首，是中华民族许多姓氏的共同祖先，也是耿氏的祖先。

黄帝有二十五个儿子。黄帝的正妃嫘祖生了两个儿子，一个是玄嚣，一个是昌意。昌意的儿子高阳继祖父黄帝立，成为五帝之二，也就是颛顼。

玄嚣生蟜极，蟜极生喾。喾是黄帝的曾孙。喾继帝颛顼立，成为五帝之三，也就是帝喾。

帝喾的次妃，有娀氏之女简狄在一次沐浴的时候看见一只“玄鸟”生了个蛋。简狄取了玄鸟蛋吞食下去，而后怀孕生了个儿子，取名为契（xiè）。契长大后协助大禹治水有功，帝舜命契为司徒，封于商，赐姓子姓。契是殷商的祖先。这段故事在《诗经·商颂·玄鸟》中有记载：“天命玄鸟，降而生商，宅殷土茫茫……”在《诗经·商颂·长发》中也有记载：“有娀方将，帝立子生商……”

耿氏源自殷商，因此契也是耿氏的祖先。耿氏先祖三十二君侯谱记载："黄帝曾孙喾，生契封于商。"讲述了黄帝、玄嚣、蟜极、喾和契是殷商和耿氏前五代祖宗这一段历史。

商朝的建立

从公元前21世纪到公元前16世纪我国处于夏王朝的统治之下。夏朝由禹到桀经历了十七位国君，在此期间商是中原的一个强大的诸侯国。根据《史记·殷本纪》的记载，商国在夏代由契至汤经历了十四位国君：

> 契卒，子昭明立。昭明卒，子相土立。相土卒，子昌若立。昌若卒，子曹圉立。曹圉卒，子冥立。冥卒，子振立。振卒，子微立。微卒，子报丁立。报丁卒，子报乙立。报乙卒，子报丙立。报丙卒，子主壬立。主壬卒，子主癸立。主癸卒，子天乙立，是为成汤。

在夏代的近五百年间，商国迁移了八次，到汤时迁到了亳（bó）。《史记·殷本纪》记载："成汤，自契至汤八迁。汤始居亳，从先王居，作帝诰。"

先祖三十二君侯谱记载："夏代八迁亳，十四传至汤。"讲的是夏代商国的历史。值得注意的是根据《史记·殷本纪》的资料，所谓"十四传至汤"指的是传至第十四位国君为汤，其间承传了十三次，所以族人中有人认为先祖三十二君侯谱中的这一句话应为"十三传至汤"。然而近代史学家从甲骨文中考证出一位商先君王恒，联系到《楚辞·天问》中有“恒秉季德”这样一句话，史学家认为恒是季（也就是冥）的儿子，因而恒应是王亥（也就是振）的弟弟。这样，在先商世系中振和振的儿子微（也就是上甲微）之间多出了一位国君王恒。这样，由契至汤，先商共经历了十五位国君，其间承传了十四次，符合先祖三十二君侯谱中“十四传至汤”这句话。由于恒是振的弟弟，恒的加入先商世系没有影响到辈数的改变。由契至汤共14代，由黄帝至汤共18代。

夏朝传至桀，由于桀奢侈腐化，施行暴政，弄得民不聊生，国势走向衰败。大夫关龙逢（复姓关龙，音 Huàn lóng）谏桀于瑶台。桀不听忠谏，杀了贤臣关龙逢，大失人心。与此同时，商国的国君汤施行仁政，任用贤臣伊尹、咎单等，大得民心。商国大治，诸侯国多弃夏尊商。夏朝的臣民们也纷纷离开夏桀，投奔商汤，商国的力量迅速增强。后来夏桀的暴行使百姓们忍无可忍，于是商汤起兵伐桀。夏、商军会于鸣条，夏军不战而逃。汤在众诸侯国拥戴下登上王位，建立了商朝。汤用伊尹为相，仍以亳为都城。商朝崇尚白色，《尚书·汤诰序》记载：“汤既黜夏命，复归于亳。”

先祖三十二君侯谱用“商汤代夏立”这句话记述了夏、商之间的改朝换代。

商朝的初期

商汤崩，由于太子太丁已先于商汤去世，于是由太丁的弟弟外丙继承了王位。外丙在位三年而崩，外丙的弟弟中壬继位。中壬在位四年崩，伊尹立太丁的长子，成汤的长孙太甲为国君。太甲登位三年，“不明，暴虐，不遵汤法，乱德。”于是伊尹放太甲于桐宫，由伊尹摄政当国。太甲居桐宫三年，“悔过自责，反善。”于是伊尹迎太甲，还政，尊太甲为太宗。

太宗崩，由太宗的儿子沃丁继位。这时伊尹已经去世，由咎单代伊尹为相。沃丁崩，由弟弟太庚继位。太庚崩，由儿子小甲继位。小甲崩，由弟弟雍己继位。这时商王朝衰落，诸侯不来朝。雍己崩，弟弟太戊继位。太戊任用伊尹的儿子伊陟为相，伊陟又推荐贤士巫咸。巫咸治国有方，于是商朝复兴，诸侯来朝，尊太戊为中宗。

商朝从汤开始到中宗太戊，五代人经历了九位国君，均以亳为王都，其间在太甲初期和雍己时期表现出政治不明的局面，太甲后期和太戊时期均能转衰为盛。总的说来，这段历史时期表现出新王朝的相对稳定。

频繁迁都的开始

中宗太戊崩，长子中丁继位，这时商王室内部权力斗争加剧。中丁为了摆脱困难，决定将国都由亳迁到隞（嚣）。中丁崩，这时中丁的长子主丁尚且年幼，王室议定由中丁的二弟外壬继位。外壬继位不久崩，由三弟河亶甲继位。河亶甲继位后，为避开东部夷方和南部班方的骚扰，将王都迁到黄河以北的相地。这样，从中丁到河亶甲，商朝连续三代国君，其间的继承都是以弟代兄，又迁了两次都，造成王室内部矛盾加剧，商朝威信下降。这种局面一直延续了许多代，正如《史记·殷本纪》记载："自中丁以来，废适而更立诸弟子，弟子或争相代立，比九世乱，于是诸侯莫朝。"

在商王室内部矛盾斗争，频繁迁都的过程中诞生了一个诸侯国——耿国，由此产生了一个姓氏——耿氏。700多年后，耿国作为一个诸侯国消亡了，耿氏作为一个姓氏一直承传至今。

耿国由商王河亶甲的二太子祖丙创建，河亶甲是商朝的第12位国君。由汤到河亶甲共6代人，也就是说，从黄帝到河亶甲，共23代是耿国成立之前可以追溯的先祖。

下面我们开始讲述祖丙的建立耿国的故事。

河亶甲危机四伏

《史记·殷本纪》记载:“河亶甲时，殷复衰。”

河亶甲，又叫整甲，是商汤的五世孙，中宗太戊的第三个儿子。河亶甲继承二哥外壬成为商朝的第十二位国君，先以隞为王都。河亶甲继位后常年困于王室内部的争纷和外族的入侵。亳和隞均在大河以南，周围是肥沃的农田，是商王朝的重要的产粮地。由于南面的班方和东面的夷方的崛起，河南一带的农田经常受到班方和夷方的掠夺，有时王都也受到威胁。中丁将王都迁到隞，使得商都更接近夷方蓝部，加剧了与夷方蓝部的矛盾。从中丁以来，商王朝与夷方蓝部的冲突不断发生。河亶甲继位后，夷方蓝部夷王亲率大军联合班方北部攻打隞都。河亶甲命堂兄文甲守隞都，命老将来成和长侄主丁率商军在城外与夷方和班方作战，击退了夷方和班方。这场战争虽然取得了胜利，但商朝的元气也受到很大的损伤。河亶甲为了摆脱内外交困的局面，决定北渡大河，把王都迁到相。

河亶甲封老将来成为汜水男，任汜水关守将，保卫故都亳、隞及河南农田。封堂兄文甲为邢侯（邢，音 gěng），驻守汜水关北大河对岸的邢城，与来成呼应，以便随时接应来成。邢侯文甲还有一项重任，就是策应故夏都守将和王屋关守将对西部鬼方的防御，完成了这些部署之后河亶甲迁都。

迁都之后，商王朝受夷方蓝部威胁的情况有所缓和，但河南地区粮食征收减少，国家财政更加困难，王室内部矛盾更加尖锐。由于连续的征战、迁都和新都的建设，河亶甲积劳成疾，时常卧病不起，朝政由四弟沃庚掌握。沃庚居相位，国家的日常事务都由他处理。沃庚随时准备像他的两位哥哥一样，一旦河亶甲崩，就以弟继兄，登上王位。然而沃庚年龄和河亶甲相差不多，且又多病，这时中丁的长子主丁正值壮年。主丁在父亲去世的时候年龄尚小，因而未能继位，两位叔父相继成为帝王。主丁有意效法太宗太甲，在叔父去世之后继位为王。然而情况不同的是当年太甲继位，有掌握朝政的国相伊尹的支持，而现今掌握朝政的四叔沃庚不但不会支持他，更是与他竞争王位的对手。随着时间的流逝，沃庚一年比一年老，这似乎对主丁有利。然而河亶甲的长子乙已经长大成人，成了与主丁竞争王位的新对手。主丁勇猛好武，在迁都前与夷方和班方的征战中屡建大功，已成为一代名将。迁都后征战减少，主丁失去了兵权，但在主丁周围聚集着不少军事人才，如谋士髦纪，武将目夷荣、目夷癸兄弟，来先甲、来先丙兄弟等。来氏兄弟是老将来成的长子与三子，主丁一直想寻找机会重掌兵权。

机会终于来了，鬼方大举进犯商朝的西边。商朝迁都到相后，与夷方和班方的冲突有所减少，但与北面的鬼方黄部和西面的鬼方白部的冲突日见增多。这一次，鬼方白部鬼王图克伦在夏朝后裔辛义的协助下率大军破龙门关南下，攻占了故夏北都安邑城。辛义的弟弟辛平与鬼王二太子图呼奇攻占王屋关，使邢国处在鬼方的直接威胁之下。鬼方的入侵震动了中原各诸侯国，各诸侯国纷纷向商王朝告急。

早在商汤伐桀的时候，辛义的先人辛满担任夏朝北都安邑的守将，辅佐夏桀的一个弟弟在安邑一带立国，是夏朝这一带各诸侯国之首。商汤攻打桀的都城斟鄩时，桀因为没有人替他守城，弃城而逃投奔安邑，想借安邑夏朝各诸侯国力量自保，然而桀未到安邑在鸣条被汤追上击败。辛满听到夏桀失败的消息后，知道不能与商汤抗衡，率部沿大河北上投奔鬼方白部。鬼方白部在辛氏的帮助下农、牧业生产有了很大的发展，文化方面也有了一定的进步。辛氏后人一直想借鬼方的力量恢复夏朝，河亶甲登位后，鬼方白部鬼王图克伦与辛氏后人辛义看到商朝势力衰弱，认为有机可乘，于是率军南下。辛义的目的是长期占据故夏北都安邑城，恢复夏王朝，再与商朝争夺中原。鬼方图克伦的目的是掠夺财赋，安邑城能占则占，不能占就退回鬼方。

河亶甲抱病主持朝廷的会议商讨对策，王室成员和朝廷重臣出席了会议，大家一致主张全力讨伐鬼方。沃庚年老，又要在朝主政，不能出征，领兵出征的大任自然落在主丁的肩上。主丁自告奋勇担任元帅，得到王室成员和满朝文武的一致赞同，河亶甲举行了隆重的仪式授予主丁兵权。主丁踌躇满志，以为盼望已久的兵权今天终于到手了，将来王位归己已经没有多大的问题了。

主丁担任元帅后积极准备出征，他在他的府门口挂出了元帅府的新匾牌，出入府门的人川流不息，十分热闹。主丁虽然有多年征战的经验，但对于这次出征仍不敢掉以轻心。因为此次征战如能获胜，自己威望大增，功劳显赫，更兼兵权在手，将出门下，将来继位为王则顺理成章。然而主丁也知道鬼方军队剽悍异常，是个劲敌。又有辛义相佐，辛义足智多谋，精通兵法，不好对付。一旦作战失利，纵然能够逃回而王室也不加罪，但自己继承王位的计划也就全盘失败了。于是主丁一面广招谋士和猛将，一面加紧训练军队。不少人看到主丁的声望与日俱增，也把主丁看作未来的国君，纷纷投到主丁的门下。髦纪、来氏兄弟和目夷氏兄弟每日考核将士，操练部队，演习阵法，十分忙碌。

主丁手下有一个重要的职务——先锋官一直空缺。不少人向主丁谋求这个职务，主丁都不答应，大家弄不清主丁要把这个职务留给谁。三个月过去了，在一次上朝的时候主丁推荐刚满十八岁的大太子乙担任先锋官。主丁推荐乙当先锋官是有深谋远虑的。先锋官在行军作战中率少数精锐部队先行，逢山开路，遇水架桥，不仅相当辛苦，如果敌人设伏兵，先锋部队首先被围，先锋官职务又相当危险。主丁推荐经验不足的乙担任先锋官，是想在对鬼方的战争中借敌人之手除掉乙，再以兵压沃庚，这样帝王之位就非他莫属了。河亶甲考虑到乙是长子，不愿叫乙出征。主丁推荐乙做先锋官，王室成员和满朝文武都感到突然，但谁也没有发表意见。河亶甲对如何答复主丁的建议，一时也拿不定主意，于是宣布退朝，明日再议。

丙代兄出征

乙退朝后回到自己的府中，反复考虑着上朝时发生的事情。担任元帅要职三个月的大兄主丁在朝上突然推荐自己担任先锋官，虽然父王和长辈们都没有表态，乙深深感觉到自己责任的重大。伐鬼方是关系到国家存亡的大事，父王年老多病，自己是长子，理应替父分忧，承担重任。

乙命人找来自己的好友巫贤商量这件事。巫贤年仅二十多岁，已是商王朝的主巫。巫贤的师父巫康是太戊朝名巫巫咸的大徒弟，在中丁朝巫咸飞升后继任主巫，历经中丁、外壬和河亶甲三朝。河亶甲迁相，渡大河的时候突然刮起了暴风，在王舟将要倾覆的时候，巫康将大王托给自己的徒弟巫贤，跳入河中，风浪顿时平静。巫贤继任主巫后安排祭卜，事事精明、准确，协助处理朝政，办事井井有条，在朝中很有威信。巫贤善于观气，看出太子乙有五色吉气，二太子丙有赤色祥气，认为乙将成为明君，丙将成为一方诸侯长。巫贤遂与大太子乙成为好友，以佐乙为已任。

巫贤来到乙的府中，对乙说："这是主丁元帅的阴谋诡计。主丁元帅想借鬼方之手除掉大太子，大太子绝不能当先锋官出征，不过这件事大太子自己不能推辞……"门外传来了脚步声，有两个人不经通禀就快步走了进来。乙抬头一看，原来是姐姐妇甲和弟弟丙。"巫贤拜见大公主、二太子。"巫贤慌忙施礼。“大公主来访，你且退下。”乙对巫贤说。“不必回避。既然都是来商量同一件事，巫贤先生智谋过人，就请一同商量。”妇甲说。“不敢当，”巫贤说，“遵大公主命。”乙让姐姐和弟弟坐好后，丙开始说道：

“今天上朝的时候，大兄推荐哥哥担任先锋官，这是大兄的一个阴谋，我想哥哥和巫贤先生已经识破。国难当前，哥哥当然不能拒绝大兄的建议。然而，哥哥是父王的长子，父王年老多病，哥哥不宜离开父王。”丙停了一下，接着说：“大兄执掌兵权以来势力急剧膨胀。朝中文武官员中不少人对大兄竭力恭维，这对国家、对大兄本人都不是好事。我想利用他推荐先锋官的机会，取得先锋官的职务，分散他的兵权，对国家大有好处。在这种情况下唯有弟代哥哥出征，方能打开僵局。”乙对丙说：“这不行，你还小，应当为兄出征！”丙说：“我只比哥哥小一岁，体质比哥哥好。更重要的是哥哥作为大太子，留在国中责任非常重大。”巫贤说：“二太子所言足见智慧过人，又敢当重任，足见胆略过人，现在除此之外没有别的办法。”妇甲说：“为姊岂忍让小弟弟出征，但现在国家有难，王室成员当挺身而出。大太子必须留守国中，只有让二太子出征，我相信以小弟的才智必能逢凶化吉。二位弟弟和巫贤先生在这里稍候，我去面见父王和母后禀报我们商量的结果。”

次日早朝，主丁奏事。他先讲述了先锋官一职的重要性，强调要有雄才大略的人才能当此重任。接着，又把乙的才智着实地称赞了一番。最后，主丁恭请大王任命乙为先锋官，以便早日出兵。殿上鸦雀无声，满朝文武没有一人出奏。丙出班奏事，他先盛赞主丁担任元帅以来精心治军，准备出兵，为国事废寝忘食的精神，又赞同主丁关于先锋官职务重要的看法。但丙认为，乙是国家的大太子，不宜担任先锋官的职务。国难当前，丙自请代乙任先锋官一职，随主丁元帅出征伐鬼方。

丙的出奏，大出沃庚、主丁、王室成员和满朝文武的意料，老臣们纷纷赞叹丙忠勇可嘉，说年轻人如果都像丙一样国家就有希望了，但对是否让丙当先锋官都不发表意见。主丁一时想不出如何再奏，忽听河亶甲颁旨："国难当前，主丁自告奋勇担当元帅，认真练兵，准备出兵，不辞劳苦，加俸一级。丙不畏艰险，自请为先锋官，忠勇可嘉，准其奏命丙为伐鬼方军副元帅兼先锋官。"

众文武欢呼。掌朝官宣布退朝，文武百官依次退下。主丁茫然不知所措，随着大家下殿回府。

丙献伐鬼方策

商王朝出兵在即，河亶甲命沃庚、主丁首先制定出伐鬼方的策略。沃庚在相府主持召开讨论伐鬼方策略的军事会议，主丁、乙、丙、巫贤、缯衍、髦纪等文武重臣参加会议。那缯衍是妇甲的夫君，在朝中任上卿。缯氏本是夏朝贵族的后裔，博学多才，河亶甲爱惜人才，将大公主嫁给缯衍。缯衍由于自己的学识和品德，在朝中有很高的声望。

主丁推荐乙做先锋官的计谋没有得逞，但通过两次上朝出奏，主丁也看出自己的建议在满朝文武中得不到支持，行不通，也就放弃了这个建议。然而丙突然自告奋勇担当先锋官一职，而河亶甲立即下令任命丙为副元帅兼先锋官，却又使主丁大惑不解。“丙能行吗？军国大事可不是儿戏，难道叔王忍心将年幼的儿子置于险境？正好沃庚相国奉旨主持军事会议，不妨先考察一下丙的谋略。”主丁想到这里，就在会上讲道：“相国主持的这次会议很重要，讨伐鬼方必须先有正确的策略才能取胜。丙既然自告奋勇担任先锋官，想必在讨伐鬼方的策略方面已经有所考虑，不妨先说一说。”

丙起身施礼道：“各位前辈在上，丙不敢占先。不过既然元帅命我先讲，丙只好先呈己见，再请各位前辈指教。”接着丙分析了伐鬼方的形势：“鬼方为患已久，此次鬼方白部能大举南下占领故夏北都安邑城，攻陷王屋关，并且摆出了长期据守安邑一带之势，其根本原因是在鬼方进军的初期得到了部分故夏遗民的支持。我先祖天乙，伐桀灭夏，部分夏民视商朝为敌，时时想恢复夏朝。夏将辛氏，北投鬼方，欲借鬼方兵力兴夏灭商，然而鬼方意在掠夺。安邑一带商民不多，夏民仍居多数。鬼方军南下时，多数商民已撤到邢国亳都和隞都。夏民则认为鬼方军前来灭商兴夏，不知躲避。不想鬼方军南下后，终日烧杀掠夺，受害者多为夏民，如今夏民恢复夏朝的梦想已经破灭。当初，辛义领鬼方军来，夏民吹呼助鬼方攻商，如今夏民叱责辛义为引狼入室之贼人。在这种情况下，我商朝当捐弃前嫌，联合有夏，共伐鬼方。大军入夏境，严禁掠夺，使夏民能安居乐业。战场上俘获夏军，尽行放回。曾帮助过鬼方的有夏诸侯国，一律不灭国，不追究，使有夏视商朝为友，视鬼方为敌，鬼方指日可破。”

丙的见解得到文武重臣们的赞同，沃庚赞叹道：“丙小小年纪，有如此高见，我商朝后继有人。”

主丁也说道：“丙弟所言，很有见地。丙担任副元帅兼先锋官，确实当之无愧。我商军进入有夏，当视夏民如商民。夏商一体，共御鬼方，以保安邑一带百姓安居乐业。”

徐通和金敏

丙在府中，大管家进来禀报：“二太子，门口有两个年轻人，一个高大魁梧，一个瘦小。他们从果园来，要见二太子。”进来的是徐通和金敏。

丙十五岁生日的时候，父王赐给他一个果园作为生日礼物。果园在王都相城西郊的山地，到了秋天，果园总管送来了新收获的果子。丙看了看果子，果子又大又香又好看，一共十几筐。丙看了果子后对果园总管说：“这么大的一个果园，怎么才收了这一点果子？是今年歉收，还是你自己拿去卖了？”

果园总管回答道：“启禀二太子，今年水果丰收，小人也不敢私卖，只是这果园原来是中丁朝赏赐给一位告老还乡的老臣的。老臣夫妇晚年住在果园，无儿无女，附近几十家百姓在这里种果树，他们以卖果为生，并照顾着两位老人的生活。去年两位老人相继去世，大王收回了果园，今年又把果园赐给了二太子。小人一直在果园当总管，随果园成为二太子的属下。果子熟了，百姓们照往年一样去采果子，运到市上出卖，换钱养家糊口。小人若禁止他们摘果子，几十户人家失去了生计，只好由他们去采。小人只收取了十几筐上好果品给二太子运来，供二太子祭祖和献给大王和王后。一切罪责，小人一人承担，只是不要难为那几十户百姓。”

丙听了果园总管的话后说道：“想不到你一个果园总管有

如此高明的见识，又敢作敢为，敢承担责任。你做得很对，何罪之有?! 明天带我到果园去看看，那里好玩吗?”

果园总管说道：“谢二太子不责怪小人，允许几十户百姓以果园为生。果园的风景很优美，山清水秀，很好玩。二太子明天要去玩，小人马上回去通知大家准备，并叫闲杂人等回避。”

丙说：“不必准备，也不用叫人回避，人都回避了我去有什么意思。你今晚就住在府里，明天带我去就是了。”

第二天一早，丙在果园总管陪伴下驾车来到果园。正值秋收季节，天高气爽，万里无云。满山的树叶有的深红，有的浅红，有的金黄，有的淡黄，还有常青树的绿叶，在阳光照耀下争艳，恰似一个百花盛开的巨大花圃。在这花圃般的山脚下就是丙的果园，在城里住惯了的丙看到这自然景色无比兴奋。丙驱车越过一条小河，进入果园。只见果树上挂满了成熟了的果子，百姓们正忙着摘果子，没有注意到丙的到来。丙吩咐随从们不要惊动百姓，下了车，便在果园里来回观望。偶尔也有几个农夫，看见果园总管领来几个人。农夫们向总管招了招手，总管也对他们招了招手。农夫们继续自己的工作，秋收大忙季节，每天都有干不完的活。

忽然，丙看见两个十多岁的孩也在摘果子。这两个孩子一个身材瘦小，行动十分敏捷，上树下树如同猴子一样灵活。另一个身材高大，看来很有力气。小个子在树上摘，大个子在树下接。果子一个接一个地从树上孩子的手中飞到地上孩子的手中，没有一个失手落地。两个孩子配合得太好了，一个会儿工夫两只破筐就装满了，许多果子堆在地上。

丙吩咐果园总管："快去取几个新竹筐送给他们装果子。"总管取来了几个竹筐，送给两个少年，说道："二太子看见你们摘了一地果子没处放，叫我给你们送几个筐子。""二太子?"两个少年转头望见远处有一个身穿锦衣的少年。忽然，小个子从树上跳下，拉着大个子快步向丙走来。小个子说道："小民徐通、金敏拜见二太子。二太子不忍断小民的生计，允许采果自卖，今天又赐给小民竹筐，小民感激不尽!"丙问道："你们是什么人? 你们的父亲现在哪里?"听丙问到他们的父亲，二人泪如雨下。小个子说："我叫金敏，他是我的表兄，叫徐通。我们的父亲生前都是这里的庄稼人，他们武艺高强，在这一带很有名气。我们幼小的时候，朝廷征伐鬼方。我们的父亲和村里的十多个人一起被征入伍，后来只回来两个受伤的，他们说我们的父亲和村里出征的人都已阵亡，现在我们家中均有老母、弟妹，要靠我们养活。"丙说道："真难为你们了，你们自己还是孩子。你们的父亲精通武术，你们二人学过武术没有?"金敏说："自幼随父亲学过一些。表兄徐通生来力气大，他的武艺很好，使一把大斧，这一带无人能敌。金敏不才，武艺不佳，马上使矛，步下用剑，只是身小灵活，登城上屋如履平地，但从来不做不法勾当。"丙听了金敏的话，点了点头，说道："我看你二人，徐通不言不语，粗壮忠厚，像个大犛（音 ào）牛。金敏机警灵活，像个六耳猕猴。我送你们二人每人一个号：徐通叫赛犛牛，金敏叫小猕猴。我看你们二人与众不同，将来都能为国建功。从今以后，你们不要再去种田，就在果园开辟一个场所，集合一些好武少年，练习武术，准备将来报效国家。你们这些人和家人的生计，由果园总管负责安排。”徐通、金敏叩谢，果园总管领命。

从此，徐通和金敏集合了50多个少年，每天在果园练武，丙也时常到果园和徐通、金敏一起练武，玩要。丙从王都请来一些告老的将士教孩子们武术和兵法，徐通、金敏和当地一帮少年武艺进步很快。

丙担任了伐鬼方副元帅兼先锋官的职务后就想到了徐通和金敏，只是连日忙于朝廷的会议，无暇顾及。徐通和金敏每日在果园练武，有一天，果园总管从城里买东西回来对大家说二太子当了伐鬼方的副元帅兼先锋官，不日就要领兵出发了。大家一听都坐不住了，要随二太子出征。总管叫大家稍安勿躁，叫徐通和金敏二人进城去见二太子，其他人在果园等待。

丙见到徐通和金敏大喜道：“你们来得正好，我正要派人去找你们。”

女芝情深

出兵伐鬼方是商王朝的一件大事，河亶甲下令对出兵的吉凶进行占卜。占卜仪式在寺庙的祭坛上举行，国相沃庚主持占卜仪式，文武百官出席，占卜的各项法事由主巫巫贤率领众弟子进行。

巫贤命巫风从寺庙后的养龟池中捞出一只大白龟，将大白龟洗净，放入金笼中置于祭坛之上，巫贤率领众弟子向巫神六耳猕猴尊者祈祷。祈祷毕，巫贤命众巫奏乐，命巫雷斩龟，取板，然后，又命巫雨在龟板上刻出所占卜的事由："王令丁丙伐鬼方。"下端再刻出占卜的日期："癸丑卜。"巫雨刻完了卜辞，又在龟板上凿孔。然后将龟板洗净擦干，双手将龟板奉上祭坛的供案。此时，巫风和巫雷已经在祭坛前点燃了一支巨大的蜡烛。

巫贤换上一件大白袍，走向祭坛，向巫神三拜，双手从供案上取起龟板，放到烛火上灼烤，口中念念有词。此时乐声大作，巫风和巫雷领着十多个小巫在巫贤周围狂跳，状如疯魔。

龟板裂了，巫贤观看龟板上的裂纹，但见裂纹分作三支，穿过卜辞上的"丙"、"鬼"和"方"三个字。巫贤唱道："卜辞七字，纹分三支。破四六七，得兆小吉。"唱毕，巫贤解释道："小吉，损伤众，终胜，折副帅。鬼方强悍，这场战争将打得很艰苦，我军伤亡很大。由于大王的品德感动天帝，最终打败了鬼方。主帅无恙，领兵得胜回朝。然而副帅……”巫贤将龟板呈给国相沃庚查看。沃庚看后，传示众官员。

“可有补救的方法?”沃庚问，脑中浮现出丙的形影。“需要一位钟情副帅之素女自愿焚祭巫神，可以代副帅之死。”巫贤回答。众人沉默，良久，沃庚宣布占卜结束。

夜晚，一少女素服走向祭坛。“什么人深夜至此圣地?”巫贤问。“女芝愿焚祭巫神，以代副帅之死。”巫贤赞道：“壮哉，女芝！为国献身，灵魂永登仙籍。”

女芝是妇甲的小姑，妇甲夫君缯衍的妹妹。当初大公主与缯衍成亲的时候，小弟丙舍不得大姐离家，一路送到缯府。婚礼后众宾客都在喝酒，丙独自躲在一角。忽然有人拉了丙一下，丙回头一看，是一个小姑娘。小姑娘说：“我叫芝，是你姐夫的妹妹。你姐姐和我哥哥成婚，你应当高兴。你放心，我们全家都会对你姐姐好。走，我们去喝酒。”芝拉着丙到了花园。

“这里真安静，真好。”丙说。“你喜欢这个地方，就常来玩，我每天都在这里。”丙坐在园中的一个石凳上，望着芝。芝又说：“大公主的嫁衣真漂亮，等我出嫁的时候也要穿漂亮的嫁衣。”芝说着，眼睛闪着亮光。“那你嫁给谁呢?”丙突然问道。“过去我没有想过，今天……”芝羞红了脸，低下了头。“对不起，我不该问。”丙忽然觉得说话失礼了。管家叫丙回宫，丙说：“以后我再来找你，我喜欢和你在一起。”

以后丙来过缯府，但次数不多。因为大公主与大夫另居府邸，丙去看姐姐就去她的新府邸。只有姐姐去了缯府，而丙一定要立刻见到姐姐时才有机会去缯府。但不论在缯府或姐姐的新府邸府，丙见到芝都在礼仪场合，彼此行礼如仪。

芝要焚祭巫神的事轰动了满朝，缯母哭得死去活来。大公主赶到祭坛，对芝说："小妹不要做这种事。丙出征虽有危险，但他智勇双全，而且又有天神相佑，自然会逢凶化吉。"女芝对大公主说："丙这次伐鬼方做先锋官，异常凶险，我一定要亲自去见天神，请天神保佑丙。"

丙率领家将冲进寺庙，巫贤连忙起身迎接。"立即取消这个祭祀，请大姐送芝回家。"巫贤说："二太子息怒。芝姑娘自请焚祭巫神，既是对国家的一片忠心，又是对二太子的一片真情，飞升之后永列仙籍。此事已向巫神禀明，并奏明大王。大王特赐金鸡一对，现已缚在高杆之上，明日伴芝姑娘一同飞升。"巫贤用手指着一根木杆。大家顺着木杆往上看。但见那木杆高约七八丈，顶端果然捆着两只金鸡。高杆下左、右两旁守护着两个人，原来是巫雷和巫风。

"这帮巫师实在可恶！"丙想着，开口问巫贤道，"难道没有通融的办法了吗？"巫贤说："除非有贵人能使巫神六耳猕猴尊者显圣，金鸡飞走，并有贵人聘女芝为妻，才可以取消这次焚祭。"丙沉思片刻，说道："好！"于是面向祭坛，双腿略分站定。然后双手合掌，默祝良久。突然，丙将双掌转向祭坛前的神位，大声祝道："六耳猕猴尊者，丙不才，恭请尊者今夜显圣，放飞金鸡。保佑芝姑娘平安，丙愿娶芝姑娘为妻。"女芝大受感动，两眼充满了泪水。丙率家将匆匆离去。

丙把金敏和徐通叫进自己的书房，对二人说道："今晚你们两人去办一件重要的事。金敏为主，徐通配合。这样做……办成之后，你二人不要回府，各自出城直接到果园去，挑选十八岁以上武艺好的伙伴，准备随我出征，到时候我会派人领你们到我军中。”徐通和金敏领命。

深夜，寺庙的正殿里，巫贤独自合掌练功，徒弟巫雨一旁侍立。偏殿里，以大公主为首的众命妇陪着女芝，女巫巫月在一旁侍候，院中的高杆下巫风和巫雷与左右守护。一声巨响划破深夜的宁静，寺庙的大门突然被冲开，一个大高个子的鬼怪冲了进来。几个门卫上前阻拦，一转眼全部被鬼怪打翻在地。只听得鬼怪唱道：“吾乃鬼方守护神，阿哈里丁是大名。今夜独闯商神殿，商朝妖巫快纳命！哈哈！呼呼！哈哈！呼呼……”

巫贤大惊，心想：“那阿哈里丁是鬼方守护神，他有鬼法三十六通，神通广大，难以对付。这家伙来闯我神殿，如何是好？”巫贤束手无策。但见那高杆下的巫风和巫雷已从左右两方夹击那鬼怪。巫风和巫雷在巫贤手下十巫中武功最高，特别是两人配合的左右夹击，真是迅如风雷，无人能敌。但见这鬼怪阿哈里丁果然厉害，左右开弓，将巫风和巫雷打翻在地。

巫贤见巫风和巫雷连手都打不过鬼怪，反被鬼怪打倒，心想：“果然是鬼方守护神来了，连巫风和巫雷都对付不了，这便如何是好？听说只有六耳猕猴能降伏阿哈里丁，可六耳猕猴在哪里呢？”

高杆顶上突然闪光，众人抬头一看，只见一位神猴站在杆顶，身上闪着金光。神猴唱道：“吾乃六耳猕猴是也。丙所祈求，出于至诚，吾已知也。今特显圣，放飞金鸡，丙与女芝姑娘定亲，讨伐鬼方，得胜还朝，结为夫妇。有吾神在，定能逢凶化吉。何方鬼怪，敢来扰乱？”

鬼怪闻声，连忙掉头逃跑。巫贤和众人见六耳猕猴显圣，一齐跪倒叩头。又一道金光神猴无踪，但见两只金鸡腾空而起，继而盘旋上升，然后长鸣数声，向西北方向飞去。

忽听门外有人高呼：“深谢六耳猕猴尊者！丙有礼了！”是丙的声音。丙率家将进入寺庙，庙门已被鬼怪打坏。丙进入偏殿，走到芝的面前。丙从怀中取出一块玉佩，对芝说：“这玉佩是母后给我的，叫我送给我选中的妻。芝姑娘，我把它送给你，你等着我，我一定会胜利归来。”

女芝接过玉佩。妇甲过来，把玉佩的丝带套到女芝的脖子上。

商军出发

河亶甲在宫中大摆宴席，为主丁和丙送行。主丁和丙被安排到上座，髦纪、目夷荣、来先甲、目夷癸、来先丙被安排在主丁和丙的下首，沃庚、乙、巫贤、缯衍及朝中文武大臣作陪。与此同时，王后和大公主妇甲在后宫招待出征将军的夫人。妇甲进宫前先到缯府把女芝带进宫，领女芝拜见了王后，王后命女芝坐在自己的身旁。

河亶甲举杯祝酒毕，对主丁和丙说："此次伐鬼方绝非易事，你兄弟二人要齐心协力。此事关系到我商朝的存亡，你们率军南下，先到邢国。邢侯文甲乃先王雍己的长子，中宗太戊的长侄，我的堂兄，你二人的大伯父，你们对待邢侯要像对待我一样尊敬。邢侯国邻故夏北都安邑，他和他的太子大癸很熟悉鬼方的情况。邢侯当年参加过多次与夷方和班方的战争，主丁你和邢侯一同打过夷方，你是知道的。邢侯作战很会用计谋，能攻善守。我把他封在邢国，就是为了东防夷方，西防鬼方，南控班方，做我商朝河南各城和王屋关西各城的后盾。这次鬼方白部攻占王屋关，不敢东进，就是因为有邢国在。你们到了邢国，诸事要向邢侯请教。我已下令命邢太子大癸为督粮官，负责你们的供应。邢侯父子办事认真，绝不会有差错。邢侯还在邢国安置了一些从安邑一带逃出的商民，你们可以从中挑选行军的向导，为你们带路和打探军情。"主丁和丙连连点头称是。

次日，商军按主丁元帅的将令由北营和西营开到相都南门外十里处集合。沃庚、乙、巫贤、缯衍率文武百官送行。出征的商军共六师，每师三千人。丙率一师为前部，主丁授丙令旗一面，令丙出发。丙接过令旗，高举令旗挥动，商军前部一师起动。

正在这个时候，忽见西面来了二十多人，为首二人一高一矮。这些人走到先锋官丙的战车前向丙敬礼，丙挥手叫这些人入列。那一高一矮两个人紧跟在丙的车后，丙一行出发了。

“嗳!”巫风忽然对巫雷说，“你看丙先锋车后那个小个子多有意思，举动神态完全像只猴子。”巫雷说：“我听说丙先锋手下有个能人叫小猕猴金敏，武艺高强，轻功绝顶，一定是他。”“嘿!”巫雷突然发现，“你看那个大个子，走路一蹿一蹿的，和那天夜里大闹神庙的鬼怪阿哈里丁一样……”

巫贤回头瞪了巫雷一眼，巫雷立刻住口。忽闻鼓角声大作，原来是元帅主丁登上了战车。元帅的战车启动了，在场文武官员除沃庚外一齐向主丁元帅敬礼，主丁还礼，主丁的大军以帅旗为先导依次出发。

兵至邢国

丙率领的商军前部行军五天到达邢国，邢侯文甲和邢太子大癸迎于国门之外。

丙跳下战车，跑到邢侯面前施礼道："小侄丙拜见邢伯。"邢侯说道："国难当前，贤侄挺身而出担任前部先锋官，真是国家之幸。邢伯老了，不能再为国家冲锋陷阵了。"

大癸来见丙，序起年庚，大癸长丙一岁，二人一见如故，更兼两人长得相貌十分相似，看起来好像亲兄弟一样。

两天后，主丁大军到邢国。邢侯向主丁和丙介绍邢国的情况："邢国北倚太行山，南临大河。大河以南由西至东为我商朝故都亳，隞和河南重镇汜水关。这一带是我商朝重要的产粮地，汜水关由老将来成镇守，以防夷方和班方的入侵。"

主丁对丙说："来老将军是来先甲和来先丙的父亲，他们家老二来先乙随父亲驻守汜水关。来老将军能征惯战，为国立了不少功勋，我的许多军事知识都是向来老将军学的。"

邢侯接着说："邢国东南为汜水渡，隔岸与汜水关相望。南为隞都渡，西南为亳都渡，分别与隞、亳两故都相望。这三个渡口是通往河南三镇的要津，西百里为孟津渡，是通往商洛之地的要道。西二百里为王屋山，王屋山南至大河之间为王屋关，是商地至故夏北都安邑城的门户。这一次鬼方白部鬼王图克伦在夏人辛义引导下攻占了安邑城，辛义的弟弟辛平和鬼王二太子图呼奇攻占了王屋关。至此鬼方军到邢国已无险阻，邢国危在旦夕，所以邢国日夜盼望我商朝大军的到来。”

主丁问起粮秣，邢太子大癸道：“邢国奉旨筹办军粮，大王又命我为督粮官，对大军的粮秣做了准备。我已到河南各诸侯国去过，各国的军粮已分别运到亳都渡、隞都渡和汜水渡南岸。只因邢都地近王屋关，离鬼方军驻地不远，怕鬼方军来抢粮或烧粮，因此粮食均未渡河。先锋部队到达邢国之日，已通知三个渡口同时运粮过河。从明天起，军粮就陆续运到邢都了。”

丙说道：“果然如父王所说，邢伯和大癸兄办事非常仔细。”丙又问起从安邑城逃出的商民，大癸说：“从安邑城里和附近诸侯国逃来的商民都已安置，不使饥寒，他们中间的青壮年都愿打回家乡去。大军一到，他们都很兴奋。”

丙会见从安邑一带逃到邢国的难民，这些难民有鬼方攻占王屋关前逃来的，也有鬼方攻占王屋关后逃来的。丙问新逃来的难民：“鬼方军占据了王屋关，你们是通过关口过来的呢？还是翻山越岭过来的呢？”难民们回答道：“鬼方军守住关口，不许我们通过。山里也有鬼方军巡逻，也不可能走山路。我们乘夜渡过大河，沿河走到孟津，再渡河到邢国。”“原来如此。”丙忽然想起一个主意。“听说你们中间还有夏民，”丙问道，“夏民不是协助鬼方打我商朝的吗？”

难民们回答道：“鬼方军南下龙门关的初期，有少部分夏民帮助过鬼方军。后来鬼方军到处烧杀抢掠，不分商民、夏民。夏民为了活命和我们一起逃难，一起躲避鬼方军的搜捕。

他们现在流落到邢国，也盼望商军早日打败鬼方军，好回自己的家乡，希望二太子不要难为他们。”丙对大癸说：“请兄长禀明邢伯，救济夏难民要与商难民一视同仁。”

智取王屋关

主丁、丙和邢侯父子密商攻打王屋关的计划。主丁对丙说：“下一步进军不比前一段，面临的第一个难题是攻打王屋关。守关敌军虽不多，但都是精兵猛将，鬼方的精锐。而且王屋关地形险要，易守难攻。如果三天之内攻不下，安邑的援军赶到，更难攻打。吾弟没有攻关的经验，此次不如为兄先去攻打，务必在三日之内将关攻下，以免旷日持久。”丙说道：“大兄爱护，弟万分感激。不过弟既为先锋官，遇险不能叫主帅当先。我想王屋关形势险要，强攻伤亡很大，应当智取。”主丁问丙道：“吾弟有何妙计？”丙把自己的想法说了一遍，主丁和邢侯父子齐声称善。

次日深夜，丙带着金敏、来先丙和一千精兵悄悄离开邢国。丙一行出邢国北门沿来路往相都方向返回，行不多远突然折向东南方向来到大河边，隐伏在芦苇中。金敏和来先丙泅水过河，来到汜水关下。金敏飞身上城，又放下绳索，来先丙援绳索登城。

却说汜水关内老将来成已接到邢侯通报，得知主丁大军已经到达邢国，各诸侯国运到汜水关的军粮将陆续送到邢国。来成与次子来先乙商量如何将军粮安全运到大河北岸，忽见窗外闪过人影。“什么人？”来老将军问。来先乙剑已出鞘。“爹爹，二哥，是我。”来先丙答话。身旁还有一个小个子，两个人浑身湿淋淋的。“老三，你怎么来了，怎么湿成这个样子？这位……先生是谁？”来先乙问。“不是先生，是后生。”金敏说道，“来老将军，来二将军，金敏有礼了。”“爹爹，小猕猴来了，”来先乙惊喜道，“你家二太子在哪里？”“二太子和一千个弟兄在大河北岸芦苇中隐伏，请来二将军速派船把他们接过河来，天亮以前完成，不留痕迹。”金敏说完出示令牌，来先乙道：“遵令！”

丙率领的一千人由来先乙派船渡过大河，进入汜水关，用过饭后入营房安睡。此时天开始发亮，丙、金敏、来先丙与来成和来先乙开了个简短的会，丙、金敏和来先丙也进入营房安睡，来成和来先乙和往常一样开始了一天的工作。

入夜，丙军离汜水关西行。丙军夜行昼伏，绕过了商朝故都隞和亳。隞都是丙诞生和度过童年的地方，但丙不能进城去游览故地，只能借着星光远望隞都的城影。三天之后，丙一行已到达王屋关西大河南岸，丙军又乘夜渡过大河，隐伏在林中。

当丙离开邢国三天之后，邢侯文甲和主丁在邢国西门外送先锋部队出发，掌旗官高举先锋官丙的帜为前导。全副盔甲的大癸登上了先锋丙的战车出发了，徐通和一位瘦小的军士领着三千先锋部队登程。

又过了一天，元帅主丁率大军离开了邢国，尾随先锋部队西行。

却说鬼方军王屋关守将辛平、副守将图呼奇驻守关口，听到商军大军前来的报告，立即加强戒备。

当初，鬼王图克伦和辛义攻占了夏都安邑城之后，派图呼奇和辛平攻打王屋关。在攻关的战斗中图呼奇与部将塔里布冒矢登关，杀了商军王屋关守将，占领了王屋关。图呼奇自恃是鬼王的二太子，攻关又居首功，看不起辛平。但父王任命辛平为王屋关守将，任命自己为副守将，很不服气。图呼奇听说商朝的邢国十分富庶，想出关掠夺，几次要辛平出兵，或者让自己领兵出关，辛平都不允许。图呼奇认为辛平胆子小，不配当主将。及至商军的大军前来，图呼奇才开始觉得守住王屋关非常重要，很不容易，也开始理解辛平的稳重是正确的，图呼奇这才明白父王让辛平做主将的原因。

辛平在关上召集众将布置守关，探马报告商军先锋官丙率军来到关下。辛平命令闭关勿出，准备防守。

图呼奇说道："辛将军，我听说商军的元帅主丁是商朝的名将，我们不可轻敌。但商朝的先锋官丙是一个纨袴子弟，从来没有打过仗。现在到达关下的是丙而不是主丁，率领的商军不过三千人，据探马报告主丁的大军最早明天才能到达关下。我想乘主丁未到的机会，率一支军队出关与丙一战，先挫一下商军的锐气。如果能把丙活捉，捆到关上商军就不敢攻关了。辛将军在此守关，待我出城一战！"辛平想了一想，说道："也好，但千万要小心，如不顺利及早撤回，不要恋战。"

图呼奇与部将塔里布点起二百军士出关，与大癸和徐通对阵。图呼奇对大癸拱手道："商军先锋官，听说你是商朝二太子，我图呼奇是鬼王二太子。你我各领一将交战，我若胜，你退回邢国，不再攻打王屋关。你若胜，我让王屋关，怎么样？"

大癸道："好，就这样一言为定。"

图呼奇命塔里布出战，商军中徐通出马应战。塔里布手持大斧杀将过来，见商军战将身材高大，也手持大斧，知道是个有力气的人。但塔里布自恃是鬼方名将，久经沙场，并没有把对方看在眼里。塔里布想在三合之内杀死商将，然后再生擒商朝的先锋官。生擒商朝二太子是他们出关的目的，至于附带地杀几个商将对他来说并没有多大的意义。

一连三个回合，塔里布在每个回合中都使出了一个高招，招招准确有力。当塔里布的每一个招术发出时，图呼奇都在等着看商将落马。但商将竟将这些招术一一破解，而且破解得十分轻松。特别是塔里布在第三回合时抡斧由上向下砍来，商将并不躲闪，竟敢高举斧柄迎挡。当的一声响，塔里布的大斧被弹回，塔里布急忙收肩，显然他的双臂被震麻，而迎战的商将似乎并没有用全力，立即又挥舞大斧杀来。

接着三个回合，塔里布只在敷衍，因为塔里布已经发现敌将不仅力大无比，而且功夫不浅。塔里布一则要喘口气，另外要寻找战机，使出绝招，定要一招置敌于死地。

图呼奇观战，已经发现商将的武艺不错，但也看不出商将有什么惊人的本事。只是看到塔里布在寻找商将的破绽，而商将的斧法严密，又打了十多个回合竟然无懈可击。

徐通通过十多个回合的交战，已对塔里布的武功有了一定的了解。开始的十多个回合，徐通只是化解塔里布的招术。塔里布不进招，双方没有激烈地交手。徐通开始进招，由于所用招术都是一般的招术，塔里布并不在意。然而徐通进招越来越快，塔里布对战已显吃力。

图呼奇发现塔布已处于劣势，正要上阵助战，忽见那商将发现自己上阵，先抡起大斧向塔里布劈下，塔里布不敢迎挡，连忙闪过。那商将单手竟将大斧抽回，瞬间又将大斧横扫过去，将塔里布劈于马下。那商将并不回头看塔里布，拖斧向自己杀来，当杀到自己面前时大斧已向自己劈来。图呼奇大吃一惊，这才发现商将的武艺远高于塔里布。

徐通与图呼奇对战了十多个回合，关上的辛平已看出图呼奇渐渐不支，连忙鸣金收军。图呼奇也已感到力不从心，听到收兵号令，拨马便回，徐通紧追。辛平一箭射向徐通，徐通闪过，然后立马站住。辛平令关上军士放箭，掩护图呼奇和鬼方军士撤入王屋关。

图呼奇登关，对辛平说："辛将军的守关部署是正确的，真不该出战，折了塔里布。若非辛将军放箭掩护，我和众军士也回不来了。"辛平好言相劝，嘱军士好生防守，防备商军攻关。又派部将费甲到安邑城向鬼王图克伦报告军情，请求速派救兵。

辛平看见商先锋官丙在关下准备云梯等攻城器械。一连两天，看来没有准备好，所以并没有攻关。那个杀了塔里布的商将已打听出来，名叫徐通，是商先锋官的心腹。但见徐通领一支部队监视关门，防止鬼方军出关破坏攻城准备。

第三天，有大批商军来到王屋关下，探马报告商朝元帅主丁的大军到，辛平大惊。

再说费甲奉辛平军令到安邑城求救兵。费甲独自上马出了王屋关西门向安邑城飞奔而去，走了半日，日将西落，费甲到了一条小溪旁下了马。他先在河沟里饮了马，然后让马在水边吃青草。他自己也吃了点干粮，喝了点水，稍稍休息了一下，然后上马准备赶夜路。天渐渐地黑了，星星出来了。费甲骑马跑在山路上，他小心翼翼地低头望着山路。黑夜在山地跑马是需要格外小心的，忽然前面出现了一片树林。有几棵大树的树枝横跨山路，山路在树枝遮蔽下很难看清，费甲放慢了速度。突然从树上落下一个绳索把费甲套住，费甲被吊在树上。他骑的马空鞍向前跑去，有人过来把马牵住。

绳索松动，费甲从树上吊下，四周出来十多个人把费甲捆住。费甲看到树上跳下一个人，这个人身材矮小，但十分灵敏。这个人指挥大家把费甲押到路旁的一个山洞里，只听得小个子向他的上司报告："捉到一个鬼方的奸细。""我不是鬼方奸细，我是夏军的军士。"费甲说。只听那上司说："既是夏军军士，快松绑。"

费甲发现自己被商朝部队捉住，大惑不解。借着暗淡的灯光费甲看见一位年轻的商朝将领坐在一块石头上，背后站着十几个军士。费甲问道："这位将军是?"小个子说："这是我商军先锋官二太子丙。"费甲大吃一惊，说道："中午我还看见先锋官在王屋关下，怎么这么快又到这里?"小个子说："有神相助。我们在天上飞，看见你在下面骑马跑。哈哈，真有趣!""你是神仙?"费甲问小个子。"我叫金敏，是天神六耳猕猴的徒弟，奉天神之命协助二太子伐鬼方。你是辛平派往安邑城求救兵的军官吧？叫什么名字？”“我叫费甲，的确是辛将军派往安邑城求救兵的，您怎么会知道？”“你今天中午才得到命令，我们二太子十多天以前就已料定。”

丙对费甲说：“你们这些夏朝军士，我商朝对待夏民一如商民，而你们却要助鬼方攻商。鬼方占了安邑城，到处烧杀抢掠，受害的夏民比商民多。现在夏民都盼望我商军早日驱逐鬼方军，过太平日子。在我的军中就有不少夏民，他们生在安邑，受鬼方之害，弄得家破人亡。现在加入商军，要打回老家，重整家园。我在想为他们选一位首领，尚未选中。今天遇到了费将军，可以说是如愿以偿了。不知费将军肯不肯屈在我部下为将，统领夏军。如果不愿意也不勉强，费将军愿意到哪里就到哪里。”

丙部下的夏民纷纷劝说费甲留下做他们的首领，这使得费甲十分感动。费甲沉思良久，叹道：“不是我费甲贪生怕死，辛将军，你们兄弟助鬼方实在是错了，恕我费甲不能再追随你们了。”费甲对丙说：“愿为二太子效力。”

丙见费甲归顺，大喜道：“不是为我效力，是为夏民和商民过太平日子效力。”

王屋关上，辛平和图呼奇见主丁大营一望无边，丙在关下督促部下准备攻关。两天时间过去了，丙还没有准备好。辛平是精通兵法的名将，他从关上往下看，发现丙准备攻城很不得法。辛平回头对图呼奇说道：“正像二太子前次所说，丙是个纨袴子弟，根本不会打仗。上次二太子出城作战失利，只是因为他手下的心腹将官徐通武艺过人。你看丙准备攻城，一片混乱，两天也理不出个头绪。这太好了。再过一天，援军一到，商军攻关就难了，不过商军主帅主丁大概要干预丙的攻城行动了。”

又一天，商先锋丙率部来到关下，看来要攻城了。忽见商军大营跑来一个军士，把丙叫回去了。过了半个多时辰，丙到关下把本部人马叫回。午后，主丁亲率一队人马来到关下。果然不出辛平所料，主丁认为丙不会攻关，要自己亲自指挥攻城。辛平看见主丁军容严整，指挥得法，暗暗心惊，心想主丁果然名不虚传，不可大意。

主丁正要攻城，又见丙与几个军士来到主丁面前，与主丁争论起来。辛平暗喜，对图呼奇说道：“你看，商军主帅和先锋官意见不一致。主帅看不起先锋官，认为先锋官不会攻城，自己直接指挥。而先锋官不服气，互相争论，贻误战机。我估计安邑的救兵今夜就能到达，今天天已晚了，但愿商军明天再攻城。”

忽见主丁招手叫丙回去，丙悻悻而回。这时天已近黄昏。只见主丁在关下堆起了十堆树枝。辛平大惊道：“主丁这是在准备夜战，看来主丁真不愧为名将，已经估计到我们的援军今夜会到。他要在前半夜把城攻下，我们无论如何要守到援军的到达时刻，但愿援军赶快来到。”

天已黑了，关下十堆篝火一齐点燃，火光冲天，主丁下令攻城。主丁兵多，攻城器械优良，兵将训练有素。加上主丁指挥得法，二十处同时并攻，并有大量弓箭手掩护。辛平急忙指挥军士抵抗。图呼奇也看到事态严重，率领自己的亲随披挂上阵，按照辛平的指挥进入防守位置。辛平感到兵力不足，正在想办法。忽听城下鼓声大作，远处又传来了号角的声音，原来是商军第一线攻城军士开始攻城了，第二线攻城军士也已到达城下。

一阵梆子响，商军弓箭手开始放箭。商军箭如雨点一般射向城头，第一批箭射到城上，立刻燃烧起来，把城头照亮，城上同时多处火起。接着又一批箭射来，守城军士有人中箭。密集的箭射得守军抬不起头，其中夹着一些响箭发出了令人恐怖的尖啸声。

辛平忽然听到几声沉闷的撞击声，辛平明白，这是商军的云梯靠到城墙上发出的声音，连忙用盾牌掩护，探头往城下观望，只见左右两边几十架云梯已经架好，商军正缘梯而上。辛平大呼道："商军登城了，注意，准备攻击。"正在千钧一发的时候，关上忽然有人呼喊："费甲领救兵来了！"只听得王屋关西门处人声嘈杂。辛平大喜，以手加额道："天助我也，救兵来得太及时了。"

辛平回头往西看，但见王屋关西门大开，费甲引"救兵"蜂拥而入。救兵中一支军队迅速登城，另一支军队直奔王屋关东门，看来他们要开门杀出去。

"商军势大，不宜出战！"辛平大喊，并问道，"入关军队统帅是哪位将军?""商军先锋官丙！"辛平、图呼奇大惊失色，忙问道："商先锋军从何而来?""从天而降！"

但见王屋关上鬼方旗帜纷纷倒下，商旗高举，王屋关东、西门大开。商军从两方源源不断地冲入关城，登上城墙，攻城的商军也毫无阻挡地从云梯上跳到城头。

图呼奇大喊道："辛将军，王屋关守不住了，随我杀出重围。"图呼奇一马当先，辛平和众部将随后冲向王屋关西门。当他们冲到西门下的时候，突然从城门楼上落下一个黑影，状如猿猴，又像是幽灵，落到图呼奇头顶，凌空翻身一剑出手，刺中了图呼奇的咽喉，图呼奇翻身落马。辛平大吃一惊，手中的长枪惊落在地，赤手空拳，怎能突围，辛平准备受死。但见商军闪向两边，中间留出一条通道。辛平的马慢慢地往西跑，出了王屋关西门。辛平回头一看，商军已经合围，只有自己一个人突围出来了。辛平觉得很奇怪，自己突围，手中没有兵器，但既无人阻挡，又无人追赶。辛平忽然明白："这是商先锋官丙有意放我，否则我早成了刀下的鬼了。"辛平离开王屋关走了十多里地，仍不见有追兵，孤身一人坐在一棵树下休息。忽然听见树上有人讲话："辛将军，辛苦了。奉先锋官丙的命令，这次王屋关一战俘获的夏朝军士全部放回，等一会儿您的部下就陆续到了。回到安邑城见到令兄代丙先锋向令兄致意，夏民和商民要和睦相处，安居乐业，不要帮助鬼方烧杀掠夺自己的百姓。将军保重。"

辛平抬头，只见一个黑影从树上飞到另一棵树上，转眼不见。"又是他，"辛平想，"杀了图呼奇的黑影。他若杀我，易如反掌。"

黑影飞过，从树上掉下一个包。辛平拾起一看，原来是一包干粮，一皮囊酒。辛平想："会有毒吗？不会。他若杀我何必如此麻烦。”辛平从午饭后尚未进餐，这时候腹中正饥饿，就大口大口地吃起干粮，喝起酒来。辛平想到商先锋丙真是智谋过人，自己虽征战多年，且以谨慎为人称著，却把丙当成纨袴子弟，真令人羞愧。辛平吃饱之后，又想到丙对自己如此关心，真是百感交集，不禁流下了热泪。

过了一个时辰，辛平的部下陆续来到树下。虽说是一群残兵败将，但每人手中都拿着兵器，夏军的旗帜也全部带来，一位军士奉上辛平的长枪。

辛平集合残兵败将，等队伍列好，军旗展开，兵器举起，这支军队顿时又显示出一些威武的雄姿。值日官整理完队伍，请辛将军训示。辛平觉得实在没有什么值得训示的话，只说了声，“走吧！”

辛平上马，领着夏军向安邑走去。

辛义幻想破灭

安邑城里夏军元帅府戒备森严。夜晚静悄悄，除了不时传出更夫的梆子声外听不到别的声音。庭院中的灯笼发出暗淡的光，凭借这暗淡的灯光行人可勉强看到道路。府中除了巡夜的更夫和值勤的暗哨外都已入睡，夏军元帅辛义独自登上了阁楼，从这里可以瞭望安邑全城。

离帅府不远的鬼方白部鬼王府灯火辉煌，鬼方军的头领们在吃喝玩乐。自从鬼方军和夏军联合打下安邑城之后，半年多来鬼方军天天如此。白天他们出城烧杀掠夺，晚上寻欢作乐。鬼方军个个都抢夺了大量的财物，随时准备运回鬼方领地，人人兴高采烈。不久前鬼王王后云吉黛和鬼方将领的妻子们听说安邑城繁华富庶，十分向往，于是结伴来到安邑，王后和夫人们的到达给鬼方军每晚的宴会增添了欢乐。

辛义和夏军却充满了忧愁。辛义回忆自己半年多来的征战，仿佛经历了一场噩梦。辛义继承祖上的遗愿，在壶口以北的山地辛勤耕作，训练夏军十多年，志在灭商复夏。他的行动的第一步计划是先攻取安邑城，占领王屋关长期据守安邑地区，拥戴夏朝王室后裔为王，恢复夏朝。第二步计划是以安邑为基地，再与商王朝争夺中原。为了实现他的第一步计划，他借来了他的结拜兄弟、鬼方白部王图克伦的兵力。

辛义和图克伦的交情非同一般。图克伦当太子的时候，鬼方白部王朝中的阴谋家杀了当时的鬼王——图克伦的父亲，篡夺了鬼王的王位，并派人四处追杀太子图克伦。辛义冒死救了图克伦，并把图克伦隐藏起来，二人结拜为兄弟。后来辛义又帮助图克伦除掉篡位的鬼王登上了王位，所以图克伦对辛义既感激，又佩服。辛义经常和图克伦谈起自己平生之志，图克伦很讲义气，表示要尽全力帮助辛义实现灭商复夏的宏愿。

在攻打龙门关、安邑城和王屋关的战斗中，图克伦果然十分卖力，带领他的三个儿子，大太子图必利、二太子图呼奇和三太子图迪罕充当头阵，奋勇作战，不顾伤亡，很快实现了辛义的第一阶段的军事意图。然而打下安邑城之后，久居鬼方原始落后地区的鬼方将军、军校和士兵，看到繁华富庶的安邑城中的珠宝、华服，难以控制自己的物欲，立刻开始了殃及全城的抢劫与杀戮。刚刚兴高采烈地欢迎辛义“光复”夏都安邑城的城中夏民，一家一家地死在鬼方军的屠刀之下。后来经过辛义与图克伦交涉，安邑城里的秩序恢复，城里的治安交由辛义率领的夏军管理，鬼方的烧杀掠夺向安邑城外的诸侯国扩展。这一带商朝各诸侯国的国君与百姓多已撤离，人员伤亡不多，被杀被抢的多为夏民。夏民们为了活命离开了家园，有的躲入山沟，有的随商民一起逃往商地。

辛义开始了自己恢复夏王朝的计划。他一面派人修复故夏王宫和故夏王庙，一面寻找夏王朝的后裔来当新的夏王。在辛义出兵之前，有不少夏王朝的后裔想当未来的夏王，他们主动与辛义联络。当安邑城被鬼方军占领之后，这些人都隐藏起来了。辛义好不容易找到了几位，他们都拒绝出来当夏王。有一位夏王族的后裔说可以考虑，但必须请夏朝忠臣关龙逢的后代，安邑一带夏民中的名士关衡出山为相，自己才肯当夏王。为此，辛义亲自到关衡隐居地龙门山关家庄请关衡出山相助，关衡直言回绝道：

“辛将军差矣！自古尧舜，让位贤能，天下美谈。夏先祖禹治水有功，受舜禅位为王。先祖启明，继父为王，也受到拥戴。及至桀，无道，百姓生不如死。商汤有德，代夏立，这是天意，也得到百姓的拥戴。商立国之后，待我夏民一如商民。夏民在安邑一带安居乐业，胜过桀时。而将军无端搞什么灭商复夏，招鬼方军来，是引狼入室。鬼方军到处烧杀掠夺，无恶不作，置夏民于水深火热之中。将军要建立的夏朝，朝政要听命于鬼方，这样的夏朝实际上是夏民的地狱。现在夏民日夜盼望商军的到来，打退鬼方，恢复家园。复夏之事，请将军三思，我关衡不能帮助将军。”

现在辛义望着一直空闲着的夏王宫的黑影，回想着关衡所说的话，觉得关衡说得很对，自己恢复夏朝的幻想破灭了，今后应该怎么办？

忽然，鬼王府中聚将的鼓声划破了夜晚的宁静。夏军元帅府的军士们迅速起身，很快就着装整齐地在府门内待命。辛义下了阁楼，率领少数亲随上马奔向鬼王府。

鬼王府的欢宴已经停止，鬼方白部鬼王图克伦在王位上正襟危坐，众将军侍立两旁，鬼王的大太子和三太子也列在班中。大家表情严肃，仆人们仍在收拾残席，殿里酒气熏天。

辛义进殿，图克伦从王座上半起，略欠了一欠身，命设座。辛义拱了供手，入座，跟随辛义来的夏朝军士站在辛义的座后。

图克伦说道："辛将军，刚才探马报告，商军大举来伐，兵力不详，王屋关顷刻之间就被攻陷，辛平、图呼奇生死不明。"辛义大惊道："商王河亶甲派主丁为元帅，丙为先锋官，欲伐安邑驻军邢国，已有报闻。未闻已攻打王屋关，也没有接到辛平和图呼奇求救兵的报告，怎么会关已陷落?"

正说之间，探马又来报告："辛平将军突围出来，现已到达安邑城外。"辛平进殿，图克伦忙问："图呼奇何在?"辛平说道："二太子在突围时阵亡。"鬼王无语，殿中鸦雀无声，殿后传来了妇女的哭声。鬼王对图必利和图迪罕说："你们到后殿去看看你们的母后。"图必利和图迪罕下殿。

又沉默了一阵，辛义问道："商军是哪天开始攻王屋关?你们守了几天?守不住为什么不求救兵?"辛平说道："商军先锋官丙初到王屋关时，二太子想乘商军元帅主丁未到的时机，出关一战，先挫一下商军的锐气。不想商先锋丙有一部将徐通，武艺出众。结果塔里布被杀，二太子也敌不过徐通。我从关上放箭，将二太子救回。当时感到商军来势凶猛，决定不再出战，并立即派费甲到安邑城求救兵。费甲至今未到，看来费甲不是被商军抓住了，就是被商军杀了。""岂有此理!"鬼王大怒道，"费甲从王屋关到安邑城求救兵，怎么会遇到商军?"辛平说道："这正是叫人搞不明白的事。商军主丁和丙在王屋关下准备攻关，不慌不忙，慢条斯理，不时二人还争论一番，几天也未见动静，好像不知道救兵来了就难攻打这个道理。攻关那一天下午，主丁和丙又在王屋关下讨论了许久，然后架起十堆树枝。天一黑，他们点燃树枝，主丁从王屋关东门攻打，丙从王屋关西门攻打，我们腹背受敌。派费甲去求救兵，救兵又不见到来。这时，丙的军队又从关下飞到关上，王屋关顷刻失守。”鬼王问道：“丙怎么能突然从关东飞到关西，又从关下飞到关上?”辛平说道：“有神相助。听说丙是巫神六耳猕猴的朋友，有神猴相助，所以能从关东飞到关西，从关下飞到关上。二太子率领大家突围，已经冲到西门口，眼看就要突出重围，神猴突然又从城门楼上飞下，凌空刺死了二太子。”

鬼方诸将闻听面有惧色，心想武艺高强的二太子、骁将塔里布均已阵亡，自己的命运也难预料，不如早日撤回故地。鬼王说道：“众将勿惊。妖猴杀我爱子，必报此仇！我有阿哈里丁鬼法三十六通，可破妖猴。”从将听后半信半疑。

辛义说道：“王屋关既陷，商朝大军不日将围攻安邑，当务之急是赶快布置守城。安邑城高大坚固，我们兵多粮足，商军远来，利于速战。我们坚守不出，商军一时也攻不下安邑。等商军疲惫，我们再出城攻之!”鬼王说道：“此计很好！辛将军善于守城，守安邑城就由辛将军统一指挥。从明天起各部无令不得出城，我鬼方诸将都要听辛将军的指挥。”众将领令。

大战涑水渡

王屋关上主丁和丙指挥部下打扫战场。由于这一场战斗采用了奇袭智取的方式，双方死伤都不多，俘获的夏军和鬼方军很多。主丁命令立即释放全部被俘夏军，把他们送到王屋关西门外。丙叫人给他们送来了食物，又把缴获的夏军军旗交还给夏军，并发还了部分兵器。丙告诉夏军战俘，他们的将军辛平正在王屋关西十里处等候他们，这些人谢恩后离去。

有一部分夏军与费甲的关系很好。他们看见费甲归顺了商朝，也想留下，丙将他们交由费甲统领。老邢侯派人送来了肉食和酒，慰劳攻王屋关得胜的商军，大癸代表父亲向主丁、丙和会体商军敬酒问候。主丁传令将酒肉分给官兵。几个士兵抬来了图呼奇的尸体。主丁看了看，传令："割下首级，先挂在关上，然后和鬼方战俘一起送到相都报捷！""且慢！图呼奇是鬼王二太子，今已战死，应以礼待之。还有，押送鬼方战俘时把图呼奇的四名随从留下。"丙说道。主丁说："就按丙先锋官的意见办。"士兵们把图呼奇的尸体抬下，把图呼奇的四名随从锁在图呼奇的尸体旁，看来丙先锋要用他们的人头祭旗，或为阵亡商军殉葬。主丁，丙和大癸在关上开便宴庆功。主丁说道：""此次出兵，一举拿下王屋关，算是首战告捷，打通了到安邑的大道。我军伤亡很小，而俘获甚众。此次作战，首功当归丙先锋官，跟随丙先锋官的来先丙、金敏，正面作战的诸将士，后方支援的邢侯与来老将军等均有功劳。请军政司一一记下，将来一并请赏。今天本帅立即升赏三人，一位是费甲，原为夏军军校，现归顺我商朝，赚开王屋关西门有功，升为将军。今后夏军来归，都编入夏军师，由费将军统领。军校徐通，王屋关前斩鬼方将军塔里布，败鬼方二太子图呼奇有功，升为将军。军校金敏，协助先锋官丙渡大河、俘费甲、斩鬼方二太子图呼奇有功，升为将军。”

众将齐声称赞，纷纷向费甲等三人祝贺。费甲，金敏向主帅、副帅和众将致谢。

但见徐通一言不发，金敏拉徐通衣角，叫他向主帅道声谢。徐通仍不理会，满脸通红，继而放声痛哭。

满座大惊，金敏拉住徐通往外走。丙止住金敏说：“他想哭，就让他哭吧！”

徐通哭罢，主丁命人给徐通送水洗脸。主丁问道：“徐将军为什么痛哭，莫非本帅对你的升赏不够？”

徐通开始说话：“徐通区区微功，当此重赏，已觉过分，怎么会嫌不够？只是徐通想起了先父，不由痛哭起来，实在是失礼了，望元帅恕罪。”

主丁问道：“令先尊有何冤屈之事，慢慢道来。”

徐通说道：“十年前，我八岁的时候，先父应征伐鬼方。离家时家母和我不舍，送到村边。先父说道：‘你们回去吧，不要难过。大丈夫要为国建功。我有一身武艺，这次伐鬼方一定要奋勇杀敌，保卫我商朝，为国立功，当个将军回来，你们也光彩。’不想先父出征，为了收复龙门关，中了鬼方埋伏，商军几乎全军覆没。先父在这次战斗中阵亡，他那当将军使妻儿光彩的梦想也化为泡影。方才主帅升徐通为将军。徐通一听将军二字，不由得想起了先父。”

费甲说：“十年前龙门关前一战，商军中了埋伏，伤亡惨重。塔里布就是在那场战斗中立了大功，升为将军。徐将军这次斩杀塔里布，又升为将军，一则为父报了仇，二则实现了父亲的遗愿，应当高兴才是。”

徐通转悲为喜。主丁传令，进相都报捷的军官面君报捷之后，去一趟丙的果园，向徐母和金母报喜。二位老人的供应，照令当地按出征将军家眷标准供应。众将皆服主丁办事周到。

主丁主持讨论下一步的行动。大癸说道：“此次攻下王屋关，速度之快，必出鬼方意料。元帅君明日出兵，后天可趕到安邑，我们出其不意包围安邑城，安邑城指日可破。我驻守王屋关，督运粮草，保证供应不乏。”

主丁问丙道：“丙兄弟以为如何？”

丙说道：“大癸兄的主意很好，不过我想还是在王屋关休整三天为好。”

众将无语，良久，目夷癸说道：“王屋关这一仗采用了奇袭、智取的方法，打得很漂亮。我们的伤亡很小，也不疲劳，不需休整。但丙先锋、来三将军和金将军等一千兄弟十多天的长途奔袭，确实需要好好休息一下。末将不才，敢自请暂代丙先锋做一次先锋官，率本部人马明晨出发，元帅率大军相继出发，丙先锋、来三将军和金将军等一千兄弟在王屋关休息三天。等丙先锋休息好，到了安邑城下，末将再交卸先锋官的职务。”

髦纪笑道：“目夷二将军忠勇友爱之情，令人感动。不过我想丙先锋要在王屋关停三天，不是为了自己休息，而是为了给鬼方军三天时间。”

目夷癸说道：“给他们三天时间做什么？叫他们做好守城的准备？”

“叫他们收拾东西！”主丁哈哈大笑，“鬼方军这次南下安邑，已有半年多的时间了。他们离乡日久，早想回家。特别是他们这一次南下，抢到了不少东西，更急于把东西运回家去。如果我们很快趕到安邑，而且把安邑城围住，他们把东西运回家的希望破灭了，专心守城，我们攻城作战就苦了，要把城攻下将付出惨重的伤亡代价。安邑城池坚固，兵多粮足，辛义又善守，他们闭城不出我们什么时候才能把城打下来就难说了。等我们疲劳，又付出相当的伤亡代价之后，他们再突围，我们怎能挡得住。”

大家听了主丁讲的话都觉得有道理，但下一步怎么办，一时都想不出好主意。

大癸说：“如果我们缓兵三日，他们有可能撤出安邑城吗？如果他们全军撤出安邑城，兵力无损，我们虽然顺利地拿下了安邑，将来我们一撤军，他们又卷土重来，这样如何是好？”

主丁说：“鬼方军如果不带辎重，快速撤军，可以兵力无损地退回鬼方，但他们不会这样做。他们带着辎重撤退，我们等他们一出安邑就快速追击，必能获胜并给鬼方军一定的杀伤。但我估计即便我们缓兵三日，鬼方也不会撤出安邑城，因为鬼方很爱面子，怕当孬种。我大军攻打安邑在即，辛义想固守安邑，鬼王图克伦不好意思弃城而逃。现在是最好有一个办法把鬼方军队调出一部分在城外予以消灭，再迫使守城敌军弃城而逃，我们再追杀。只是有什么办法叫鬼方军分兵，部分守城、部分出城呢？”

丙回答说：“有办法，图呼奇的尸体。”

丙把计划说了一遍，大家都非常赞成。主丁说：“现在已经是后半夜了，大家都去睡觉，明天按丙的计划行事。”

第二天上午，丙传令把图呼奇的四名随从带来。四个人以为要杀他们祭旗，战战兢兢，跪倒在地，丙叫松绑，并赏给酒食。

丙对四个人说道：“不杀你们，不要害怕。昨天我们攻打王屋关一战，杀了你们二太子。两军交战，伤亡难免。图呼奇是我的敌人，战场上我们互相厮杀，拼个你死我活。如今图呼奇已经死了，我念及他生前说过，他和我同为二太子，故我不忍叫他的尸体暴露荒野，特赐战车一辆，让你们驾车送你们二太子的遗体归葬故土。你们是图呼奇的随从，跟随他多年。如果你们能把这件事情办好，也就对得起你们死去的主人了。”

四人一听大喜，心想这太好了，既可以活着回家，回去后还有点功劳，连忙叩头称谢。于是这四个人把图呼奇的尸体抬到平地上，换了新衣服，撒了香料，抬上战车。尸体下面铺以毛毡，上面盖上白色的缎子。收拾停当之后，丙在王屋关西门口举行了简短的送别仪式。主丁、大癸和众将在城楼上一边饮茶，一边观看丙的把戏。忽闻军士奏起了哀乐，鬼方二太子的灵车徐徐起动。图呼奇的四个随从，一个人举着鬼方二太子的旗帜为先导，一个人驾着车，另外两个人扛着二太子的兵器跟在车后，离开了王屋关。灵车走后，丙上了城楼，和众将一起看着离去的灵车。灵车走了一里多路，只见那步行的三个人也上了车，灵车飞快地向安邑方向跑去。

鬼王国克伦和辛义正在和诸将议事，忽报二太子的灵车到。图克伦大惑不解，连忙起身率领众将去迎接灵车。王后云吉黛已向灵车奔去，继而伏尸放声痛哭。

鬼王问图呼奇的随从，二太子是怎么死的。随从们禀报了王屋关一战的过程，情况和辛平所说的一样。

鬼王又问道："你们怎么能将二太子的遗体运回?"

随从回答道："商先锋官丙说，他是商朝的二太子，我们二太子是鬼方的二太子。两军交战，伤亡难免。他不忍叫我们二太子暴尸荒野特给战车一辆，以丧礼送二太子遗体归葬故里。"

王后说道："好个商朝二太子丙，夺我爱子，我一定要报仇！我杀了你，也将以丧礼送你的遗体归葬故里！"说完之后又大哭起来。

鬼王劝道："孩儿已去，王后不要过分悲痛。商朝大军就要过来了，安邑将成为战场。王后不如先送孩儿遗体回故乡安葬，我也好安心和辛将军守安邑城。我要和商军恶战一场，为孩儿报仇。"

王后点头，回后宫准备。

一些鬼方将领听说王后要回家乡，都向鬼王表示，自己的家眷愿随王后一起，护送二太子的灵车回家乡。鬼王一想，这也好，省得大家分心，就一律照准。

第二天上午，三太子图迪罕率领二百人的卫队，保护着王后的车驾和二太子的灵车离开了安邑，鬼王图克伦、辛义和众将官送到安邑西门外。

车队离安邑西去，鬼王和辛义等又登上了城楼远望离去的二太子的灵车和王后的车驾。但见黄尘滚滚，有如上万大军在前进。原来在王后的车驾后，又加入了长长的车队以及长长的挑夫队和鬼方军军官家眷的队伍。这支庞大的队伍带着鬼方军半年多来在安邑一带抢夺来的财物，正浩浩荡荡地以护送二太子遗体归葬的名义体面地回归故乡。

鬼王图克伦望着二儿子的遗体和爱妻、三儿子正在回归故乡，也勾起了无限的乡思。但他明白，为了报答辛义的恩情，为了保全他鬼王的面子，他和他的大儿子还不能走。他要在安邑城和商军打一仗，至少要在安邑城坚守一段时间。鬼王心想，只要王后平安回到故乡，自己从安邑突围回鬼方是满有把握的。想到这里，鬼王又抬起头来，望着王后车队的离去，心里像是一块石头落地。

鬼方军官们望着家眷还乡，心情和鬼王图克伦一样，他们觉得自己可以轻装上阵了。即使和商军作战打了败仗，也可以翻山越岭回到故乡，去享用他们半年来抢到的财物。

辛义望着鬼方王后车队的离去，心情十分复杂，心想这浩浩荡荡的队伍所带走的大量的财物，都是鬼方军士从安邑一带夏民家里抢来的，是多少夏民一家人千辛万苦集聚起来的，又有多少夏民在失去这些财物的同时失去了生命，这就是自己“恢复夏朝”的行动给夏民带来的结果。辛义想到这里心如刀绞，望着车队过后弥散开的大片黄尘，心中又突然出现了一种不祥的念头。继而一想，这车队中又没有夏军的军士和家眷，何必操这个心。

日落时分，探马来报告：商军前部向安邑城杀来。

鬼王图克伦和大太子图必利、夏将辛义和辛平兄弟以及众将官登上了安邑城南门门楼瞭望，但见一支商军从东南方向而来。商军渐渐到了城下，望见旗上绣着“先锋官丙”的字样，知道是丙的部队到了。鬼王瞪大了眼睛想找出杀了他儿子的商将，据说他像只猕猴，但由于距离太远看不清楚谁像猕猴。但见商军军容严整，行动迅速。当这支部队到达安邑城下距城半里的地方时，鬼王估计他们将会停止前进，否则就要进入鬼方弓箭的射程之内。然而商军既没有停止，也没有进一步接近安邑城，而是折向西北方向。鬼王判断这支商军要迂回到安邑城北，攻打北门，南门留给后续部队。鬼王明白，商军来的部队人数少不了，他们首先要包围安邑城，这早在他的预料之中。

情况的发展终于出乎鬼王的预料。当鬼王率众将从城里骑马跑到安邑北门，登城一望，却看不到刚才绕过南门的商先锋官丙的队伍。他们到哪里去了呢？鬼王往西北方向一看。

“啊呀不好！”鬼王大惊，“他们往西北方向去了。他们在快速前进，他们追赶王后去了！”鬼王连忙下城，集合起队伍，然后对大太子图必利说：“孩儿，我和你分兵各领一半军队。

我立即出城去救你母后，你在这里随辛将军守城。能守则守，守不住及早突围，我救了你母后就直接回家乡了。你抵挡一下随后来找我们，如果不顺利，大家散开翻山越岭回乡。”

图必利说道：“父王放心，我自会小心，”

鬼王开北门率鬼方军冲杀出去。辛义闻讯赶到北门，鬼王已经离去。图必利对辛义说：“辛将军，商军追我母后，父王不能不去救护，留我助辛将军守城，父王叫我听辛将军的指挥。”

辛义无语。过了一阵，辛义对图必利说：“大太子就率本部军士守北门和西门，我守南门和东门，需要相互救援时再联络。”

“遵令!”图必利回答。然后带领鬼方部队登上北门门楼，布置防守。

辛义对辛平说：“我们到南门去看看，商朝元帅主丁的大军该到了。”辛义和辛平登上了南门，但见商军铺天盖地而来，到了安邑城下兵分两路绕城而行，顷刻包围了安邑城，但在城北似乎留下了一个缺口尚未完全合围。商军的指挥部设在南门外，一杆大旗上绣“元帅丁”。指挥部居中架起一个令台，一员大将端坐台上，四周众将环立，但见那位主将从容不迫，指挥有方。

“主丁果然不凡，名不虚传。”辛义叹道，“今夜我们要加倍小心。”

“这不是主丁，”辛平说道，“这是主丁的部将髦纪。看来主丁不在军中，由髦纪代替他指挥。主丁到哪里去了呢？啊，主丁和丙夹击鬼王的部队去了。他们把鬼王调出安邑城，然后再前后夹击。”

“这么说鬼王已陷入险境。我们怎么办？去救鬼王，还是通知图必利去救他的父亲？”辛义问他的弟弟。

“什么事都不要做，”辛平说道，“髦纪今天夜里不会攻城。他留着北门不合围，就是要放城中的守军出城而围攻，谁去救鬼王谁就会被围歼。我们不能去，也不能叫图必利去，叫他去就是把他送入虎口。”

“如果他听到父亲被围的消息自己出城去救怎么办？”

“如果他自己要去我们也不能阻止，怎么能阻止人家去救自己的父王呢？一切听天由命吧。鬼王走了，图必利再走，安邑城还能守得住吗！大哥，回去休息吧，虽说是大兵压境，我担保今夜平安无事，不如好好睡上一觉。”

却说鬼王率鬼方军快速前进，半夜到达涑水渡南岸，发现王后一行安然居住在渡口的镇上。王后被叫醒后见到鬼王大吃一惊，问道：“大王为什么深夜赶来？”

鬼王说道：“我看见商先锋官丙帅率商军追赶王后，放心不下，特来救护，难道你们没有遇到商军！”

护送王后的三太子图迪罕听说父王来了，来到母后的房间，见过父王。说道：

“我们一路平安，没有遇到商军。天晚时赶到这里。因为天已黑了不好渡河。这里有一些房子，就安排母后和将领的家眷们住下，吃了晚饭各自安息，准备明天渡河，父王既来到这里明天就一起回去吧。”

王后说道："大王还没有吃晚饭，赶快给大王备饭，吃完饭休息，有什么事明天再说。"

王后的随从们连忙去给鬼王做饭，鬼方军众将官各自找到了自己的家眷。真是分别一日，有如三秋。有的在诉说离情，有的在准备夜宵。渡口小镇的深夜出现了罕见的热闹，到处是辉煌的灯火，欢笑声此起彼伏。

忽然有人喊叫："失火了！"

接着又一处火起，三处，四处。鬼方军士投入救火的战斗，抢救他们的财物。鬼王突然明白情况不妙，但见火光冲天，杀声四起，鬼方军陷入了商军的包围。

丙先锋率军从西杀来，主丁元帅率军从东杀来。鬼方军将领各自和家眷在一起，兵找不到将，将找不到兵，乱作一团。鬼王一面指挥部下拼命抵抗，一面派人骑马飞奔安邑城调大太子率军速来救护。

西面来的商先锋丙的部队，由徐通一马当先，势不可挡。鬼王图克伦亲自挥斧上阵，力敌徐通，鬼方许多将领各自保护着自己的妻子逃命。三太子图迪罕找到了父亲，叫父亲赶紧保着母后逃走，自己引军抵挡徐通，且战且退。这时东面主丁指挥的部队也已冲杀过来，东西两路商军就要会师了。鬼方军在主丁和丙的夹击下伤亡惨重，半年多来抢劫到东西也全都扔了，逃命要紧。大家涉水渡过涑水河，在过河的时候，又被商军从岸上放箭射杀了不少人。

主丁和丙在渡口商量了一下下一步的行动安排。丙率先锋部队撤离了战场，在涑水渡西渡过了河直奔龙门关而去。

主丁命来先甲打扫战场，收集鬼方军丢下的东西、马匹和车辆。

主丁自率一支部队埋伏在路口，准备迎击从安邑出来的鬼方救兵。

再说鬼王图克伦在涑水渡口遭到商军突然袭击时，慌乱中未经深思立急派出军士奔安邑调大太子来增援。派出的军士运气很好，顺利地突围到达安邑城下。安邑城北门外没有商军，军士从北门进入安邑城，见到了守城的大太子图必利。

图必利问道：“你跟随大王去救王后，为什么跑回来了！”

军士回答道：“大王和王后在涑水渡被围，命我回安邑急调大太子率兵救护。”

图必利大吃一惊，连忙点起安邑城里所有的鬼方军，出了北门向涑水渡杀去。

辛义得报：“鬼方大太子率领安邑城中的鬼方军出北门离去。”

辛义急忙登上了安邑城北门楼，看见西北方向正在离去的图必利的军队，叹道：

“连个招呼也不打就走了。”

辛平说道：“一定是鬼王被围，图必利救父母心切，顾不上打招呼，你看他去得多么急。”

辛义再看图必利的军队，只见这支部队由于行进很快扬起了高高的烟尘。

“城外商军在调动！”一名卫兵喊道。

辛义和辛平警惕地往城下望，但见商军旗帜摇动，一支商军尾随图必利的部队向西北方向进发。辛义大惊道：

“图必利危矣，我们怎么办？”

辛平说道：“他不辞而别，我们也不必管他，事实上我们也管不了他。我们如果再出城救图必利，也要被围。当初图克伦如果和我们一起守安邑城，商军很难攻打。现在商军把鬼方军分批调出城外，逐个击破，只剩下我们守安邑城，我们能守得住吗？”

辛义猛省，长叹一声：

“万事休矣！”拔出宝剑，要想自尽。

辛平连忙抱住辛义说道：“大哥不可如此！”卫兵连忙夺过辛义手中的剑。

辛义说道：“弟弟你不要拦我，我知道一切都要结束了。不论是商军攻城还是我们出城，我们必定是兵败被擒。我是这场战争的罪魁祸首，商军不会放过我的，我不愿被俘受辱。”

辛平说道：“我们在安邑城是待不住了，应该赶快离开。但我已经看出，只要我们还在城里，商军绝不会攻城。他们留着北门一直不围，过去是为了调鬼方军出城围歼，现在是给我们留出退路。我们放心地出城撤走，不会有人追赶。”

“会这样吗？”辛义怀疑地问。

“会这样。过去我在工屋关战败，不就是这样突围到安邑的吗？”

辛义点头。

图必利率领鬼方军出了安邑城，急速向涑水渡赶去。图必利十分担心商军会从后面追来，这将使他腹背受敌，他不断派出探马打探背后有没有商军追赶。

“一支商军从背后追来，人数不详。”

“再探！”

“果然如此。”图必利想，“是继续奔赴涑水渡，还是转身列阵，回击商朝的追兵？”

图必利边走边想。忽然，他想通了：“不能停止。这支追兵的目的就在于牵制我，叫我停下，不能去救父王，我一定要尽快赶到涑水渡。再说，此战败局已定，只愿我们能平安回到家乡，现在要想办法离家乡越近越好。”

就这样，图必利率军在前面跑，商军在后面追。当图必利接近涑水渡的时候，望见涑水渡口浓烟滚滚。图必利心急如焚，快马加鞭冲向涑水渡。

突然，一声号角，乱箭从大路两旁射来，鬼方军许多人中箭倒下。图必利也中了一箭，幸亏射在护心镜上，没有受伤。只听对面鼓声大作，一支商军挡住去路。商军高挑一面大旗，上面写着“元帅丁”。又听得背后杀声震天，原来是追兵已经赶来。

图必利陷入重围，指挥鬼方军士拼命抵抗，鬼方军四面受敌，伤亡惨重。图必利想道：“今番我也要遭到二弟同样的命运了。”

突然狂风大作，飞沙走石，吹得人睁不开眼睛，图必利一看机会来了，立即率领鬼方军从东北角商军的间隙中突围出去，主丁立即指挥商军追赶。图必利逃到山脚下弃马翻山越岭而逃，主丁追到山脚下，见鬼方军士善于爬山，已追赶不及，只好作罢。商军在山下缴获了鬼方军的大量马匹，得胜而回。

抢占龙门关

涞水渡一战，商军先锋官丙没有等战斗结束就率部撤离了战场。丙去完成一件重要的任务，抢占龙门关。龙门关是商朝防御鬼方的第一道关口，这一次鬼王图克伦入侵，就是从攻占龙门关开始，一直打到商朝防御鬼方的最后一道关口王屋关。主丁和丙奉命收复失地，从王屋关打起，最终的目标就是收复龙门关。

丙之所以要急奔龙门关，就是要赶在鬼王图克伦撤到龙门关之前，也要赶在鬼方壶口关守军增援龙门关之前。因为自从鬼方占了安邑城之后，鬼方在龙门关守军不多。一旦鬼方加强兵力据守龙门关，商军要收复龙门关就要付出很大的代价。在涞水渡的战斗中，主丁故意放走鬼王派到安邑城求救兵的鬼方军士，而丙却派金敏先到通往龙门关的路口，防止鬼王派人先到壶口调兵增援龙门关。然而鬼王并没有想到这一点，所以金敏没有等到鬼方派出的军士，等到的是首先到达路口的丙和徐通。

丙领着徐通和金敏杀到龙门关下，这时鬼方在龙门关上只有十多个人在守卫，丙顺利地占领了龙门关，鬼方守军逃走。

鬼王图克伦领着残兵败将，带着伤员和家眷行动迟缓。图克伦命图迪罕断后，自己和王后先行。走到距龙门关十里路的地方鬼王下令停止前进，就地休息，鬼王一个人沉思起来。

三太子图迪罕到，对父亲说：

“父王，前面就是龙门关了，到关上再休息吧。”

众将士都赞同三太子的意见。他们都饿了，想到龙门关上去用饭。

鬼王嘿嘿一笑，“你们还想从龙门关过去？我想商先锋丙已经占领龙门关了。我们再前进，等于送死，现在只有翻山越岭回家乡了。我们这次南下安邑，损失惨重。现在剩下的兄弟中有不少伤员，还带了一部分家眷。大家要患难与共，互相帮助，翻过山岭好回家。”

众将称是。鬼王又命令留下几个身强力壮的军士隐伏起来，等候大太子图必利，防止图必利直奔龙门关再中商军的埋伏。鬼王领着残部相互搀扶，爬上山去。到了山上，鬼王从山豁口窥望龙门关，关上果然换成了商军的旗帜。

收复安邑城

安邑城里，辛义和辛平兄弟领着夏军将士正在辞别夏王庙。

夏王庙原是夏朝祭祀祖先的地方，夏朝灭亡之后年久失修。这次辛义要恢复夏朝，当然要把供奉历代夏王的庙修好。如今恢复夏朝的梦想破灭了，辛义不得不撤出安邑，临行之前特来向历代的夏王告别。

商朝的大军就在安邑城外，城上的夏军已无力阻挡商军的进攻。然而辛义已将生死置之度外，因此不慌不忙地来到夏王庙。辛义心里想，如果这个时候商军攻入安邑城，自己就自刎在历代夏王的神位前，作为自己灭商复夏的最后结局。

然而商军仍然没有对安邑城发起进攻，安邑城的北门外的商军依然没有合围，夏军的守军也没有将北门关闭。城门大开，但没有一个人出入。

辛义兄弟领着众将参拜先王。从大禹开始，然后是启、太康、仲康、相、少康、予、槐、芒、泄、不降、扃、廑、孔甲、皋、发，最后是履癸，也就是桀。

参拜时，辛义和众将默默无语，因为实在没有什么话可说。一场恢复夏朝的战争，带来的是无数夏朝后裔的生灵涂炭。既未能光宗耀祖，又是愧对后人。

“我们该走了。”辛平说道。

“是该走了。”辛义回答。

安邑城里吹响了一声悲凉的号角，城上的守军卷起了旗帜鱼贯下城，然后列队跟着辛义和辛平的战车缓缓地出了北门。半里外的商军望着辛义撤出安邑城，既没有冲杀过来，也没有跟踪追击。

当辛义领着夏军走了约两里的路程，商军阵地中传来了号角声。辛义警惕地回头观望，看见商军中有一支部队在调动。这支部队打着夏军的旗帜向安邑西门走去，一员战将的战车走在军队的前面。

“这是我过去的部下，新任命的安邑守将费甲，安邑城的守卫仍由夏军负责。”辛平说。

费甲率领夏军进入安邑城后，首先参拜了夏王庙，然后派兵保护，又分兵把守安邑城的四门。费甲进驻辛义的元帅府，改称将军府。

主丁率领商军指挥部进入安邑城，进驻鬼王图克伦的王府。商军只有主丁和髦纪等少数人和少量卫兵住在城里，大部分商军都在安邑城外。商军扎下东、西、南、北四座大营，分别由来先甲、来先丙、目夷荣和目夷癸统领。商军纪律严明，严禁烧杀抢掠，无令不准进安邑城。

主丁出榜安民，任命安邑守将费甲兼任安邑太宰，为安邑最高行政长官。主丁又把缴获来的战利品分别处理。凡鬼方军的战车、战马和兵器商军留下，并分给费甲统领的夏军一部分。许多民用财物都是鬼方从安邑一带夏民那里抢来的，主丁把这些东西交给费甲去处理。费甲发现这些东西中有一些是附近诸侯国的镇国宝物、金册、玉玺，就派专使将这些宝物送还各诸侯国。各诸侯国非常感动，也打消了对商军的恐惧，纷纷派使臣去安邑答谢。主丁接见了这些使节，安排他们参拜夏王庙。各夏朝诸侯国都表示要与商朝友好相处，拥戴商王。逃到山沟里的诸侯国国君们、贵族和居民，也都陆续回到自己的家园。逃出安邑城的夏民也陆续回来，店铺也开张营业。

费甲把鬼方抢劫的夏民财物放在夏王庙，由失主认领。当时的人忠厚老实，不敢冒领他人的东西。尤其是在祖先的神庙里，更不敢做这种不道德的事情，许多东西一直没有人认领，估计主人已经全家遇难了。

丙守龙门关

丙在龙门关上和徐通布置军士整修关城。半年多前鬼方南下攻打龙门关时关城遭到严重的破坏，此后鬼王和辛义住在安邑，对地处他们后方的龙门关不重视，也没有修整，只派十多个军士在这里把守关口，检查过往行人。龙门关作为商朝的边关，军事上十分重要。丙收复了龙门关，就要认真整修。整修过程中不但要恢复原来的功效，而且要吸取前次龙门关失陷的教训，加以改进。

派出去打探军情的金敏回来报告：

“二太子，鬼王率领残兵败将正在翻山越岭往壶口关撤退。”

“二太子，”徐通问道：“我们要不要追杀他们?”

丙说道：“不可。鬼方军士善于走山路，而且这一带他们熟悉地形。在山地战车、战马、长枪、大斧都不能用，只靠短兵器，山地也不能列阵。鬼方军士在山地遇敌立刻四面散开，有如山羊。我们在山地和他们一对一地用短兵器交战，恐怕除金敏一人能占优势外其他人都不行。除此之外，图必利的残兵败将很快也将来到龙门关附近，他们也将走山路。如果我们袭击鬼王，图必利反而成了鬼王的援军，我们要受夹击。”

“这么说，我们只好坐视他们翻山越岭逃回去了?”金敏问。

丙回答道：“我们抢先占据龙门关，就已免除了攻坚的伤亡。这一带到处是山，鬼方军随时可以四散登山而逃，我们难以聚歼敌人。从长远考虑，我们抢占龙门关并把关修整好，使龙门关成为商朝西北防御鬼方的第一道关口。鬼方要大举南下，非通过龙门关不可，我们守住关口，鬼方大部队就无法南下。”

丙停了一下，又说道：“现在图必利快到了，金敏，你可领一千人出关南下，截杀图必利，但估计战果不会大。因为图必利遇到商军不会恋战，必定命军士四散登山。我军切不可登山，你们此去，只是叫他们早些上山，多走些山路。”

“我和金敏一起去。”徐通说道。

丙回答道：“你不能去。鬼王越过了这座山立即会派人到龙门关北面攻打龙门关，徐通你要负责守关。”

“鬼王这个时候已经筋疲力尽，还会来攻关吗？”徐通问道。

丙回答说：“越是认为不可能发生的事常常会发生，我想鬼王一定会派人来攻关。他并不是真的认为能把龙门关攻下，他是为了牵制我们，掩护图必利顺利过山，如果我们不认真防守，也很危险。鬼王当初就是因为忽视了龙门关的重要性，没有派重兵把守，使我们在涞水渡攻打鬼王没有北面之忧，然后又轻而易举地拿下了龙门关。”

徐通和金敏明白了龙门关的重要性的当前两军的意图。

丙又说道：“图必利的残兵败将到后，袭击一下就撤回来。因为辛义率领的夏军随后就到，千万不要攻打他们。即使他们到龙门关下，我们也开关放行。不过辛义绝不会走龙门关，他必走山路。上山时他会丢下战车和战马，我估计他不会毁车杀马。等辛义上山后，金敏，你把辛义的车马收集起来，改日我们给他送到壶口关下。等图必利和辛义都越过这座山，鬼王攻打龙门关的兵就该撤了，这时候徐通可以开关出去追杀一程，但不要追得太远。”

徐通、金敏领命。

丙对徐通和金敏布置完了任务之后，独自在龙门关城上找了一个安静的藏兵洞静坐。丙先练了一段乾坤掌功法，继而考虑下一步应该做的工作。自己现在正在商朝领土的边陲，鬼方的一次大规模入侵刚刚被打退，如何能使商朝的西方边境长治久安呢？丙忽然想起有一个人必须拜访，登门求教。这个人就是夏末忠良关龙逢的后裔，安邑一带的名士关衡。丙在相都多次听到姐夫缯衍称赞关衡的人品与学识，听说关衡就隐居在附近的龙门山中。

关下的吵闹声惊动了丙，丙登上城楼，看到徐通正率众军士严阵以待，关下的一群鬼方士兵在大喊大叫。他们既没有攻城的工具，也没有车马和长兵器，就连服装也破烂不堪。这些人提着短刀，甚至拿着木棒，完全像是一群乞丐。

徐通下令放箭，前面几个人被射倒，其余的人扭头就跑。跑了一段路，不见有人追赶，就坐在路边。

金敏回来了，向丙报告。

“在龙门关南十五里处遇到了图必利的败兵，向他们发起了进攻。图必利率众上了山，遵照二太子的命令没有追赶。派出探马打探，得知辛义率夏军已渡过涑水河，接近龙门关。为避免和辛义接触，引军撤回，留下了探马监视辛义的动静”。

“好。金敏，你来守关。徐通，你出去把这帮乞丐赶走。”

徐通开关，率三百骑兵冲杀出去。鬼方军拔腿就跑，路旁山陡，一时找不到可以攀登的地方。徐通等追上射杀了一些鬼方军士，然后收兵回关，鬼方军士不敢再接近龙门关。

鬼方白部鬼王图克伦、大太子图必利和夏将辛义率领的部队陆续回到了壶口关，鬼王对大太子和辛义说道：

“你们都平安地回来我就放心了。辛将军，壶口关还是由你来把守。这次我们中了商军的奸计，商军杀了我的二儿子，我定报此仇。我到我鬼方内地去再征召一批能征战的军士，重整军威，等商军退兵，我再追击。”

鬼王和王后带着图必利、图迪罕、鬼方军士和家眷离开了壶口关往鬼方白部王都而去，辛义和辛平兄弟率领夏军在壶口关安排防守。

一天，忽听得关下车声隆隆，接着又是战马嘶鸣的声音。辛义大惊，连忙登城观望。只见一队商军骑马离开壶口关往龙门关方向而去，而关下有三十多辆战车，二百多匹马，看不见人的踪迹。辛义大疑，对辛平说道：

“这是丙的什么计谋？”

辛平说道：“你看，这是咱们自己的战车和马匹。我们翻山越岭回到壶口关，无法带战车和马匹，上山前丢在龙门关以南，现在丙派人沿大道把这些车辆和马匹给我们送来了。”

辛义十分感动。辛平开了关门，领军士把车辆和马匹拉入关内。只见车内载着辛义登山前丢下的长兵器和不便携带的物品，一件不缺。

丙拜访关衡

丙守龙门关，辛义守壶口关。交战双方脱离了接触，互不骚扰。

一天，丙对徐通和金敏说道：

“这些日子战局平静。安邑那边主丁元帅军纪严明，任用费将军治理安邑，深得夏民之心。近日天气晴朗，我想去拜访一下贤士关衡，求教长治久安之策。徐通留守龙门关不可大意，金敏陪我去关家庄拜访关贤士。”

二人领命。

第二天清早，丙带着金敏和几个随从出发。走了十多里地，丙来到龙门瀑布下。丙为这大自然的壮观景色所折服。丙曾经多次渡过黄水滔滔的大河，在那里大河给他的印象是非常宽阔，一望无边。在这里则又是一种景象，大河之水，伴着巨响从天而降，激起数十丈高的浪花。浪花上弥漫着水汽，阳光照射着浪花和水汽，一道彩色长虹呈现在瀑布前。

看过瀑布之后，丙一行离开大河沿着一条小溪进入龙门山，又走了十多里山路到了一处村落。村落的西边依山面水有一个庄园，丙叫随从打听清楚，这里正是关家庄。丙一行到了庄门口下了马，丙命人通报：

“商先锋官丙拜访关贤士。”

门口有一位老庄客见有客人来出门探望，听了客人的通报进入庄内禀告主人，不多时看见一个人领着四五个庄客出迎。这个人年纪约三十岁左右，满脸红光，浓眉凤眼，胸前飘着长长的黑须，真是仪表堂堂。此人见了丙躬身施礼道：

“山野村夫关衡不知二太子殿下光临草舍，有失远迎，望殿下恕罪。”

丙慌忙施礼道：

“丙在相都久闻关贤士学识渊博，十分仰慕。今有幸驻军龙门关，邻近贵庄，特来登门求教。”

关衡说道：“关某才疏学浅实不敢当贤士二字，殿下既然来到敝庄就请入庄一叙。”

丙进了关家庄，但见房屋虽不豪华，但很整齐，庭院十分清洁。关衡请丙进堂屋，丙发现堂屋高得出奇。进了堂屋首先看到一具怪兽的骨骼，这只怪兽的骨架高约二丈，长数丈，头上有两只大角，张着大口，口中长着半尺长的大牙。丙从来没有见过这么高大的兽骨，心想怪不得堂屋盖得这么高，原来是为了供奉这架兽骨。

丙看到堂屋的正上位有一条长大的供案，供案上立着不少牌位。丙想这一定是关衡的祖先牌位。但见牌位上多写着先祖关某某等字样，另有几个牌位却写着先祖刘某某等字样。丙先为怪兽的骨骼惊异，接着又为一户先祖两姓而不解，于是请教关衡。关衡解释道：

“我家本豢龙氏之后，此骨不是兽骨，而是天龙之骨。上古时民风淳朴，天龙常常从天而降，降在龙门，在龙门瀑布上下翻腾起舞，有时也上岸与民一同游戏。先祖善饲龙，家中建有高屋，常迎天龙到家里来饲养，被人称作豢龙氏。先朝帝孔甲在位的时候，曾经祈请天龙下降。天龙感动，有雌雄二龙降于宫廷。孔甲宫中没有人会喂养，求助于我家先祖。先祖派他的大徒弟，唐尧的后代刘累去替孔甲养龙。孔甲赐刘累姓御龙氏，后来孔甲淫乱失德，天龙一死一飞，刘累逃回我家。这副龙骨就是当年死去的雌龙之骨，是当年刘累带回来的。从此豢龙氏、御龙氏二姓一家，都叫做关龙氏，从此以后天龙再也没有下降，但饲龙之术代代相传，不敢忘记。先朝帝桀时，先祖关龙逢为大夫。帝桀无道，先祖关龙逢谏桀于谣台。桀不纳忠言，恼羞成怒，杀了先祖关龙逢。关龙逢之子关龙直率族人回乡隐居，改姓关，人称关直，从此关、刘二姓一家。”

丙听了关衡的话后说道：

“豢龙氏善饲龙，丙也曾听说过。今天能拜访豢龙氏并瞻仰天龙遗骨，实在是令人高兴。而令先祖关龙逢大夫正直刚毅，是万世之表率，是丙所敬佩的先贤。贤士出身名门，上承先祖遗风，又精心治学，为当代名士。丙奉父王之旨讨伐鬼方安抚百姓，虽暂获小胜，但因丙年少无知苦无长治久安的良策，因此特来向贤士求教。”

关衡说道：“殿下虽然年轻，这一次领兵作战当先锋官，殿下的智谋已显示出来，并见诸成效。殿下提出的联夏共御鬼方的策略得到贯彻，商军到达安邑城对支持过鬼方的夏民不追究，对夏民和商民一样，并归还鬼方军抢去的夏诸侯国宝器及夏民财物，这些夏民均有感知。如今多数夏民均愿拥商共御鬼方，以保这一带夏民和商民安居乐业。那鬼王图克伦虽来自化外之地，但也身经百战，颇有心计。殿下王屋关、涑水渡之战，能使鬼王连连中计，大败而回，而商军伤亡极小，诸将莫不称赞。这次鬼方被打退了，但鬼方为害安邑，非一时之事。从先朝起鬼方就不断入侵，先朝设北都于安邑城，统领这一带几十个诸侯国，拒鬼方于壶口关以北。鬼方若南侵，以安邑为首的几十个诸侯国一起攻打鬼方，鬼方难以得逞。商朝代夏之后，先都亳、隞，今又迁相，安邑一带不封大国。夏、商及上古所立的几十个诸侯国都是小国，没有一个强有力的诸侯长。安邑空虚，壶口关在与鬼方一伙的夏将辛义之手。鬼方南下，须商朝朝廷派大军方能打退。商军退兵，过些日子鬼方又来，永无休止。这一次辛义引鬼方军南下，攻下安邑城，夺了王屋关，并有进攻邢国之势，安邑一带几十个诸侯国国都被鬼方军洗劫。但这一次安邑一带夏民、夏诸侯国甚至辛义等夏军也都看到了鬼方之害，都希望能过长久的太平日子。依关某之见，为了这一带的长久太平，应在安邑、龙门一带建立一个强有力的诸侯国。这个诸侯国的国君应当是商王族，得到商王的信任，为这一带诸侯长，授予指挥各诸侯国征伐的大权。这个诸侯国的国君还须得到这一带诸侯国的共同拥护，使各诸侯国愿意服从，然后再进一步争取壶口关的辛氏兄弟，使他们与安邑一带各诸侯国和睦相处，这样，鬼方军就不敢南下。最后，再与鬼方白部修好，教其耕、牧自食不再为害，这才是安定鬼方的长久之策。”

丙说道：“贤士的见解实在是高明，提供了安定鬼方的长远策略，又指出了逐步达到这一目标的做法。看来伐鬼方是下策，御鬼方是中策，只有贤士提供出的安定鬼方的策略才是上策。丙过去站得不高，看得不远，贤士的指教令丙终生难忘。待我回都之后当禀明父王，实行贤士的策略，到时候还要请贤士出山相助。”

关衡说道：“如果殿下承担此任，关某感殿下知遇之恩，当随殿下效力。”

丙大喜，当晚，丙一行留宿关家庄。关衡向丙介绍了安邑、龙门和壶口一带的山川形胜，历代变迁，风土人情，诸侯国之间的恩怨。丙从关衡那里学到不少东西，丙为得到关衡这样一位良师益友而高兴。

次日早饭时丙说道：

“昨日与关贤士交谈受教甚多，还想再盘桓两日，并在附近看看，访问一下百姓，只是对龙门关放心不下。金敏，你先回去协助徐通，小心守关，我过两天就回去。”

金敏说道：“龙门关虽然重要，二太子更重要，我不能离开二太子。”

关衡说道：“在我这里没有危险，过两天我派高人送二太子回龙门关。”

金敏起身对关衡拱手说道：“关贤士，那就拜托您了。不过我要先说明，如果二太子出了事，休怪我小猕猴……”

“金敏不得无礼！”丙说道。

关衡笑道：“小猕猴忠心可嘉。”

金敏转身无影无踪，关衡左右皆惊。

祖乙登位

商军击败鬼方军，收复王屋关、收复安邑城、收复龙门关的捷报接连不断地传到了相都，商朝举国欢腾。君臣都松了一口气。帝河亶甲由于紧张、劳累了几个月，到这个时候病情加重，难以支撑，卧病不起。

河亶甲病危，先把妇甲和乙叫来，对他们说道：

“我已经不行了。今天把你们叫来，可惜丙不能来，见不到他了。我走了以后你们姐弟三人要和睦相处，互相帮助。”

妇甲和乙点头称是。

河亶甲对乙说：“我把王位传给你。你继位为君，绝不是一件容易的事，凡事要依靠丙。他虽比你小，能力在你之上。他为人忠厚，是你最可靠的助手。缯衎学识渊博理事有方，朝政多与他商量。巫贤能干，对你忠心，但他心胸狭窄，且多疑，他的话不可全信。你沃庚叔软弱，无力振兴商朝，所以我不把王位传给他。他可能会有所不满，但要信任他，尊重他，他不会谋反。你大兄主丁有勇有谋，但个性太强，他若继位会成为暴君。我商朝传统一向是传弟或传子，我若无子，当传你沃庚叔。只有在我既无弟，又无子的情况下才有可能传位给他。现我已有太子，你大兄原不应有非分之想，但他时有异志你须谨防。能够劝阻影响你大兄者，唯有丙。希望你大兄能忠于朝廷，你对大兄要尊重，给他一定的权力，又不要使权力过分集中在他手中，可以逐渐加大丙的兵权，使丙的力量能够与你大兄抗衡。丙会处理好与你大兄之间的关系，防止王室中发生不应该发生的事。”

乙说道：“谨遵父王之命。”

河亶甲传旨，将王室成员和朝廷重臣召到病榻之前。河亶甲说道：

“众位大臣，吾病危矣，将辞众位大臣。今传位太子乙，乙年轻，望众位大臣扶持。沃庚弟，你是乙的长辈，国家的元老，要帮助乙治理好国家。国难当前，主丁和丙自告奋勇，率兵远征。他们打得很好，取得了重大胜利，收复了失地，提高了我商朝的威望。我对他们很满意，可惜见不到他们了。传我命令嘉奖他们，并要他们拥戴乙，共保国家。”

言毕河亶甲崩。

上卿缯衍宣布：“王已归天，遵先王遗诏，太子继位为王，为大商第十三国君祖乙，百官叩拜！”

缯衍扶祖乙就座，然后率百官叩拜祖乙。沃庚虽然是乙的叔父，此时也不得不叩拜新王祖乙。

河亶甲的丧事依礼隆重举行，由缯衍主持。随后，由巫贤主持在神庙中举行法会，法会共四十九天，然后举行葬礼。

祖乙的登位大典由国相沃庚主持。满朝文武欢呼年轻的新君主登位，一齐参拜新君。沃庚恩准不参与参拜，只站立在君主身旁主持典礼。沃庚没有当上君主，心中不大高兴，但仍居国相职务，又是国之元老，受到尊重，也就随遇而安了。

《史记·殷本纪》记载：

“河亶甲崩，子帝祖乙立。”

先祖三十六君侯谱中记载：

“祖乙十三王。”

讲的就是祖乙继河亶甲成为商朝第十三位国君这件事。

主丁撤兵

安邑城里，主丁正陶醉于赫赫战功。这次他自告奋勇率军讨伐强悍的鬼方白部，出发前做了最困难的思想准备。由于采取了正确的策略，并在战斗中使用了巧计，争取到夏民的支持，诱使鬼方分兵出城，在城外将其个个击破，在不到一个月的时间里就收复了王屋关、安邑城和龙门关，把鬼方军赶到了壶口以北，重创了鬼方军而自己损伤很少。

主丁想道：

“通过这次战争，我主丁的功劳显赫，威望大增。现又军权在握，将来继承王位，恐怕没有人能和自己竞争了。”主丁想到这里心中十分高兴，“这次领兵出征的目的达到了。”

主丁的心情特别好。他叫厨师准备了一点酒菜，叫人去把髦纪叫来。主丁想和髦纪谈谈自己的感受，并筹划一下回都后如何扩大自己的影响，争取更多人的支持。

派去请髦纪的人还没有走，髦纪不请自来，而且是跑到主丁的房间里来的。

“髦将军，有什么事？我正要请你来共饮几杯。”

“从邢国传来了消息，说大王驾崩！”

主丁大吃一惊。

接着军士入报：“朝廷王使到。”

主丁和髦纪率众将迎接王使。只见王使身穿丧服，进得门来面南而立，说道：

“奉王命颁布遗书二份：

一、先王遗命：传位太子乙。”

王使读完第一份王命后，将王命挂在堂前供众将参拜，然后又读第二份王命：

“二、先王遗命：丁、丙勤劳国事，征讨鬼方连获大胜，给予嘉奖。”

王使读完第二份王命后，将王命递给主丁。

主丁接过王命，看也不看，将王命扔在案上说：“嘉奖有个屁用!”

颁命的王使和众将大惊，谁也没有说话。良久，主丁对王使说道：

“你的事完了，回去吧。”

王使退下，髦纪跟了出来。把王使接到客舍，对王使说道：

“您一路辛苦，先用些便饭。就在客舍休息一夜，明日早饭后我来送您出城回都。”

王使官说道：“一切听髦将军安排，先王丧期诸事从简，王命在身不敢久留。”

“我得马上回王都看看。”主丁想，他在安邑城再也坐不住了。

主丁下命：“大军返回相都。”接着，主丁做了一系列的布置：

传令给先锋官丙，通知大王驾崩，立即撤兵，火速率本部直奔王屋关。

丙所率先锋部队现在龙门关，这次退兵成为后军，命来先丙率军暂做先锋部队立即出发前往王屋关。

命人叫来费甲，主丁对费甲说道：

“费将军，我大王驾崩，商军将撤回相都，安邑城就交给你了。鬼方军若不来，你就在安邑城主持一切。若鬼方军来攻安邑城。你能守则守，不能守则撤到王屋关，或分散依附各诸侯国。”

费甲领命，然后回去安排。

次日，主丁、髦纪、来先甲、目夷荣和目夷癸率商朝大军离开安邑城外的大营向王屋关撤去。

丙设计退兵

龙门关上丙接到主丁送来的撤军命令，得知父王驾崩，心中万分悲痛。丙想到父王临终未能见到自己，痛不欲生，徐通连忙劝解。

徐通怕鬼方乘机来犯，登关布置防守，布置完毕又下城劝解丙。徐通一会儿上城，一会儿下城，忙成一团。

“金敏这小子跑到哪里去了，”徐通想；“他会说话，能劝解二太子，怎么现在不见了？”

“金将军回来了！”军士报告。

徐通从城上往军士所指的方向一看，只见金敏带着一伙人向龙门关走来。“他们是什么人？”徐通想。只听得金敏喊道：

“关贤士闻大王驾崩，特来慰问，赶快开关门。”

“原来金敏去请关贤士去了。对，这个时候由关贤士来劝解二太子最合适，关贤士还可以帮助二太子想些办法。”徐通想，“金敏这小子总是比我想得周到。”

丙听说关衡来了，连忙出门相迎。

关衡对商王的驾崩向丙表示慰问，丙对关衡表示谢意。

金敏说道：“我已打听到大太子已经登位。元帅传来的命令只说了大王驾崩，没有提到大太子继位一事。”

丙说道：“大王驾崩举国震动，所幸大哥已继位令人稍稍安心。在这种情况下我们本应坚守阵地，以防不测。我先撤兵鬼方必攻我后，我们是撤还是不撤，可以说是进退两难。”

金敏说道：“既有元帅撤军的命令，当遵军令。况且元帅大军返回相都，若二太子不归恐大太子，不，是大王，恐大王势单力薄。若相都有变，我们在龙门关难以顾及。”

关衡说道：“金将军所言极是，相都城中大王恐怕正日夜盼望殿下回归。”

丙问关衡道：“如果鬼方追击怎么办?”

关衡回答道：“如果鬼方追击就利用这个机会夹击。前者三战，虽然重创鬼方军，但还没有给鬼方军以致命的打击。如果再给鬼方军一次重大的打击，鬼方在数年之内将没有力量南下。”

丙起身谢关衡道：“父王驾崩我方寸已乱，若非关贤士指点几乎误了大事。关贤士请受丙一拜。”

关衡连忙起身回拜道：“殿下万万不可如此。请殿下立即调度撤兵一事，再问一件事，不知殿下军中有无伤病将士?”

丙回答道：“此次出兵至今受伤未愈及染病者有十多人。”

关衡说道：“殿下如相信关某，请将这些将士交给关某带回敝庄休养，等他们康复之后我派人将他们送到相都。”

丙说道：“这样太好了，我正为如何安置他们而担忧。”

当夜丙传令：

“命金敏率领战车打着先锋官丙的旗帜以尽快的速度奔往王屋关。在距关五十里处安营，同时派人到王屋关调大癸守关军出关至安营处合兵待命。”

“令徐通率马步军撤离龙门关，沿大河南撤一百里隐伏在河谷待命。”

派出军士赴安邑城与费甲联络。

众将士领命后相继出发。

丙在龙门关上遍点灯火，三更时分，丙率亲随悄悄离关。

夜战断鬼坡

却说鬼方白部鬼王图克伦败回壶口关后，对这次战败很不服气。图克伦回忆这次出兵的第一阶段，顺利地占领了从龙门关到王屋关大片的商朝领土，占领了安邑城，可以说是所向无敌，这证明了自己是能打仗的。在战争中，抢到了不少好东西，使他成为鬼方五部中最富有的一部。不料商军一来自己败得这么快，这么惨，不但前功尽弃，抢到的东西全部丢了，而且死伤无数，自己的二儿子也被商军杀死，这使得他在鬼方五部中的威望受到很大的影响。图克伦决心报仇雪耻，他叫辛义把守壶口关，自己回到家乡，图克伦要从家乡再招一批军士去攻打商军。但这一次主动投军的人不多，图克伦采用了威胁和强制的手段勉强凑足了人数，但其中包括了一些年近五十的老兵和年仅十五六岁的孩子。图克伦和他的两个儿子每天一早起就训练部队，准备卷土重来。

一天，鬼王图克伦派到安邑的一个探子回来报告重要的军情："商朝的大王死了，商军的元帅主丁就要撤兵回王都去争夺王位。"

图克伦一听大喜，立刻和两个儿子率领鬼方大军抵达壶口关。图克伦见到辛义，对辛义说道：

"辛将军，听说商朝的大王死了，主丁要回商都去争夺王位，这事可准确？"

辛义回答道："确实如此。"

图克伦说道："这太好了。他若退兵，我去追杀，替我二太子报仇！"

辛义说道："主丁和丙对追兵一定会有准备，不可大意。"

图克伦说道："不能大意是对的，但也不能坐失战机。主丁急于回去争夺王位，必定不会恋战，这个时机太好了。不足之处是我的新兵训练不够，不过我想如果打得顺利就打下去，多杀商军。如果打得不顺利我就退兵，主丁急于回朝必定不会穷追。辛将军，你们兄弟在此把守壶口关，我带领我的两个儿子率军南下龙门关出击，如果商军厉害我们就跑回来。"

正当图克伦和辛义议论的时候，图克伦派出的探马陆续回来报告：

"商军元帅主丁率大军离开安邑城外的大营奔王屋关而去。"

"商先锋官丙撤离龙门关奔王屋关而去。"

"龙门关上飞鸟成群，关上已无人把守。"

鬼王图克伦坐不住了，说道："太好了。我料定商军要退兵，果然。我报仇的机会来了。"

鬼王点起自己所有的人马离开壶口关浩浩荡荡杀向龙门关，龙门关果然无人把守。鬼王率军越过龙门关杀向安邑城，探马报告安邑城只有费甲率领的夏军驻守，兵力不多。鬼王传令不要进城，在城外商军旧营营址宿营，第二天一早鬼王率军向王屋关方向追去。

再说主丁率大军撤离安邑向王屋关进发，主丁一边撤退一边也提防鬼方的追击。一日黄昏日将西落，主丁估计来先丙的先头部队已经到了王屋关。主丁撤出安邑城时因先锋官丙在龙门关，所以又派来先丙率部做先锋先到王屋关协助大癸布防。主丁知道，商军在王屋关以西时时都有危险，王屋关失守更不得了。只要自己安全撤到王屋关以西，再守住王屋关，鬼方军就不敢轻易攻打。主丁合计了一下行军的时间，下令部队原地休息，吃点东西然后一夜不睡连夜行军，在明天拂晓前务必赶到王屋关。

主丁又想到了丙，“这孩子怎么还不见动静？我令他立即撤兵，晚了会有危险。”

探马来报：“丙先锋官的部队已经接近王屋关。”

“嘿，这小子跑得真快！”主丁想，“他是先锋官，应该赶到前面。不过现在险情在后面，断后一事我自当之。”

主丁问道：“这是什么地方？”

“断鬼坡。”髦纪回答道。

“一个不利于鬼方的地名，不过鬼方军不来，叫我如何断鬼！”主丁大笑。

突然，号角声四起，探马来报：“鬼方追兵来了。”

主丁料到鬼方会派兵追赶，所以听到报告开始并不惊慌。主丁从容不迫地布置战斗，商军全军列队，后军改前军，面向鬼方追兵。撤退时的后军，现在的前军都是主丁部下的精锐，这是主丁撤退时的着意安排。两军交兵，杀声震天。主丁登高瞭望，但见鬼方军铺天盖地而来，心中暗暗吃惊：“鬼王怎么还有这么多的兵，这次大概全军都集中在这里了。我商军现在却分在两处，来先丙、大癸和丙在王屋关，我中军在断鬼坡，调他们到这里已来不及了。”

主丁对髦纪说：“看来今夜势必进行一场恶战。髦将军，天色已晚，令旗看不见了，赶快点起信号灯指挥各部。”

髦纪领命。

主丁指挥得法，所部训练有素，虽遭突然袭击能够遇变不乱从容迎敌。鬼方军队伍杂乱调动缺少章法，但鬼方军士体力强壮确是劲敌，而且数量上占优势，双方势均力敌胜负难料。

“元帅，”髦纪说道，“鬼方兵多，我们要不要调王屋关的部队到断鬼坡助战？”

主丁说道：“来不及了。我们的传令兵到王屋关，他们再赶来最早也是明天中午。如果我们战败了，他们再来，也是送死，让他们守王屋关吧。”

鬼王图克伦率军追上主丁后下令冲杀，大太子图必利说道：“这个地方名叫断鬼坡，在这里作战恐对我方不利。”

图克伦说道：“现在商军分兵两处，一处在王屋关，一处在这里，两地相隔百余里。我军集中在一处，兵力超过面前的商军 倍。如果现在不打等商军撤到王屋关，合兵一处再守城，我们去攻城，怎能取胜？传令各部猛烈进攻。”

图克伦指挥鬼方军攻打了近一个时辰，天已全黑，双方互有杀伤，但商军阵地未动。图克伦发现自己的兵虽多，相当一部分部队在后方插不上手。商军一面受敌，能够从容应战。图克伦忽生一计，把他的两个儿子叫来。图克伦说道：

“老大，你从后军调一支部队从右翼包抄过去，以黄灯为号。老三，你领一队人马从左翼包抄过去，以绿灯为号。你兄弟二人合围后一齐向商军中军方向攻打，叫商军四面受敌。”

图必利和图迪罕领命而去。

主丁正指挥商军抵抗鬼方军的进攻，忽见一支鬼方军打着绿色号灯从北翼包抄过来，另一支鬼方军打着黄色号灯从南翼包抄过来。主丁大吃一惊，心里想：“我太小看鬼王图克伦了。我现在已三面受敌了，一旦形成包围我将退无归路。”

髦纪说道：“元帅，情势危急。我军不久将被包围，请元帅先率一支军队奔王屋关取救兵，我在此坚守待援。”

主丁说道：“王屋关来回二百余里，调救兵来不及了。再说要调救兵，派传令军士即可，何须主帅，这分明是临阵脱逃。我主丁为国奔驰沙场二十余年，大小数十战，岂是贪生怕死之辈！”

主丁传令：“来先甲、目夷荣听令！”

“在。”

“来先甲率军一千人迎战鬼方北翼军，目夷荣率军一千人迎战鬼方南翼军，阻止敌军对我军的包围。”

“遵令！”二将领命而去。

只听得杀声四起。来先甲和目夷荣离去后，中军由目夷癸指挥抵挡渐渐不支，商军阵脚不稳节节后退。

探马报：“来先甲将军阵亡。”

探马报：“目夷荣将军阵亡。”

髦纪说道：“来先甲和目夷荣二将军已阵亡，鬼方对我包围之势已成，我军败局已定。与其被围后再突围，不如元帅先率军撤向王屋关，末将在此断后。”

主丁沉思片刻，下令：“髦纪目夷癸二将率军撤往王屋关，本帅自己断后！”

“元帅，这怎么行！”髦纪，目夷癸说道。

“这是命令！”

“是！遵令！”元帅保重。髦纪，目夷癸指挥商军撤退。

主丁望着自己的部队心中惨然，想到这次出兵原想为国立功树立威望，为自己登王位创造条件。不想今天一战大败损兵折将，纵然能够逃回相都新王也不加罪，自己有何面目再见国人。主丁拔出宝剑欲自刎，左右随从连忙抱住主丁。

“元帅不可如此！”

“你们不要管我，各自逃命吧！”

突然，熟悉的商军进攻鼓号声大作，从自己军队后方来了两支生力军截住了鬼方南北两翼的攻势。

探马报：“大癸将军率军截住鬼方北翼军！”

探马报：“金敏将军率军截住鬼方南翼军！”

髦纪、目夷癸返回，对主丁说道：

“元帅，来先丙将军率部增援！”

来先丙和目夷癸进入中军阵地，抵御鬼方军的正面进攻。

“他们来得真快，真及时。谁叫他们来的？”主丁想，“金敏来了，丙怎么没有来，他在哪里？好！鬼方的两翼截住了，就要看我能不能守住中军。”主丁准备亲自上阵了。

一场恶战开始了，商朝伐鬼方的全部兵力和鬼方白部的举国兵力都投入了战斗。主丁明白，这是一场决定双方胜负的决战，也是决定自己命运的决战。自己面对的鬼王图克伦是一个劲敌，形势虽不像刚才那样危急，仍然十分严峻。

忽见鬼方中军后方火起，接着又一处火起，“这是怎么回事?”主丁想，“是鬼方的计谋还是鬼方的法术?”

探马报告：“鬼方中军后方大乱，有一支鬼方援军从西南方向进入鬼方阵地后，和原有的鬼方军打起来了。”

“咦，鬼方军自己打起来了?”主丁忽然大悟，“什么鬼方援军，一定是丙和他的那个徐通！徐通这小子还真像个鬼方将军。”

探马报告：“费甲将军率军从西北方向杀入鬼方阵地。”

“该来的部队都到齐了。”主丁想。但见鬼方部队已乱作一团，主丁下令全军反攻。

鬼王图克伦望着自己的部队在战斗中渐渐地占了上风欣喜若狂，对左右说道：“我鬼王自从遇到了商军主丁和丙连吃败仗，折了二太子和大将塔里布，威信丧尽。今天我要打败商朝名将主丁，让天下人都知道我鬼王图克伦的厉害!”

“大王英雄盖世!”左右齐呼。

鬼王看到远处的黄色和绿色的号灯逐渐接近，知道自己的两个儿子包抄得手，很快就要合围。鬼王对自己的这一部署十分得意，对左右说道：“谁说我鬼王有勇无谋?我指挥两个儿子左右包抄，陷商军元帅主丁于绝境，我要生擒主丁!”

“大王智勇双全!”左右齐呼

鬼王吩咐，“取酒来！”鬼王一边指挥作战一边狂饮。“商朝名将主丁就要败在我图克伦的手中了，可惜便宜了丙那小子。今天的战场上怎么没有看到丙？丙在哪里？”鬼王喊道。

“丙来了！”一群人突然冲杀到图克伦面前。为首一将正是商先锋官丙，旁边一人是杀了塔里布的商将徐通。鬼王大惊，来不及取斧，更来不及上马，被丙一戈击中肩部。鬼王左右急来护驾，被徐通等人截住杀死，丙又一戈击中鬼王头部将鬼王击毙。

鬼方军见鬼王被杀死四散逃命，主丁指挥商军追击直到天明。

断鬼坡一战杀了鬼王图克伦，斩杀俘获鬼方军甚众，商军伤亡也很惨重。

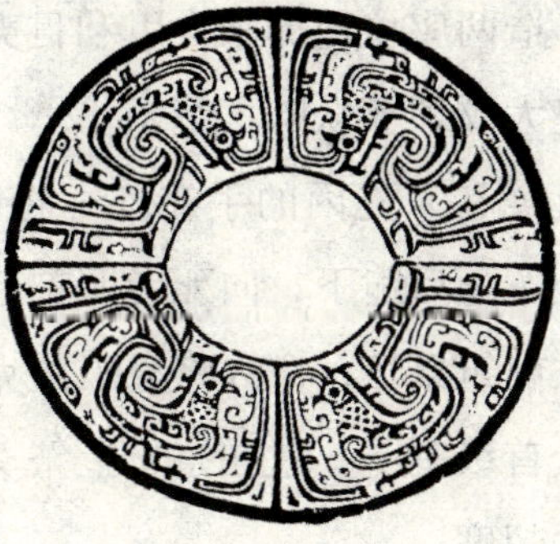

商军祭亡灵

断鬼坡一战商军虽然最终大获全胜，但自家损失也很大。主丁失去了跟随自己征战多年的来先甲、目夷荣两位将军和一批军校，心情十分悲痛。

主丁下令在断鬼坡西面安营。由于鬼方主力已破，残部已逃，营寨建立得比较简单。

商军打扫战场，把商军阵亡的军士遗体抬到一处。主丁命人将为国捐躯者的名字造册，以便回相都上报朝廷。军士们找到了来先甲和目夷荣两位将军的遗体，来先丙和目夷癸两位将军各自抱着自己哥哥的遗体泪流满面，主丁见了泪如雨下。

主丁命人将来先甲和目夷荣的遗体放在白缎之上，用白缎将遗体包裹起来，商军阵亡军人的遗体用白布包裹起来。主丁在断鬼坡前择地，造两座坟埋葬来先甲和目夷荣两位将军，两座坟后又造了一座大坟埋葬众阵亡军士。

主丁拉着目夷癸和来先丙的手在阵亡将士墓前跪下，丙、大癸、髦纪等率全军随后跪下，向死者叩首七七四十九次。

主丁命人在坟前筑祭坛，命人将鬼王图克伦的首级和战斗中杀死的鬼方军士首级割下，放在祭坛上祭奠商军亡灵，然后由军中的巫师作法超度。

祭奠完毕，主丁命人将鬼王图克伦的首级送往相都，战斗中俘获的鬼方战俘也押往相都，鬼方军士的遗体就地掩埋。

主丁在大营聚集众将，主丁说道：

“断鬼坡一战我军获胜，杀了鬼王图克伦。这一战给了鬼方以致命的打击，鬼方数年之内将无力南下龙门。我们付出了很大的代价，换来了商朝西边的安宁，安邑一带的夏民和商民也可以过太平日子了。希望大家不要忘了死难的将士，这个太平日子来之不易。”

众将称是。

主丁又说道：“这次虽然打了个大胜仗，作为主帅我不但没有功劳而且有大过，请给我记下大过一次。这次大捷首功当属丙副帅，不知大家有什么意见？”

髦纪说：“断鬼坡一战，我军转败为胜，首功当属丙副帅，元帅可居次功。打了个大胜仗，主帅岂有记过之理。参战众将奋勇杀敌开始也寡不敌众，后来丙副帅来了转败为胜，总不能众将士个个记过。”

主丁说道：“来先甲和目夷荣两将军阵亡，本帅责无旁贷，许多将士皆因本帅之过而亡，不记过对不起死去的将士。”

丙说道：“断鬼坡一战，以我全军对鬼方白部举国的兵力，战斗必定惨烈。鬼方凶悍，这次也表现出他们颇能用兵用计。我们与强敌交战，一时间的失利不足为怪。最终我们获取全胜，赖众将士奋勇杀敌，功在全体将士。我想现在暂不谈功过，等回朝之后由朝廷决定。”

众将齐说道：“副帅言之有理。”

主丁说道：“好吧！就依大家的意见，暂不提功过，我们安排一下下一步的行动。我大军即将班师回朝，仍以丙为前部先锋，各军依次而行。费将军仍为安邑将军兼太宰，驻守安邑城，主持安邑军政，协调安邑一带夏、商各诸侯国的关系。派军校稚超驻守龙门关，有情况由费将军接应。大癸弟离邢国日久，可回邢国。派军校郑亥守王屋关，受邢侯节制。费将军如有情况，及时通报邢国和王都，大家设法救护。”

众将称是。

次日，主丁率商军离王屋关还朝，费甲率夏军回安邑城。

断鬼坡一战鬼王图克伦几乎全军覆没，大太子图必利和三太子图迪罕所率领的两翼虽然也被击败，但没有被围歼，逃出了一些人。兄弟二人收拾残兵败将回到了壶口关，辛义连忙开关将他们放入。

图必利说道：“父王没有听辛大叔的话，遭此横祸惨死在断鬼坡。”言毕放声痛哭。

辛义说道：“先王升天举国震动。北方黑部鬼王久有兼并白部之意，国不可一日无君，贤侄当继位白部王，以防国中有变。”

图必利问道：“父王去得突然，继位一事毫无准备，不知应如何做?”

辛义说道：“正因为事情突然，阴谋家也没有准备。只要你兄弟二人和睦，国中没有人能从中作梗。可请王后主持这件事，由王后宣布按先王遗旨传位大太子。大太子立即登位，然后布告国内及鬼方四部。再由你舅父黄部鬼王率先祝贺，黑部鬼王不敢轻犯。我留下辛平守壶口关，率军护送贤侄北上继位，待一切安定下来我再回壶口。”

图迪罕说道：“深谢辛大叔教导。此番南下我父王和二哥阵亡，只我兄弟二人当患难与共，我一定协助大哥治理好鬼方白部，绝不辜负辛大叔对我二人的期望。”

商军凯旋

主丁和丙统率着商朝大军得胜还朝，丙为先锋官率部先行。大军经过邢国，邢侯文甲迎于国门之外，并准备了酒肉慰劳出征的军士。当先锋部队走到离相都十里处时，丙下令停止前进，等候元帅主丁，主丁到后丙请元帅的战车先行。主丁下车，拉着丙上了自己的战车，兄弟二人同车而行，走在出征大军的最前面。

商王祖乙、国相沃庚率王室成员和满朝文武迎于相都南门外，主丁和丙向祖乙报告伐鬼方大获全胜。祖乙登辇，在主丁和丙乘坐的战车引导下检阅了得胜归来的部队，军士们齐呼万岁。

国王祖乙当时还没有成婚，国中没有王后，大公主妇甲代表王太后率领众命妇迎接胜利归来的部队。军中不少将领是这些命妇的夫君，命妇中有一些人身穿孝服，她们的夫君已在征战中阵亡。

妇甲身后有两位美丽的姑娘光彩照人，一位是女兰，一位是女芝。女兰是未来的王后，女芝是丙的未婚妻。

“走了半年完全成熟了，没有孩子气了。”女芝望着丙心里暗想。

阅兵之后祖乙赐宴。宴席上祖乙首先向阵亡的将士敬酒，祖乙将杯中美酒向空中抛洒，众将也跟着将自己杯中的酒抛洒出去，敬献给死去的战友。接着，祖乙又亲自向主丁和众将领敬酒，叫众将领开怀畅饮不拘礼数。

与此同时妇甲在后宫设宴招待出征将领的命妇。

宴毕，祖乙叫来妇甲和丙，姊弟三人一同去见王太后，太后叫丙坐在自己的身旁。

祖乙向太后讲述丙在征战中起到的重要作用，王太后听了非常高兴。讲到了战功，祖乙说道："我在都中，前线的事大体都清楚，军中的巫师将情况随时报告到巫贤那里。这次出兵，智取王屋关，大战涑水渡，都是小弟定计取得胜利的。特别是断鬼坡的决战，大兄仓促撤兵，遭到鬼王追击，几乎全军覆没。小弟又出奇兵，突入鬼方阵地杀死鬼王图克伦转败为胜，这些功劳众将都亲眼看到。因此，这一次征伐鬼方首功当属小弟。大兄自己在断鬼坡也说过，他当记大过。今天大胜归来，当然记过就不必了，次功可以归大兄。巫贤占卜准确，功居第三。"

丙说道："以丙为首功万万使不得。这一次鬼方白部攻占安邑城，据王屋关，震动天下。国难当头大兄自告奋勇担任元帅出征，大兄任职以来练兵有方指挥得度。攻王屋关时，丙和大兄两面夹攻取得胜利。涑水渡之战，大兄一面包围安邑城，一面担任主攻，方才取胜。断鬼坡一战若非大兄奋战多时，并吸引住了鬼方的注意力，丙岂能突入敌阵斩杀鬼王。兄长初登王位，王族的和睦至关重要，望王兄明察。"

妇甲说道："若论战功，小弟确实应该居首功，但小弟所说很有道理，从大局着想应按丙的意见办。"

王太后说道："丙这次为国立了大功又不居功，为将帅应该如此。"

祖乙点头称是。

丙又说道："论功行赏当以阵前效命的将士为主。来先甲、目夷荣作战勇敢，为国捐躯，论功当居前位。髦纪策划行军作战，调动部署有条不紊，大癸操办粮秣供应不乏，来先丙，目夷癸、费甲、徐通、金敏等战功卓著。阵前有功的将士很多，邢侯、来老将军和来先乙虽未上阵作战，也有功劳，望王兄考虑。至于巫贤并未参与军事行动，不宜在此论功。若说他的那次占卜，说什么折副帅，我身为副帅如果信了他的占卜就不敢冲锋陷阵了。我现已得胜回来，说明他的占卜一点也不准，专门骗人……"

妇甲说道："小弟，巫贤先生是商国主巫，不可不敬。不过小弟说得有道理，这次行赏当根据军功。巫贤先生和沃庚叔一样，虽对征战做出过贡献，但不在这次行赏之列。"

"好吧！"祖乙说道，"就依你们的意见。"

丙说道："大姐最知我心。"

妇甲说道："我还知道你想见谁。她就在我家，跟我到我家去。"

祖乙说道："既然如此，我就不赐宴了。"

妇甲说道："兰也在我家。不过你身为国王，不像丙那样可以随便行动。国家不可久无王后，我已叫缯衔早日安排娶王后的事。"

次日，商朝举行隆重的赏功大会，商王祖乙下令："商军征伐鬼方大获全胜，征战有功将士封赏：

元帅主丁，晋封为侯爵。

副帅丙，封伯爵。

上将髦纪，封男爵。

将军来先甲，追升上将，封男爵，子袭爵。将军目夷荣，追升上将，封男爵，子袭爵。

将军费甲，升上将，封男爵，任安邑将军兼安邑城太宰。

将军来先丙、目夷癸、徐通、金敏升上将。

军校稚超升将军，任龙门关守将。

军校郑亥升将军，任王屋关守将。

邢侯文甲升司徒，入朝参与国政。

大癸升上将，主邢国政。

来成升司马，入朝参赞军机。

来先乙升上将，任汜水关守将。

以下有功将士俱有升赏，伤员、老兵给予安置，阵亡将士家属均有抚恤。”

由于商朝征伐鬼方大获全胜，杀了进犯商境的鬼方白部鬼王图克伦，震动天下，诸侯皆来朝商，与商朝作对的夷方蓝部和班方北部一时也不敢犯商朝的边境。《史记·殷本记》记载：“帝祖乙立，殷复兴。”

又一日上朝，上卿缯衍奏请立后。大公主上表奏女兰淑美贤慧，可当王后。祖乙准奏。王太后命祖乙和女兰成婚，典礼由上卿缯衍主持，诸侯国来贺。

祖乙的朝政

商朝第十二位国君河亶甲在位的时候，为避免夷方和班方对隞都的侵扰，迁都到大河以北。迁都之后由于对河南农业区保护不力，收入减少国库空虚。后来鬼方又侵占安邑一带产粮区，商朝的势力确实到了岌岌可危的地步。这次伐鬼方的胜利，不仅收复了安邑，打击了鬼方，同时也震慑了夷方和班方。夷方和班方不敢犯边，河南农业区的粮食源源不断运到相都，国库渐渐充实起来。

祖乙年轻登位，正赶上伐鬼方大胜，对外征战的胜利给商朝带来了中兴的局面。祖乙力图整治朝政，改变中丁朝以来朝政紊乱内部派系纷争的局面。

商朝对外的软弱经征伐鬼方一战而改观，然而内部的派系经历了几位国君可以说是积重难返。讨伐鬼方的胜利虽然使商朝呈现出一时的表面团结，但军人势力的膨胀为王朝的稳定伏下了隐患。

在祖乙登位的时候王叔沃庚继续担任国相，就地位而言沃庚是一人之下万人之上的朝中首席大臣，又是商王的长辈因此备受尊敬，上朝时为他设有专座。沃庚年老，自从祖乙继位他失去了登位的希望之后倒也安分。以沃庚为首的官僚集团占据了朝中的许多要职，这些人办事圆滑毫无生气。

通过伐鬼方的征战，主丁虽然未能实现他继承王位的目的，但他本人在国内与外方的声望大增。主丁继续担任元帅一职指挥着商军的主力，主丁与商朝军人世家来氏和目夷氏关系密切。主丁晋升侯爵后在自己的封国可以建立一个师的封国军队，以主丁的治军经验这一师封国军队很快就成了一师战斗力很强的军队。祖乙在晋升主丁爵位的时候，将主丁改封在相都东五百里外的奄地，以防鬼方黄部的入侵，这也使得主丁无法调用他的封国军队干预朝政。然而以主丁为首的军人集团已成为商朝力量最强大的集团，也是对祖乙威胁最大的集团。

祖乙想起了父亲生前的教训，利用丙去牵制主丁。丙在商军中任副元帅兼先锋官的职务，直接指挥一师的兵力。通过征伐鬼方丙在商军中威信很高，与将领们关系融洽。祖乙把丙的封地定在王都西面丙的果园周围。丙是伯爵，封国军队人数不多，但由于丙的封地离王都很近，对王都的安全有重要作用。更重要的是祖乙命丙负责王都的警卫，由徐通任相都守将负责城门的守卫和开闭，城内外的巡逻，由金敏任相都司寇负责防范缉拿奸细盗匪。

商军的大营设在王都西、北二处，距王都五十多里。上将来先丙任西营统领，上将目夷癸任北营统领。这两营商军共六师，由主丁和丙指挥，但无令不得入都，无令不得调动，征战结束令旗、兵符均封存起来。

祖乙的朝中还有一派势力，是以祖乙的好友、大巫师巫贤为首的巫觋集团。巫贤年轻，精力充沛，办事精明。巫贤除主持祭祀、占卜等宗教事务外，利用国相沃庚年老多病的机会插手许多国政。祖乙也因国相年高，又是长辈不好支使，常常把许多事务交由巫贤办理。巫贤办得井井有条，而且很迅速，不像沃庚时常忘事，巫贤能干的声誉渐起。巫贤又命巫风和巫雷组织训练了一支寺庙武装，这支武装名义上是保卫寺庙和祭祀时作为仪仗，实际上已成为一支可观的军事力量。

为了逐步分散沃庚和主丁的权力，祖乙在国相之下又设了三公之职，以堂叔老邢侯文甲为司徒，部分取代了沃庚的职权。以老将来成为司马，部分取代了主丁的职权，晋升上卿缯衍为司空以协调各集团之间的矛盾并团结夏朝遗民。由于三公人选得当，祖乙朝各派势力得到了适当的平衡，因而在祖乙继位数年内国内安定，四方无事，五谷丰收，百姓安居乐业。

沃庚染病，一连两个月不能上朝，祖乙想任命巫贤为亚相代理沃庚处理朝政。祖乙找丙来商议这件事，丙认为这样做会引起朝廷内部的不和，不可行。丙建议由司徒文甲暂代国相的职务，祖乙听从了丙的意见，巫觋们都对丙不满。诸巫对丙不满由来已久，丙平时不大重视巫师们的法会，许多祭神和占卜活动丙都没有参加。前次伐鬼方论功行赏，丙又力主将巫师排除在外。丙还数次指出巫师的占卜与事情的进展不相符，认为国事、军事不可以占卜为据，弄得巫师们很狼狈。有的巫师想给丙加上一个不信巫神的罪名，但丙却能使巫神六耳猕猴尊者显圣，这又使丙在巫教信徒中享有很高的声望，因为这一点当代的大巫师包括巫贤都未能做到。再有丙精通归藏易理及五行生克之道，在一些辩论巫教教理的法会上，诸巫的论点常常被丙驳倒。有一位恶巫曾与丙辩论“乾行地脉”之理，被丙驳倒恼差成怒，恶巫咒丙数日之内当死于沟壑之中。巫贤也认为恶巫这样做不对，欲治罪被丙制止，丙对此不屑一顾。不久，这位恶巫自己夜行马惊落入河沟，头撞在一块石头上而亡。种种原因使诸巫与丙不和，巫师们常在祖乙面前说丙的坏话，祖乙不信。

王太后病逝，妇甲、祖乙和丙万分悲痛。缯衍主持葬礼，将王太后葬于先王河亶甲的陵中。

司徒文甲摄理朝政，相府班底全部是沃庚的属下，文甲并不想用自己的人更换相府的原班底，为便于工作文甲任用沃庚的儿子南甲恒协助自己工作。南甲恒年纪虽小但办事精明，相府一班人见南甲恒协助文甲工作都积极配合。沃庚见文甲重用自己的儿子非常高兴，自己乐得在郊外别墅养病，久不上朝，朝中出现了“二甲理政”的局面。二甲指的是文甲和南甲恒，一老一少配合得很好。

文甲也是位年迈老臣，年纪比沃庚还大，不久也病倒不能上朝。祖乙欲命巫贤为亚相主持朝政，主丁反对，并推荐南甲恒为亚相，协助父亲主持朝政。祖乙认为官职不是爵位，南甲恒年轻经验差，尚难担任亚相这样的要职，下令命巫贤为亚相并代理国相之职。

主丁大为不满，沃庚原属下的许多官员失去了权力更是怨恨巫贤。不少人到郊外别墅探望沃庚，沃庚闭门谢客。

事情平静之后，主丁到北营视察练兵的情况。归途经过沃庚的别墅，顺便进来探望沃庚。在沃庚的病榻前主丁说道：

“阿恒协助邢伯理政干得很好，怎么就不能主政？吾若为王，季叔家当世代为相。”

沃庚听罢无语，过了一会儿说道：

“贤侄说话千万要小心。”

洪水与迁都

夏季，一连下了两个月的雨，相都周围农田受涝成灾。然而天仍不放晴，又接连下了十几天的暴雨，引起河水暴涨造成决堤。洪水冲毁了相都城的东、南两段，冲入城中直灌王宫。丙的府邸在城西地势稍高未遭水淹，丙命徐通和金敏协助宫里的人将祖乙、王后和宫人们迁入自己的府邸。丙府中的人都搬到城门楼上去住，还有一部分宫中的人和丙府中的人疏散到西山果园。丙的府邸成了祖乙的临时行宫，丙命徐通、金敏抢救困在水中的居民，进行安置，并加强巡逻防止盗匪。司空缯衍忙着救济灾民。作为亚相代理国相的巫贤这时正忙于设祭祈晴，无暇顾及抢险与救灾。

三天后雨止天晴，洪水渐渐退去，巫师们立了大功得到了升赏。巫贤在寺庙中举行盛大的谢神庆功法会，一向不大参加此类法会的丙这次出人意料地出席了法会。各项仪式快结束的时候，巫贤请来成、缯衍、主丁和丙讲话。来成和缯衍说了几句谢神的赞语，主丁没有讲话。轮到丙，丙登台说道：

“下了这么久的雨，雨也该停了。今天参加这个盛大的法会，使我想起了先王在位时的巫康大法师。”

出席法会的官员们和巫师们听到丙说起了先王和巫康大法师，个个躬身致敬。

“先王把王都由隞迁到相，”丙接着说道，“在渡大河的时候，河面上突然刮起了暴风。当王舟即将沉没的时候，巫康大法师纵身跳入大河之中，风浪顿时平静，王舟安全地抵达大河的北岸，巫康大法师为国捐躯的精神永远是我商国军民的楷模。”

丙停顿了一下，满座鸦雀无声。丙接着说道：“此次暴雨一连下了十多天，造成的严重灾害大家都已看到。当洪水泛滥、河堤将决、王城将毁、王宫将淹的危急时刻，竟没有一位巫师能像巫康大法师那样为救国救民而牺牲自己，这使丙备觉巫康大法师的伟大。巫康大法师是真正的法师，不愧大法师的称号。眼下相都城内外饥民很多，丙还要去救济饥民，下面的庆功宴会就恕不奉陪了。”

言毕，丙率徐通和金敏退下。

主丁，髦纪、南甲恒等也相继退场，巫贤和诸巫师们茫然不知所措。司空缯衍建议将祭神的供品和准备好的庆功宴席送到灾民的住处，巫贤称是，吩咐诸巫们料理。

秋天到了，天高气爽，灾民们回到了自己的家园。人们一面修理房屋，一面准备秋耕秋种，然而王都的恢复成了一个大难题。城的东、南大段城墙被冲毁，在那里形成了一个没有出口的死水湖，充满了污水，王宫则积满了厚层的泥沙砾石。宫殿多数被掩埋在泥沙砾石之下，如果要照原样恢复王宫和都城，需要完成巨大的土方工程。以当时的施工能力计算，估计要七八年才能完工。而这次水患表明，当初王都的选址不当。今后在这里还可能发生同样的水灾，灾情还会重演。因此，是修复王都还是迁都，两种选择摆在商王朝的面前。

元帅主丁力主修复相都，并自告奋勇担任修复工程的总指挥，他要求将商军西营和北营的士兵调到王都来担任修城的主要力量，这样，王都将置于主丁的兵力控制之下。沃庚也主张修复相都，祖乙命巫贤占卜，占卜的结果说相都原宫殿犯了水龙，不能修复，如不迁都今后还会发生更大的灾难，迁都的方向应在南方。

祖乙召开会议讨论迁都一事，丙赞成迁都。丙说道："修复相都的工程非常浩大，一旦开工将旷日持久，劳民伤财，百姓负担不起。如果长期使用军队影响军事训练，万一边境有事，军队不能立即投入作战。再说，相都的地点也不大适合做王都。我商朝的农业区主要在河南，相都离河南远，粮食运输很不方便。过去因为考虑到鬼方白部的入侵，王都不敢离王屋关太近。现在鬼方白部被打败，国都南迁已不存在鬼方威胁的问题。"

文甲说道："丙说得很对。先朝将王都由隞迁到河北时，因考虑到鬼方的威胁才把王都迁到相，而在隞都对岸不远的地方立邢国作为商朝沟通四方的重镇。邢国南近汜水关和亳、隞故都，西通孟津渡和王屋关，北达相都，地理位置适中很适合作为王都。邢国经老臣父子营建多年，已有一定的基础。老臣请将邢国献出作为新王都，邢国择边远地方另建，以做商朝的屏障。"

祖乙听了文甲和丙的意见后说道："司徒和丙所讲的很有道理。重建相都既费工费时，相都地理位置也不理想，应该南迁。而司徒愿献邢国为王都，更为迁都提供了方便，只是苦了司徒父子。司徒的这种为国家利益牺牲自家利益的精神令人敬佩，愿大家都能效法司徒的榜样，把迁都的事办好。”

祖乙征求司马来成和司空缯衍的意见，二人都赞成迁都到邢，于是祖乙宣布：

“将王都迁到邢，在相都北三百里处另建新邢，由大癸驻守。命丙为迁都前部，率北营三师商军先行。命主丁率西营三师商军继丙而行，最后，本王率朝臣离相都赴邢。”

丙命徐通、金敏向巫风和巫雷交接了相都的城防工作，然后到了北营集合起目夷癸统领的三师商军南下，随丙先行的还有丙在自己的果园和封国中的一部分人马。丙拜别了父王和母后的陵墓，辞别了姐姐妇甲和王兄祖乙往邢国进发。丙率领部队沿途修整道路，加固桥梁，在沿途修建了不少临时的房舍供后来的部队、官员们住宿休息使用。

丙出发之后，相都各官员家都在准备车辆，收拾行装，待命出发。

主丁兵变身亡

祖乙迁都的决定粉碎了主丁利用修复王都的机会控制王都的企图，因此主丁对迁都的决定非常不满。主丁对迁都不满还有一个原因，就是王都迁到邢后，离主丁的封国奄的距离更远了。迁都的安排也使主丁十分恼火，丙作为先锋官首先出发完全是意料中的事，但丙带着他那一师先锋部队走就足够了。祖乙命丙领三师商军先行，这分明是在分自己的兵权。更可气的是祖乙命丙带走的三个师，并不是驻扎在西营，包括丙指挥的先锋师在内的三个师，而是北营一向全归自己指挥的三个师。这样一来，留给自己带领的三个师中只有两个师能听自己的话。西营统领来先丙虽然是自己的老部下，但在伐鬼方的战争中一度归丙统率，和丙关系非常好，“商军二丙”在安邑一带很有名气，指的就是丙和来先丙。这次迁都来先丙的父亲来成司马持赞成态度，来先丙能否和过去一样完全服从自己，主丁心里没有把握。主丁忽然意识到祖乙很有心计，不动声色地就削去了自己一大半的兵权。主丁推断到了新王都之后，自己的地位将完全被丙所取代，而丙的部下徐通和金敏防卫都城的职务将由巫风和巫雷取代。自己很可能会被免除商朝军队元帅的职务，回到奄国去做一方诸侯。如果主丁能以国家利益为重，需要自己做元帅就做元帅，需要自己做诸侯就做诸侯那就与国与己都是好事。他仍是受人尊敬的王族，保卫国家疆土的猛将。然而主丁权欲心太重，他对未能当商王仍不死心，失去对商朝六师的指挥权他更不能接受，主丁与髦纪开始酝酿一个阴谋。

丙的前部出发半个月之后，按计划主丁该出发了，然而主丁按兵不动。巫贤派人去问，主丁答复还没有准备好。又过了三天，主丁还没有动静。巫贤奏请祖乙下令命主丁立即出发，主丁仍按兵不动。祖乙又下一令，并命宣读命令的使差告诉主丁，如果仍按兵不动，将给西营统领来先丙上将命令，命来将军率西营三师开赴邢都。这时主丁不得不领兵启程，这样，主丁出发比原定时间晚了七天。

又过了七天，即丙出发二十八天之后，祖乙率朝中大臣离开被洪水冲毁的相都。各官员均按照巫贤排好的顺序登程，唯有沃庚没有动静。巫贤派人去问，南甲恒说父亲病倒无法登程，请缓行。巫贤将此事报告给祖乙，祖乙同意沃庚缓行。祖乙亲率宫廷卫队和宫人出发，巫贤奏请祖乙任命巫雨为相都留守，巫风和巫雷带领着寺庙武装沿途为祖乙和官员们护卫。

在祖乙的迁都途中，每天晚上巫贤都要为祖乙的安全进行占卜，有一天晚上占卜得到了大凶之兆。

巫贤对祖乙说道："占卜得了个大凶之兆，这是迁都途中第一次遇到的事，今天夜里要加倍小心。根据军中巫师的报告，主丁所部这三天来除来先丙领着原来的那个先锋师还在前进外，另外两个师停止不动。巫雨从相都报告沃庚相已经登程，并以极快的速度赶路。沃庚相年老多病行动宜缓，如此急急忙忙地前进，这里面大有文章。"

祖乙说道："确实如此，今夜将是个非常危险的夜晚，我们不能住在这里。"

三更时祖乙、巫贤率领宫廷卫队和寺庙武装悄悄离开了商王的行营，往邢都方向前行了十里。这里有一个峡谷，祖乙将部队埋伏在峡谷两侧的山坡上。

却说主丁在祖乙的多次催促下终于启程。主丁不愧为久经沙场的名将，部队不动则已，一动起来行动非常迅速。当主丁的部队行军到了第五天，主丁很早就命令部队停止前进，在丙盖好的一处房舍住下。主丁说大家赶了五天路，都累了，好好休息一下。

主丁叫人备了一桌酒席，请髦纪和来先丙二人一同饮酒。主丁喝到半醉开始骂起巫贤，髦纪在一旁帮腔。来先丙乘着酒兴也附和几句，并说丙先锋一向看不起这帮巫师，上回相都祈晴谢神庆功会上丙的发言真是大快人心。主丁接着又骂起祖乙，髦纪继续为主丁帮腔，这时来先丙虽已醉到八分却不再搭话。不久，来先丙打起呼噜睡着了，主丁命人将来先丙抬回营房。

第二天起来，来先丙正要集合队伍出发，主丁对来先丙说道：

"来三将军，昨天晚上我喝多了现在还头痛。你先领一师部队、家眷和辎重出发，我和髦将军晚一天走。你们一直往邢都走，中途不要等我们。我们人这么多，错开一天走更好，免得每晚同住一处房舍又不够，军士们多露宿野外容易生病。"

来先丙说道："遵令！不知末将领哪一师部队？"

主丁说道："就领丙过去指挥的先锋师吧，他们一向先走惯了。"

来先丙说道："遵令。"然后让先锋师的一千军士在前，辎重、家眷们居中，另两千军士在后登上路程。来先丙在队伍的最后面，来先丙走着、走着，心中隐隐出现了一种不祥的感觉。

来先丙率领先锋师出发后，主丁按兵不动。过了几天主丁仍未出发，每天主丁只派出少数人登程，多数人仍原地休息。一天黄昏时分主丁突然紧急集合队伍，然后与髦纪率领部队向相都方向快速行进。在这两师队伍的前面，有主丁的元帅府的卫队和主丁的封国军队中挑选来的一批武士组成的突击队伍。

三更时分，主丁率军来到一座山的山顶，从山顶上看到山下有一座宿营地灯号鲜明。其中最北方挂着五色灯号，说明商王祖乙已到达山下的宿营地，那是祖乙的行营。此时各宿营地很少有移动的灯火，说明大家已经入睡。将近四更，主丁率部已走完山路下到山脚处，再走过一个山谷就可杀入祖乙的行营。

主丁向部队传达了命令：

"巫风和巫雷叛乱，挟持了大王和朝中大臣，本帅奉旨救驾。大家杀入宿营地，见巫师就杀，勿伤官员。"

主丁和髦纪领着突击队在前，率两师商军进入山谷。突然听得山谷两面鼓声震天，号角齐鸣，接着从山谷顶扔下无数火把将山谷照亮。一声梆子响，山谷两边箭如飞蝗，主丁、髦纪和他们率领的突击队的大部死于乱箭之下。

巫贤在山谷上大声呼道：

“主丁造反，已被射死，余者无罪。大王在此，赶快下跪参拜！”

众军士往山谷顶上一望，只见在五色灯光照射下商王祖乙骑在马上，立于山头。祖乙高声说道：“众将士辛苦了！”

商军众将士闻听大王讲话，一齐跪倒，齐声欢呼。

祖乙对众将士说道：“主丁和髦纪作乱已诛，尔等无罪。大家立刻掉转方向，先回到昨天的宿营地，下步行动听本王命令。”

众军士齐声欢呼！转向朝原宿营地而去，巫风和巫雷率寺庙武装到回悬挂五色号灯的商王祖乙的行营。巫风和巫雷到达行营前，发现有一支队伍已杀入行营。这支队伍发现行营是座空营，急忙撤退，被巫风和巫雷从前后两面截住。为首一将想从行营后门突出，被巫雷一矛刺死。巫雷下马检视，原来是沃庚之子南甲恒。

南甲恒部下有逃出祖乙行营者，回报沃庚。沃庚听到儿子被杀的消息，自刎身亡。

黎明，祖乙召集大臣们宣布，昨夜主丁、髦纪、南甲恒造反，已被诛杀，沃庚畏罪自杀，众大臣闻听大惊。

祖乙又宣布：“任命巫贤为国相。”

巫贤启奏：“反贼已诛，请将反贼首级传示邢都，以戒对君不忠者。”

缯衍启奏：“臣以为不可。主丁等谋反已诛，但曾有功于朝廷，当依礼葬之。”

众臣都说道："缯司空说得有理。"

祖乙说道："好吧，就依司空的意见。功臣谋反被诛，当如何埋葬，缯司空，你精于礼仪，此事就交你一人办理。其余的官员既不要去祭吊，也不要去干预，缯司空办完此事之后也不必回奏。"

缯衍遵令，安排人去办理丧事。众人将主丁，髦纪，南甲恒的遗体抬来，同时抬来的还有主丁和南甲恒部下的遗体共五十多具。

从人向缯衍报告："来司马大人到。"

缯衍连忙出迎，问道："来老前辈何故到此?"

来成说道："为主丁贤侄送行。"言毕泪如雨下。

来成来到主丁的遗体旁，抱起主丁的遗体，仔细检查主丁的遗体，发现主丁身中三箭，但都不是要害。来成拔出箭审视箭头，原来有两支是毒箭。

老将来成自从太戊朝入伍，经历了中丁、外壬、河亶甲，到祖乙已是五朝元老。来成一生在与鬼方，班方和夷方的征战中战功累累，他出身于商朝军人世家来氏，有很高的军事素养和丰富的军事知识。来成人品高尚，在商朝是德高望重的元老，许多名将都出自来老将军门下。主丁从年轻时起就跟来成征战，向来成学习军事知识。来成亲眼看着主丁一步步成长起来，成为一代名将。看到主丁接过保卫商朝安全的重担而且干得比自己好，心里非常高兴。心想自己可以安心养老了，万万没有想到竟发生了这样的事。

缯衍劝来老将军节哀，来成说道：

“缯司空，我来成一辈子当军人，一向视死如归，我的大儿子先甲阵亡我虽难过也没有如此痛心。因为先甲是死于卫国的疆场，死得其所，主丁贤侄却死于自相残杀。这毒箭射在主丁贤侄身上，犹如射在我心。”

来成放声痛哭，忽然大叫一声：“巫贤，你好……”

来老将军气绝身亡。

妇甲怒斥巫贤

夜晚，祖乙在行营正准备就寝，巫贤来到祖乙行营称有紧急军情要报告。

巫贤见到祖乙说道：“据邢国巫师巫霜密报，丙谋反，与金敏率领一支部队离开邢国北上，欲截杀大王。”

祖乙闻言大吃一惊。

巫贤又说道：“主丁叛乱，丙坐视不理，丙原想等主丁杀了大王，他在邢国自立为商王。现主丁被诛，丙要自己动手，谋杀大王。”

祖乙大怒，下令：“任命巫风为商军元帅，巫雷为副元帅，明晨我亲自率军南下攻丙！”

祖乙和巫贤的密谋只有一个人听到了，就是王后妇兰。妇兰在祖乙和巫贤讨论次日军事行动细节的时候，派出了两名心腹，一位到住在近旁的大公主妇甲那里，另一位快马飞奔邢国去丙那里通报严重的事态。

清晨，祖乙、巫贤率巫风和巫雷引精兵向邢国方向进发。行不多时，前哨看见有一人一马，立在大道当中，挡住了去路。前哨喝道：

“什么人敢挡王师，不想活啦，快闪开！”

“大公主甲。”

前哨大惊，急忙拨转马头回奔报告祖乙：

“大王，大公主单骑挡住去路。”

祖乙勒马，命令军队停止前进。祖乙下马，步行到妇甲面前，问道：“姐姐可好?”

妇甲问道：“乙弟何往?”

祖乙不语。

巫贤说道：“启禀大公主，丙谋反作乱，大王统兵前去征讨。”

妇甲大怒，斥巫贤道：“丙怎么会是反叛的人！你说丙谋反作乱，有什么证据？乱在何处？谁人见了？你们这帮巫师，为了自己的权势，极尽挑拨离间的能事。朝中文武官员之间，有些隔阂，在所难免。你身为国相，当以大局为重，以和为上。像这样互相猜疑，把朝廷搞得乱作一团，把能征惯战的良将都杀尽了，将来外方来犯，谁去抵挡，我看作乱的是你们这帮巫师。

妇甲把巫贤说得面红耳赤，低头无语。

妇甲对祖乙说道：“乙弟你就凭巫霜的一句话，就率兵前去击丙。是巫霜可信，还是丙可信？我很怀疑巫霜是外方的奸细，乙弟你再仔细想一想。如果你一定要去击丙，为姊请先死于军前，以等候丙同见父王母后于九泉!”。

祖乙说道：“姐姐说得很对，丙绝不会谋反。巫霜所报不实，巫贤你仔细核查问题是怎么引起的，全军退回行营。”

祖乙拉起妇甲的马匹的缰绳，步行把妇甲送回。

丙离邢都

祖乙与巫贤议事。

祖乙说道："诚如大公主所说，巫霜报丙谋反，既无证据，也不可信，岂能因主丁谋反谁也不相信了。"

巫贤说道："巫霜所报之事要进一步核实，不过丙为什么与金敏率军北上，还不清楚。也不知丙现在什么地方，在做什么。国家迁都过程中什么事情都可能发生，不可大意。"

祖乙问道："此事应当如何办理？我们现在是继续前进，还是再等几天？"

巫贤说道："停在这里也不是个办法。继续前进，让大臣们先走。如果有变，大臣们都会看到。再有来司马违令前去哭主丁，气绝身亡，我看来成、来先丙和主丁、髦纪是一伙。现在主丁、髦纪被诛，来成也死了，而来先丙保护着主丁、髦纪和自己的家眷往邢国去了，这倒是一个考察丙是否忠诚的机会。大王给丙降一道令，命丙杀叛将来先丙和叛将主丁、髦纪、来先丙家眷。丙若抗令不遵，说明他和主丁是同谋，心怀不轨。"

祖乙同意。

再说丙在相都讨论迁都的会议上积极赞成迁都，然后作为先头部队率领三师商军先行。这三个师平时由目夷癸统领，不包括丙指挥的先锋师。不过丙并没有介意，因为都是国家的军队，带领指挥哪个师对丙来说都一样。

丙沿途一边为后续队伍准备，一边前进。最后到达邢国。丙见到大癸，大癸已接到国都将要迁到邢国的圣旨和父亲的信。父亲在信中特别说明迁都到邢是自己提出的建议，是从国家大局考虑的。大癸深明大义，积极配合迁都，并立即开始做邢国北迁的计划和准备工作。

丙到达邢国之后，和大癸一起为迁都做准备工作。大癸首先腾出了邢侯府并加以修整，以作为祖乙到达邢国后的临时宫殿。城外的营房比较充足，前些年主丁讨伐鬼方的时候曾驻军邢国，盖了一批营房。丙和大癸将这些营房加以修理，同时又盖了一批营房供官员们暂住。邢国作为一个侯国，国中的住房对于一个国都来说远远不够。同时，城的范围也不够大，但这不是一朝一夕能够解决的，只能等迁都后在几年的时间内逐步解决。丙和大癸的工作，只是安排好迁都来的王室成员、官员和军民的临时住所。

经过十多天的准备，大癸对丙说道："住房准备得差不多了。朝廷官员，军民的粮食邢国粮库中有相当的准备，从河南调集也很方便。只是有一个问题不好解决，就是邢国的饮水不充足。本地井水的水质不好，河水又太浑。邢国从北面引来山泉供百姓饮用，水质很好。但王都迁来之后，人口增加了，这股山泉就不够用了。"

丙说道："饮水的问题是个大问题，现在各项准备工作已有了头绪了。我和金敏带一些弟兄们去北山上探一下水源，看看有没有办法增加对邢国的供水量，让徐通和军士们和大癸兄继续进行准备。”丙又吩咐徐通，要服从大癸的安排。大癸现在代行邢侯事，只要大王未到，邢国中的一切由大癸主持。

徐通领命。

在丙和金敏率领弟兄们在北山上探水的几天当中，从商王迁都的途中传来了令人吃惊的消息：

“主丁、髦纪和南甲恒谋反被诛。”

“沃庚参与谋反，谋反失败畏罪自杀。”

“来成参与谋反，谋反失败惊吓身亡。”

“反将来先丙在逃。”

又传来有关朝廷重要官员的新的任命的消息：

“任命巫贤为国相。”

“任命巫风为元帅，巫雷为副元帅。”

消息传来，大癸和邢国人大为惊恐。国家出了这么大的乱子如何是好？大癸找来目夷癸和徐通商议如何对待这些情况，目夷癸和徐通都说等丙回来再商量。

邢国巫师巫霜进来说道：“丙回不来了，丙和金敏率军北上，说是去找水源，实际上是去参加主丁的谋反。大王明察秋毫，识破了丙的阴谋，已任命巫雷接替丙的副元帅一职，说不定丙已经被诛，你们还等他商量有什么用，现在这里一切由我说了算。”

“你胡说八道！”徐通大吼道，并从腰间抽出宝剑。

“你也要谋反？”巫霜说道，同时也抽出剑来。

“都不要动！”大癸说道，“这里现在只有我说了算！大王一天不到，这里还是邢国，不是王都。我代行邢侯事，没有我的命令不得乱动。”

邢国北门守军入报：“西营统领来先丙率一师部队到达北门外。”

“赶快关闭城门！”巫霜喊道，“叛将来先丙要来夺城！”

大癸对目夷癸和徐通说道：“二位将军，随本侯出城迎接来三将军。”

大癸将来先丙带来的一师人马和商军西营军士的眷属安置在城外军营，请来先丙入城议事。来先丙不带随从，单人跟着大癸、目夷癸和徐通入城。一行人才到达大癸的住所门前，巫霜领着一伙寺庙武装巫师挡住去路。

巫霜喊道：“奉王命捉拿反将来先丙。”

大癸说道：“巫霜，朝廷有消息说来三将军在逃，事实上来三将军一直按迁都行军计划行进，今天按计划准时到达邢国向我报到，并没有在逃一事。看来朝廷对来三将军的行动有了错误的了解，我们应向朝廷说明真实情况。朝廷并没有下达捉拿来三将军的王命，你说奉王命捉拿，王命何在，请奉出王命待本侯参拜。”

“没、没有王命。”巫霜说道。

“没有王命你如何假传王命，”徐通说道，“假传王命当斩！”

“丙先锋回来了！”忽听有人喊道。大癸等人抬头一看，只见丙和金敏二人骑马过来，未带随从。

徐通瞪了巫霜一眼说道：“你不是说丙先锋不回来了吗？”

巫霜领着巫师们转身退去。

丙和大癸、目夷癸、来先丙、徐通和金敏在大癸的临时住所内议事。

大癸说道："从朝廷传来的消息看，主丁元帅、髦将军和阿恒被杀，沃庚叔和来老将军已死都是事实，迁都途中确实发生了重大的变故，这是我商朝的不幸。只是从传来的消息看有两点不明：来三将军按计划行军，准时到达邢国，为什么说在逃？丙副帅一直在邢国主持迁都准备工作，为什么又任命巫雷为副元帅。

"巫雷是个什么东西！"徐通说道。金敏拉了徐通一下，叫他不要插嘴。

来先丙听到父亲已死的消息泪如雨下，但眼前的事态严峻，也不敢过分悲痛。他使自己平静下来，对丙和大癸说道：

"主丁元帅和髦将军反叛，看来是事实。在出事之前有一天晚上，主丁元帅找髦将军和我饮酒。酒醉之后，他们二人大骂巫贤，我也附和了几句。后来他们又骂起大王来了，我虽醉了，也没有胡言。第二天早上，他二人叫我自领丙先锋的先锋师先走，并带着西营的辎重和所有的家眷，包括元帅夫人，髦大人和他们的公子、小姐。主丁元帅说他头疼要晚一天走，后来就发生了事变。"

大癸的门卫进来报告："王后差心腹来邢要见丙先锋。"

丙见到王后派来的心腹，把他带到一间屋子里请他坐下，仆人奉茶后退下。

来人说道："我奉王后之命，有机密大事相告。已到达邢国多日，没有见到先锋本人。听说先锋回来了，赶来向先锋报告，王后叫我告诉先锋……”

门卫又进来报告：“大公主差人来邢要见丙先锋。”

丙又和大公主派来的人密谈之后，又回到大癸等人那里。

丙对大癸等人说：“从王后和大公主派来的人所谈的情况看，大兄和髦将军、阿恒确实发动了叛乱，而且已被杀死，牵连沃庚叔自刎身亡。来老将军在埋葬大兄时悲痛过度去世，这件事的发生真是国家的不幸。大兄素有野心，但若晓之以理，动之以情，也不致如此。巫贤等巫师，急欲取沃庚叔和大兄之权而代之，步步紧逼，造成此灾难。巫师们更造谣说来三将军和我也要造反，王兄信以为真，率军来讨伐我。幸亏王后报信，大公主单人独马阻止了王兄的队伍。”

“造谣说二太子造反的就是巫霜那小子！”徐通忍不住又叫了起来。

“王使到！”忽听门外有人喊道。

王使进来了，是一位巫师，身后有两个随从也是巫师打扮，接着邢国巫师巫霜也跟了进来。

“副元帅兼先锋官丙接令！”王使说道。

丙和大癸等人起立听令：

“主丁、髦纪、来先丙谋反作乱，主丁、髦纪被诛，来先丙在逃，特赐副元帅兼先锋官丙尚方宝剑一把，立诛叛将来先丙并主丁、髦纪和来先丙全家，破坏迁都者杀无赦。”

丙接过了王命和尚方宝剑，沉思不语。

来先丙走到丙面前，对丙说道：“王命中没有说副元帅有罪，我也放心了。我来先丙死不足惜，副元帅不要为难，遵令行事吧。只叹我命不如大哥，不能死在卫国的疆场。”

丙没有说话，仍在沉思。

巫霜过来说道：“副元帅，反贼就在面前，还不赶快遵令诛杀。”

丙大呼一声：“徐通金敏听令！”

徐通、金敏齐答道：“在！”

“将反贼巫霜拿下！”

“遵令！”

徐通、金敏冲向巫霜。金敏动作神速，从袖中抖出一条绳索将巫霜捆住。

“哎、哎、哎，副元帅，我怎么成了反贼了？”

丙说道：“说你是反贼，因为你有三大罪状：一、你说你奉令捉拿来先丙，王命说来先丙的事由本帅处理，你假传王命，当斩！二、朝廷派我以副元帅兼先锋官的名义，先到邢国主持军政。你说我已经不是副元帅了，妖言惑众破坏迁都，当斩！三、我与金敏到北山去找水源，邢国官员均知，你也知道，但你却密报朝廷，说本帅北上欲杀大王。致使大王发兵。若不是大公主明察险些造成内乱，如此重罪当斩！”

丙对大癸说道：“邢侯，巫霜犯有三大罪状当斩。因为他是邢国巫师，因此要征求一下邢侯的意见，邢侯是否认为本帅定罪得当？”

大癸说道：“副元帅所举巫霜罪行属实，罪不可赦。”

王使说道：“巫霜罪行确实严重，副元帅能否将他监下，待我禀明朝廷再行判罪!”

丙对王使说道：“你的事是传令，事已办完请回去复令，这里的事本帅和邢侯自会办理!”

丙下令：“将巫霜推出去斩首。”

徐通、金敏将巫霜押下。

“送王使!”丙说道。

大癸命人将王使送到宾馆。

丙对来先丙说：“走，带我去看望大嫂和髦夫人。”

丙和来先丙来到邢国城外的军营。来先丙请出主丁夫人妇佳和髦纪夫人妇菊，并把自已的妻子妇霞叫来，然后又叫来三家的孩子们：主丁的女儿女梅，儿子明乙，髦纪的两个儿子髦文和髦武，来先丙的儿子来晋和女儿女泉。

丙向前施礼道：“丙见过大嫂，髦夫人，来夫人。”

三位夫人答礼。妇佳对明乙说道：“明乙拜见你二叔。”

明乙领着孩子们向丙下拜。

来先丙向夫人们讲述了朝廷的王命，三位夫人异常镇定。

妇佳说道：“元帅不知天高地厚，胡作妄为祸及髦将军和来三将军。现在朝廷王命已到，二叔应当遵令行事。但这反叛之罪是元帅一人引起的，我一家难免一死。只希望二叔能向大王禀明，万勿牵连髦夫人，来三将军和夫人，还有他们的孩子。”

妇霞说道：“大王给副元帅下了命令，要留下这么多人也难做到。我大伯断鬼坡为国捐躯，长侄已袭男爵。二伯镇守汜水关，理应无罪。来氏有后，唯髦将军没有兄弟，独此一苗，望副元帅能留下髦将军的一个儿子。”

髦文过来对丙说道：“请副元帅留下我的弟弟！”

髦武过来对丙说道：“请副元帅留下我的哥哥，我和我的父母同去。”

丙把孩子们拉起来说道：“你们放心，我谁都不杀。不过我若抗命不遵，在商都是待不下去了。我要离商远去，你们愿意不愿意跟我走？”

“愿随副元帅叔叔走，不管到哪里！”孩子们齐声说道。

丙派徐通和金敏把大癸和目夷癸请来，丙对二人说道：“朝廷下达的王命，我决定抗令不遵。这样，我在邢都待不下去了。我将西出王屋关，到龙门一带去发展。我将把朝廷下旨命我处死的人一齐带走。现在到达邢都的四师商军，是商朝的精锐，是商朝安全的保障，今天我就交给大癸兄和目夷二将军，待我王兄到达邢都后交给我王兄。”

大癸和目夷癸对丙决定离去十分惋惜，但也没有别的办法，只好从丙手中接过兵符、印信、尚方宝剑和令旗。丙过去指挥过的先锋师听说丙要离去，都要跟丙走。丙不同意，对他们说道：“你们是商王朝的六师之一，不是我的封国军队，我不能把你们带走。你们要严格训练，忠于我王兄，为保卫商朝做出贡献。”

丙命徐通先率领自己封国和果园的兵丁一千多人，保护着主丁等的家眷和自己封国和果园来的百姓四千多人离开邢国往王屋关方向而去，丙和金敏继续为祖乙的到来做最后的准备。祖乙小时候好吃煮羊肉，丙很会煮羊肉。兄弟二人幼时常常煮羊肉请小朋友一齐吃。在祖乙将到邢都的前一天，丙再一次亲自精心煮熟了一只羊以待祖乙。丙怕来先丙发生意外，一直将他留在自己身边。这天晚上，丙让金敏带着最后一批人离开邢国去和徐通会合。丙和来先丙向大癸和目夷癸告别，大癸和目夷癸不带随从，送丙和来先丙西行。丙和大癸是堂兄弟，来先丙和目夷癸是共事多年的朋友，兄弟、朋友情深，别时依依不舍。四匹马在月光下缓缓行走了十多里，大癸和目夷癸才返回邢国。

这一段就是族人中传说的“丙煮羊待兄”和“二癸送二丙”的故事。

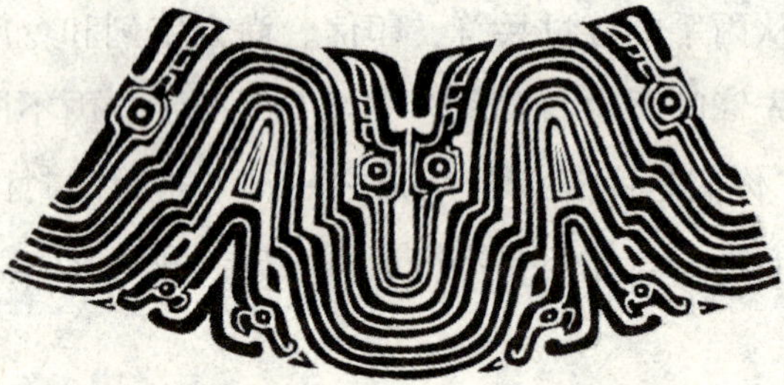

祖乙思丙

商王祖乙到达了邢国，邢国正式成为邢都。大癸和目夷癸率领商军在北门外列队迎接，四师商军队列整齐，军容严整。

随祖乙到来的部队也不少，有两师商军、祖乙的宫廷卫队，还有寺庙武装。两师商军因跟随主丁、髦纪作乱，刚刚被巫风和巫雷整编过。在整编过程中逮捕了不少被认为是主丁死党的军事骨干，士气受到很大的打击，士兵们无精打采。祖乙的宫廷卫队平时骄懒成习，经不起长途跋涉，一个个疲惫不堪。寺庙武装装束得奇形怪状，走起路来东摇西摆，完全没有军队出征的样子，倒像一伙人去赶集。祖乙望着军容严整的欢迎部队对巫贤说道："如果丙真的谋反，我们率军来击丙能打赢吗？"

巫贤惭愧地低下了头。

祖乙问大癸："丙在哪里？他为什么没有来迎接我？"

大癸说道："丙无法执行大王的命令，只好将兵符、印信、尚方宝剑、令旗和四师商军，托臣转交大王，丙离商而去。"

祖乙进驻由邢侯府改建的临时王宫，看到诸事都准备得井井有条，对大癸说道："你和丙这些日子辛苦了。"

大癸说道："辛苦是臣等的本分，只是在辛苦劳累的过程中还要受一帮恶巫的闲气。为了使迁都准备工作顺利进行，我们不得不把破坏迁都、妖言惑众的恶巫巫霜杀掉。现已查明，巫霜与夷方蓝部暗中来往，接受了夷方不少贿赂。”

“巫霜?”祖乙问道，“是邢国的主巫?”

大癸回答道：“正是。我身为代理邢侯，长期没有察觉这个奸细，我有责任。这次他妄想造丙的谣言，于是就暴露了。”

祖乙一听暗暗吃惊，心想我几乎中了夷方的离间计。巫贤怎么连个奸细也认不出来，大姐的目光敏锐真叫人佩服。

大癸叫人呈上丙为祖乙亲自煮的羊肉。祖乙看见羊肉，想起小时候和丙在一起的欢乐时光，眼前一片湿润模糊。

祖乙思丙，一连三天不肯吃饭，也不理事。

巫贤来见祖乙，祖乙问道：

“巫霜的事你知道了吗?”

巫贤说道：“知道了，巫霜罪有应得。”

祖乙说道：“你身为国相，当明辨是非忠奸。大公主听到了巫霜的一句话就怀疑他是外方的奸细，巫霜是你的得意门徒，跟随你多年你竟认不出他的本质，将他派到邢国担任主巫这样的重要职务。”

巫贤说道：“臣知错。臣的错误给国家带来损失，给大王带来烦恼。望大王进餐，大王御体关系到国家的安危兴亡，望大王以国家为重。”

祖乙说道：“你追随我多年应该知道，我父王母后生我姐弟三人，我的智谋才略上不及大姐下不及小弟，现忝居王位，长此下去商朝将亡在我的手中。如果真为国家安危兴亡着想，不如我早死由丙继位。丙为商王，商朝必兴无疑。”

巫贤说道：“臣无能，请辞去相位专致祭祀占卜。”

祖乙说道："准你所奏。你虽贤能但非良相之才，你的职务当另作安排。"

巫贤说道："谢大王。"

巫贤退下。

王后见祖乙不吃饭万分忧虑，亲自去找大公主妇甲。

妇甲来看祖乙，带来了柿饼。

妇甲说道："乙弟如果思丙，当食柿饼。为姊也想念丙，我们一块吃。"

祖乙和妇甲一起吃柿饼，祖乙说道：

"此物味道很甜，吃了稍解我的烦恼。"

妇甲说道："商新迁都事务繁多，乙弟身为国王应当振作。丙西去并不是坏事，可使丙在安邑一带建立一个侯国，为一方诸侯长统率诸侯。北御鬼方，南控班方、夷方，对我商朝安危关系重大。"

祖乙如梦方醒，起身向妇甲拜道："大姐所言极是，我真是枉为男子。还有一件事请大姐教我，巫贤辞相位我已准，谁可为相？"

妇甲说道："司徒文甲老伯老成稳重，久居邢地，这一带情况很熟悉。年事虽高，精力尚好，可以先做几年国相。况且大癸不日将北上创建新邢国，文甲老伯为相本地人都会拥护。"

祖乙在邢都首次上朝。

司徒文甲出奏："商都已迁至邢，臣子大癸即将北上建设新邢国。臣年事已高，请辞去司徒一职随子一同北上。"

祖乙说道："年老和儿子住在一起享天伦之乐，是件好事。

但新邢国在北方荒地上创建，开创之时非常艰苦。新邢国天寒冷，在房屋不坚食物不全的情况下老人最好先不要去。再说王都新迁到邢，这一带只有司徒父子最了解，大癸走后诸事只能向司徒请教，因此请司徒无论如何再干几年，等到新邢城建好再去同儿子一起住。”

文甲应允。

祖乙宣布：“国都已迁到邢，朝中官员的职务做如下的调整：

任命文甲为国相，免去司徒职务。

任命缯衍为司徒，免去司空职务。

任命丙为司马，免去副元帅兼先锋官职务。

任命巫贤为司空，免去国相职务。

任命目夷癸为元帅。

任命来先乙为副元帅，仍兼汜水关守将。

任命巫风为亳都守将，免去元帅职务。

任命巫雷为隞都守将，免去副元帅职务。”

晋封丙为侯爵，封目夷癸为男爵，封来先乙为男爵。

撤销颁发给丙的王命。

耿国的建立

丙领着来先丙、徐通、金敏等军民一行五千余人来到王屋关，王屋关守将郑亥将他们接入关中。

郑亥是主丁的老部下，原来在来先甲手下当军校。断鬼坡一战来先甲阵亡后，郑亥组织兵力力敌图迪罕，直到大癸的救兵来到。正是由于郑亥的苦战，使得图克伦包围商军的企图始终没有能实现。通过这一战主丁发现郑亥是善守的将才，在大军撤回相都时留下郑亥守王屋关，不久，郑亥因征伐鬼方的军功晋升为将军。

郑亥见到丙，问丙道："先锋官要到安邑去？末将尚未接到文书。"

丙回答道："我已经不是商朝的先锋官了，这次以老百姓的身份出关，不知道郑将军肯不肯放行？"

郑亥问起缘由，丙把发生过的事向郑亥说了一遍。

郑亥说："二太子放心，现在百姓过关不需要文书。如果将来朝廷怪罪下来，我就弃官投奔二太子去。"

郑亥见过来先丙，又拜见了主丁夫人和髦纪夫人。

郑亥说道："为了防止夜长梦多，我明天就送二太子出关，一直送到断鬼坡。我们去祭奠一下来先甲将军和目夷荣将军，还有断鬼坡阵亡的弟兄们。我驻守王屋关离这里很近，每年我都要去祭奠两次。"

丙说道："难得郑将军不忘旧情。"

次日，丙一行在郑亥陪同下出了王屋关西门。因为队伍中多数是平民百姓，行动不快，天晚还没有走到断鬼坡，只好在村子里住一天。村子里房屋少，丙安排眷属们住在村里，多数人露宿野地。

又一日，来到断鬼坡。丙一行来到商军阵亡将士墓前，祭奠了昔日一同作战的弟兄。来先丙领着全家，叩拜在来先甲的墓前。

丙面对着昔日的战场，耳边隐隐听到战地的号角声和厮杀声。昔日为了国家的安全一同奋战强敌的弟兄们，有的战死沙场，有的死于内乱，有的正在亡命天涯。

郑亥和丙道别，他当天晚上要赶回王屋关。郑亥走后丙一行向安邑城进发。

丙派金敏先到安邑城与费甲联络，丙到达安邑时费甲率领安邑军民倾城出迎丙。费甲把丙迎入安邑城，安排丙住进辛义修复的夏王宫。这是丙第一次进入安邑城。前次伐鬼方在安邑一带作战，几次大仗都在安邑城外进行，丙一直没有进过安邑城，撤兵时也匆匆从城边走过。这次进了安邑城，才看到了这座古城是如此的宏伟，不愧是一代帝都。

晚上，费甲在将军府设宴欢迎丙，出席宴会的还有几位附近诸侯国的国君。费甲说道：

"二太子来安邑立业，我费甲非常高兴。安邑是个很重要的地方，朝廷叫我以安邑将军和安邑太宰的身份治理安邑，我德薄才疏，实在难当此大任。靠着前次商军大败鬼方，这几年暂得太平，各诸侯国也都和睦相处，安邑一带又一天比一天繁荣。但我们也看到，鬼方白部的势力也在恢复，一但鬼方强盛起来，他们又要南下抢劫。大河以南的班方势力也在增长，他们也垂涎安邑的财富。安邑一带人力物力都充足，诸侯国也不少，各国都有一些自卫的力量，就是缺少一个领头的诸侯国。只要有一个有威望、有能力的国君领头，安邑一带军民完全可以自保。上次商军伐鬼方，二太子在这里树立了很高的声望，二太子回去后大家都盼望二太子能再来。今天二太子来了，安邑全城百姓欣喜若狂，这一带诸侯国的君臣也都十分高兴。还有来三将军也来了，商军二丙再来安邑，安邑百姓安居乐业有了保障。”

来先丙连忙说道：“我来先丙是一个罪臣，蒙二太子舍己相救，怎么能与二太子并论，万万不可并提二丙。”

丙说道：“我此行只是带着一群难民在逃难，在费将军辖区能找到一块栖身之地就求之不得了，哪里还能有什么作为。”

费甲说道：“二太子过谦了。将二太子派到安邑立国，对商朝来说是意义重大而长远的一个举措。不久朝廷就会明白这点，朝廷会颁命二太子在此立国。二太子雄才大略人人皆知，来三将军、徐将军和金将军都是一代名将。安邑一带的军士，经几位将军训练和统领，很快就能无敌于天下了。”

徐通对金敏说道：“你和我也算一代名将？也许你行，反正我不行。”

金敏对徐通说道：“不要插话，听费将军讲。”

费甲又说道：“二太子一来必能请动关贤士，前者辛义去请关贤士出山，遭到了关贤士的拒绝。”

徐通说道：“辛义帮助鬼方，引狼入室残害百姓，关贤士当然不肯替他办事。”

费甲说道：“徐将军说得很对。商朝代夏已久，恢复夏朝已是不可能的事。靠鬼方的势力恢复夏朝，实际上是帮助鬼方抢劫，杀害夏民，辛义已渐渐明白了这个道理。特别是他的弟弟辛平，常劝他哥哥归商。”

金敏问道：“辛平，是以前鬼王图克伦派到王屋关的守将?”

费甲说道：“正是他，我的老上级，一位难得的将才。”

金敏说道：“怪不得二太子不准杀他，还叫我给他送了一包吃的东西，原来留他有用。他接过东西就吃，也不怕有毒。”

费甲说道：“他知道二太子不会杀他，这正是二太子高明的地方，也是二太子深得民心的地方。”

丙说道：“费将军过奖了。”

费甲说道：“安邑城规模宏大，是一代王都，如稍加整修气势可观，昔桀王之弟居此城。以二太子之德才，足以当此大国。二太子在此立国，一旦有变二太子一呼百应，再从容调度。就是鬼方、班方一齐来犯安邑，也不必惊动朝廷。相反，王都有难，二太子可率军东出王屋关救驾。河南有事，二太子还可以率军南渡孟津，支援商朝。”

丙说道：“费将军之言，真乃雄才大略之论，一般战将难得有如此长远的见解，难怪大兄退兵之时将一方守土大任交给费将军。”

费甲说道：“明日二太子查看一下安邑的形势，需要末将办的事尽管吩咐。”

第二天，丙带着来先丙、徐通和金敏一行查看安邑城。他们先登上了安邑城墙沿城巡视一周，但见城墙很高，很宽，但失修严重。在上次的战争中辛义曾对安邑做了一些修整，但都是临时性的措施，防守的弱点破绽很多。由于城墙过于高大，完全修复好工程十分艰巨。如果要布防，所需兵力至少要三万人。下午丙又观看了安邑的街道，安邑城里现有四处建筑群：夏朝祖庙，夏王宫，将军府和太宰府。夏朝祖庙经辛义修复后附近夏朝诸侯国的国君常常来这里祭祖，夏民们进城买东西也有人来此参拜祖先。夏王宫一直空闲，如今丙和他带来的部分随从、家眷住在这里。将军府是安邑将军费甲住的地方，费甲在这里指挥安邑的守军。安邑守军都是夏军，太宰府是安邑城的最高行政机关。安邑太宰由费甲兼任，现今由一位府知事在此处理日常的政务。

安邑守军不多，不足以守此大城。街上人来人往，主要街道两旁店铺相连。安邑城是这一带的商业中心，附近诸侯国的商人都到这里来买卖货物，还有些商人来自远方。不少巨贾富商、附近诸侯国国君在安邑城中有自己的府邸，安邑城确实繁华富庶。百姓们期望自己的生命财产能有保障，他们对丙寄以很高的希望。

夜晚，丙在书房里思考一天来考察安邑城得到的印象，他要决定能否利用夏都的故城建立一个诸侯国。

夜深人静，丙走到庭院中，金敏随后警戒。丙在院中参拜了星斗，然后在藤萝架下的石凳上端坐，合掌练功。

良久，丙看见金敏突然纵身跳到自己对面宫殿的白色石栏上坐下。

望着金敏，丙想道：“金敏每天跟随自己也太累了，他的动作真像个猴子，六耳猕猴……”

突然，丙看见金敏通体透明，金光四射，两个耳朵、两只手掌和两只足掌射出了六道红光。

丙连忙问道：“在安邑城立国，究竟是行，还是不行？”

只听金敏唱道：“乾行地脉，早已断绝。一代王气，消散殆尽。”

丙又问道：“我欲立国，宜往何方？”

金敏又唱道：“西行北循，地近龙门。六脉相交，居中建城。”

丙大悟，说道：“金敏，你的见解真是了不起！”

金敏惊醒，光芒顿时消失。金敏从石栏上跳下，说道：“二太子，什么事？我怎么不知不觉睡着了，睡了很久了吧？”

丙说道：“没有多久。外面凉了，回去吧。金敏，你刚才做梦了没有？”

“啊，做了一个梦，梦见我身上发光。”

“金敏，你的根基真不错，以后要努力修炼。”

“是！”金敏回答。

费甲来见丙，丙对费甲说：“费将军，这几天我日察地理，夜观天象，发现这安邑城昔日的帝王气势已经衰退。我要建立的是一个诸侯国，它的规模也不需要如此宏大。安邑是故夏北都，周围夏代所立的诸侯国仍不少，城内外的夏朝遗民很多。安邑作为夏朝各诸侯国和夏民祭祖，以及四方商贾贸易之地最为合适。安邑不宜重新立国，我将另择立国的地址，安邑城就由费将军以安邑将军和太宰的名义治理。夏王宫今后可作为各诸侯国国君聚会的场所，我在附近建立新的诸侯国之后，安邑城的安全不会有问题。”

费甲点头称是。

次日，丙、来先丙、徐通和金敏一行四人带着干粮骑马出了安邑西门，他们一直往西走，上午在途中可以看到接连不断的农田和村落。中午他们在一个镇子上吃了午饭，下午继续西行。人烟渐渐稀少，农田和村落已不连接，其间相隔着大片的荒地。丙一行经过了几个诸侯国，为了不惊动和打扰诸侯国，丙悄悄地绕过这些小城。晚上，丙一行在河边的一个村子里住了一夜。

早起，丙领着来先丙，徐通和金敏继续西行，途中经过一座小山。丙登上小山瞭望，山下是一片辽阔的荒野，丙突然发现有一道赤气由山脚起向东北方向伸展过去。丙往东眺望，看见安邑方向有大片的五色云气在游散。丙对来先丙等三人说道：“你们看，安邑城的气势相当宏伟，又呈五色，为王者之气，非诸侯能当。但乾气弥散，不能复归于坤，已成为无根之气，难以长久。”丙转向西面对三人说道：“你们再看，西边这道赤气，规模虽然不大，但由山脚下发出，伸向东北方向，又复归于大地，而且色赤而纯正，正是阳气充沛的乾行地脉。”三人点头称是。

“你们再看，”丙忽然用手指着西面远处说道，“在脚下这条乾行地脉以西，又有一条和这条地脉并行的地脉，也呈现赤气向东北方向伸延。我们要找的地方，就在这两条地脉之间。”

金敏问道：“这两条地脉之间到处都行吗?”

丙说道：“虽然到处都行，但还要看看东西方向的地脉，找一块国运长久之地。”

丙领着三人下了小山。在山脚下，金敏忽然发现了除了那道向东北方向伸展的赤气外，还有一道赤气向西伸展，连忙指给丙看。丙一看，这道赤气虽不及东北—西南方向的两条地脉的赤气明显，但也清晰可辨。这条东—西方向的地脉，把两条并行的东北—西南方向的地脉连接起来。但见地脉相交之处，赤气冲天。

丙对金敏说：“金敏，你的发现太重要了。我们找到了三条乾行地脉，还有三条也离这里不远了。金敏，你说说我们该往什么方向去找那三条地脉?”

只见金敏举起双手张开手掌四下探试，又转动脑袋好像在用两耳听什么动静。徐通看金敏这个样子觉得非常可笑，正要说话，只见丙和来先丙都在静静地望着金敏，连忙把嘴闭住了。

“我们往北方去吧。”金敏说道。

丙一行开始往北寻找。到了傍晚，他们又发现了三条东—

西方向的地脉。

徐通指着西北方向说：“那边不远就是龙门关了。”

丙说道：“西行北循，地近龙门。六脉相交，居中建城，我们找到了要找的地方了。”

“是这里吗？”来先丙问。

丙说道：“不是这里，由此往南十多里就到了。”

丙一行往西走了几里路，来到两条东北—西南向地脉的中间。再南行，越过东—西向地脉。一道，两道，丙向前又走了一程。

丙说道：“我们越过了两道地脉。南面还有两道，我们白天北上时曾经越过。我们现在正处在六脉相交的居中位置，这里就是我们要找的地方！”

丙抬头观看天象，对三人说道：“夜已深了，现在正是子时。”

突然，南、北、东、西六道地脉赤气发动，八道红光冲天而起。只见金敏一下跳起数丈，周身金光四射，耳朵和手、足掌放出红光。只听金敏唱道：

“君侯三十二，国运七百长。君侯三十二，国运七百长。君侯三十二，国运七百长。”

金敏徐徐落地，身上的光芒消失，周围的八道冲天红光也渐渐地暗下去。

金敏倒地，呼呼大睡。丙解下自己身上的斗篷给金敏盖上。

三人坐在金敏身旁休息。过了一会儿，徐通说道：“二太子，刚才金敏的两只耳朵放出红光，我们昨天找到的六条地脉，恰好也组成一个耳字。”

丙说道：“徐通，你的悟性也提高了。”

徐通又说道：“徐通有一事不明，要求教于二太子和来三将军。”

丙笑道：“刚夸你悟性提高了，怎么立刻就客套起来了，有什么话就快说吧。”

徐通说：“人有两只耳朵，大地上还有一处耳字形地脉的地方吗?”

“这，这我可就不清楚了。”丙说。

“有!”是金敏在说梦话。

当丙一行四人回到安邑城时，费甲从西门门楼上跑了下来。显然，费甲在门楼上等候丙已多时了。

“二太子，”费甲一边跑，一边对丙说，“邢都传来了好消息。二太子晋封为侯爵，被任命为司马。来三将军，主丁元帅的家眷、髦将军的家眷的罪名都已免除。文甲司徒担任了国相，缯司空担任司徒，巫贤辞了相位，已改任司空。还有目夷二将军担任了元帅，来二将军担任了副元帅，仍兼汜水关守将。两位将军还封了男爵，末将向二太子和来三将军祝贺!”

当丙回到夏王宫时，主丁夫人等三位夫人领着孩子们在宫门口迎接。丙连忙下车拜见了三位嫂嫂，主丁夫人命孩子们拜见叔叔。主丁夫人说道：“丙兄弟，朝廷已经免除了我们三家人的罪。多谢丙兄弟，当初若不是丙兄弟冒死抗令相救，我们三家人已经不在人世了。”

丙说道：“当初朝廷的王命不当，我当然不能不抗命。现在朝廷已经免除了你们的罪名，你们如果想回邢都或回归故里，我派人送你们回去。”

主丁夫人说道：“如果二太子回都任职，我们就回都。如果二太子要在安邑立侯国，我们愿留在二太子的侯国中，孩子们都不愿意离开丙叔。”

丙说道：“也好，大家就先在这里往下，想回邢都以后随时都可以去。”

丙带来的军民五千多人集合在安邑城西门外的大营中，丙对大家说道：“为了防御鬼方，使安邑一带的夏、商诸侯国的百姓能长久得过太平日子，我们将在这里建立一个强大的侯国，作为安邑一带的诸侯长。这个侯国的地址已经选定，就在安邑城西北一百多里地的地方。现在我们就要到那里去筑城，盖房和开垦田地。我们分两批去，青壮年男子先去，老弱妇孺先留在安邑城，费将军会照顾你们，等盖好了住房再把大家都接去。”

丙部下的军民听了丙的讲话都非常兴奋。

丙带着两千多名青壮年军民来到了选好的侯国的地址，开始建立新侯国的工作。丙挖了第一锹土后，向大家宣布：“我们建设新侯国的工程现在开始了。”

大家欢呼起来。

丙说道：“在相都的时候，王命我们迁邢（gěng），这里就是我们的邢（gěng）。”

众人欢呼。

丙又说道："现在我们商朝有了三个邢。一个是邢都，是我商朝的王都。一个是新邢，邢侯文甲、大癸父子以国家利益为重，让出富庶的邢国做王都。大癸将到相都以北建设新邢国，作为北方诸侯长。为了和王都邢都区别。新邢国的邢读作xing。我们在龙门附近建设另一个新邢国，作为西方诸侯长。为了和王都邢都区别，我们的新邢国写作耿国。"

众人欢呼。

丙说道："我们以耿为国名，是因为我们侯国国址的地脉呈耳字状，地气色赤，属火。"

众人欢呼。

耿氏先祖三十二君侯谱记载：

"弟丙立耿国，西殷御鬼方。"

讲的就是祖乙的弟弟丙建立了耿国这件事，建立耿国的目的在于抵御西面的鬼方部落。

《史记·殷本纪》记载："祖乙迁于邢。"《尚书·商书·祖乙》记载："祖乙圯于耿，作《祖乙》。记述了商朝祖乙时代、迁都邢和建立耿国的事。"

祖乙封耿国

丙创建耿国得到安邑一带诸侯国和百姓的支持，安邑将军费甲派来一千名夏军携带着粮食、工具、建筑材料帮助丙建筑耿城。安邑一带的诸侯国，包括商朝、夏朝和上古时代所建的诸侯国也纷纷派人前来支援耿国的建设，或送来各种建设和生活物资。这些诸侯国都希望丙建立的耿国能够成为抵御鬼方，保卫这一带各诸侯国能过太平日子的中坚力量。

龙门关守将稚超组织龙门关的军士轮流到耿城参加筑城，耿城的建成，将成为龙门关的坚强的后盾。

一天，关家庄的管家关永带了一伙人赶着车队来到耿城的工地。关永见到丙说道："我们庄主听说二太子在这里立国，非常兴奋。庄主说这是一件了不起的大事，但也是一件非常困难的事。庄主叫我送来一些粮食、种子、牲畜和农具，随我来的还有十多个种田的老把式，他们可以教给大家在这一带种田、种树、放牧的方法，传授整理农田、开挖引水沟渠的经验。我们庄主说，二太子有什么困难尽管对我们庄主说。"

丙对关永说道："关贤士想得真周到。我到这里来立国，就是受关贤士的指点才决定的。本当去关家庄请关贤士来指导，但这里目前还没有住的地方。等耿城稍具规模，我一定亲赴关家庄，请关贤士出山相助。耿国作为安邑一带的诸侯长，面临的问题很多，必须请出关贤士朝夕指点才能把各方面的事办好。”

关永对关家庄留下的人作了吩咐之后，领着其他人回关家庄。

耿城的建设由来先丙主持日常事务，徐通负责警卫和巡逻，耿城的建设在周围诸侯国和百姓的支援下进展很快。随着住房的落成，住在安邑城的老弱妇孺也分批迁入耿城和在耿城周围新开辟的村落，人员居住的分配由金敏负责。

流落在附近的难民，听说耿国的国君丙为人宽厚，纷纷扶老携幼前来投奔耿国。丙命金敏对这些人进行安置，量才录用。这些人大多来自安邑附近，在鬼方入侵时家园被毁，流离失所，也有一小部分人来自王屋关以东和大河以南。还有一些鬼方百姓，因为不堪鬼方头人的欺压，逃到龙门关以南。附近的诸侯国都不肯收留他们，他们前来投奔耿国，丙将他们收下，让金敏把他们安置在村子里，派人教他们种田和放牧。

丙把自己在龙门附近建设耿国的情况向朝廷作了报告，祖乙召集朝中文武大臣对此进行了讨论。

国相文甲说道：“为了我商朝的安全，大癸正在相都的北方建设新邢国。现在丙司马又在龙门附近建设耿国，同样是对我商朝的安全有长远影响的重大举措。这两个侯国建成之后，我商朝北方和西方的安全就有了保障。安邑一带情况比北方复杂，周围的诸侯国多数是夏朝所封，过去一向和我商朝不睦，唯有丙在此立国能得到夏民的拥戴。丙不在安邑城立国，另建耿城，留安邑为夏民祭祖和各诸侯国聚会之所，深得夏民之心。丙这样做就是要促进夏民与商民团结一致，共御鬼方，朝廷应全力支持丙的做法。”

满朝文武都赞同国相文甲的意见。

祖乙大喜，颁布王命：“侯爵丙的封国国址定在安邑城西北，龙门关以南。国名为耿，丙为耿侯，加号祖丙，为王屋关西诸侯长。节制安邑将军、安邑太宰和龙门关守将。赐玉斧、金钺，得专征伐。耿侯祖丙，在朝中仍领司马职，邢都建司马府。”

祖乙又传令：“目前耿城尚在建设，待耿城建好，朝廷再派重臣前往册封。”

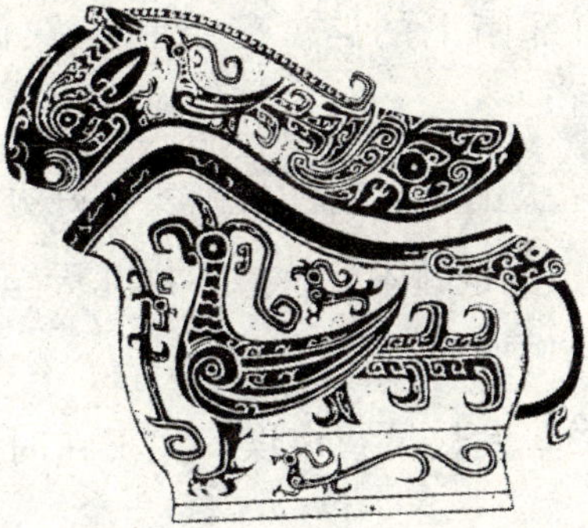

一放图迪罕

祖丙在龙门关南建立耿国的消息传到了鬼方白都，鬼王图必利忙找来三弟图迪罕和妹妹图薇商量。

图必利说道："上次我们随父王南下吃了败仗，父王和你们二哥也被商军杀死。我们吃亏就在于遇到了主丁和丙这两个人。前些日子我听说主丁谋反被杀，我很高兴，认为我们出头有日了。不想那个丙被封作耿侯，号称祖丙，在龙门关以南立国，把一个大侯国建立在我们的大门口。又封他是王屋关西的诸侯长，可以调动指挥安邑一带所有诸侯国的兵力，这分明是要永远堵住我白部南下的路。三弟和小妹你们看这该如何是好？"

图迪罕说道："王兄，这件事确实不好办。我听到这个消息后饭也吃不下，觉也睡不好，想了好几天至今也想不出办法来，真是愁死人了。"

图薇说道："辛大叔足智多谋，父王在时有了疑难总是找辛大叔想办法。"

"对！"图必利说，"快派人把辛大叔请来。"

图迪罕说道："现在丙就在龙门以南，壶口关非常重要，辛大叔镇守壶口关责任重大不能轻易离开。不如我去一趟壶口关，问他我们应该如何做。不是我不尊重辛大叔，这件事恐怕辛大叔也不一定能有办法。不过我还是要去一趟壶口关，一方面听一听辛大叔和辛二叔的意见，一方面打听清楚丙建立耿国的详情和丙建立耿国后的意图，以便我们及早做好准备。”

图必利说：“好吧，三弟你就辛苦一趟，到了壶口关后该怎么办你自己决定，只是如果进入商朝地界千万要小心。”

图薇也说道：“三哥千万不能鲁莽”。

图迪罕说道：“王兄，小妹放心，我一定加倍小心。”

再说辛义、辛平兄弟驻守壶口关，近几年来倒也平安无事。辛义兄弟二人自从前次与鬼王图克伦南下大败而回之后，几年来在壶口一带休养生息。他们带领夏军和依附他们的夏民耕种和放牧，农闲时训练军队。为了减轻百姓的负担，辛义精简了自己的军队，这支军队小心地把守着壶口关不敢松懈。

辛平对辛义说道：“大哥，我们过去训练军队，为的是灭商复夏，现在练兵还是这个目的吗？这个目的能实现吗？”

辛义回答道：“现在还是这个目的，不过这个目的永远实现不了。因为不但是商民，就是夏民也反对我们这样做。”

辛平又问道：“那么我们为什么还要依附鬼方？鬼方白部的力量近几年有所恢复，大哥还准备约他们一起南下？”

辛义说道：“我们现在依附鬼方一是为了我们的生存，没有鬼方白部的支持商军攻打我们我们无法自保。二是我们与鬼方白部两代鬼王情义深重，不能抛弃朋友。至于约鬼方南下的事我们再也不会做了，因为这将危害夏民。”

辛平又问：“我们将来怎么办？”

辛义说道：“我也不知道，眼下只是为了壶口这一帮兄弟们的生存。”

辛平说道：“前些日子商朝发生内乱，元帅主丁被杀。原以为他们在安邑的力量会削弱，结果出人意料。商王派丙在龙门关以南新建一个侯国耿国，耿国建成之后我们这壶口关还能长久地守下去吗?”

辛义说道：“一旦丙的耿国建成，夺取壶口关的日子就不远了。”

兄弟二人谈话之间部下进来报告：“三大王到了关下。”

辛义和辛平开关出迎，辛义说道：“三大王来关，没有得到通报，有失远迎。”

图迪罕说道：“辛大叔和辛二叔是父王的朋友，不敢劳动，所以没有派人通报。”

辛义问道：“三大王到此是不是为了商朝在龙门关以南建耿国的事?”

国迪罕说道：“辛大叔真是料事如神。我和王兄为了耿国的事商议了好久，也没有想出办法，因此特来求教。”

辛义说道：“我兄弟二人也在商议这件事，也没有想出办法。”

图迪罕说道：“商朝在我白部大门口建立耿国，就是要堵我南下的道路。如果耿国建成，我们白部将永无出路。我想乘他们的耿国尚未建成的时机率军出击，摧毁建设中的耿城，不知二位前辈以为如何。”

辛义说道：“上次出征损失惨重，现在我们的力量虽然稍有恢复，但也征集不了很多能征惯战之士。现在丙在耿国立国，为一方诸侯长，附近夏、商诸侯国都支持丙。如果我们南下，丙一呼百应，各诸侯国一起攻打我们，我们怎么应付得了。”

图迪罕问道：“难道辛大叔没有办法叫夏朝各诸侯国和我们一起反对商朝?”

辛义说道：“现在难了。”

图迪罕也明白，这是上次他们南下时烧杀、抢劫夏朝诸侯国造成的恶果。

辛平说道：“上次南下我们失了人心，相反，商朝二太子丙却大得人心，现在不但安邑一带的夏民拥戴丙，就连一些鬼方百姓也到耿国投奔丙为民。”

图迪罕说道：“竟有此事!”图迪罕正要发怒，突然心生一计。他沉默了片刻，平静地说道：“少数罪犯叛逃敌国也不足为怪，不必管他们。辛大叔，辛二叔，根据目前的情况我们还是小心为好，不宜盲动。那就有劳二位前辈费心守住壶口关，继续观察耿国的动静。如果商军来犯我随时赶来接应，我回王都去了。”

辛义说道：“今日天色已晚，明天再走不迟。”

图迪罕说道：“也好。”

晚上，辛义在壶口关上设宴招待图迪罕。酒宴之上但见图迪罕心事重重，无心饮酒，匆匆吃过晚饭回房就寝。图迪罕回房后，招集他带来的随从二十多人到他的住房里，灯也不点在黑暗中秘密商议事情。

第二天上午，图迪罕告辞回都，辛义和辛平送到关下。图迪罕走后，辛平对辛义说道：

“大哥，昨天我提到鬼方百姓投奔耿国的事，图迪罕正要发怒却又平静下来。然后心事重重，继而又鬼鬼祟祟。这其中必有阴谋，我看图迪罕不会北上回都。”

辛义说道：“他有什么计划不肯告诉我们，我们也不必去管他。”

辛平叫来几个士兵对他们说道：“你们几个人分头往北去的路上和附近的山头上去，扮作打柴的样子，看看图迪罕一伙人往哪里去了。”

众士兵领命离去。

午后，出去的士兵们陆续回来。情况果然如辛平所料，图迪罕出壶口关后往北走了十多里地，一行人全部下马，脱去军服。他们将军服捆好，把军服和兵器都驮在马上，由两个军士赶着二十多匹马北上，图迪罕领着二十多个人便服步行上了山。在山顶上“打柴”的士兵看见，这二十多个人绕过壶口关南下，消失在树林之中。

耿国正在建设中，耿城军民密集。耿国军民和附近诸侯国的军民一起筑城，修路，建屋，打井，挖沟。忙得热火朝天。耿城四周已经建起了二十多个村落，还有二十多个村落正在建设，村民们在开荒，盖房。

这一天徐通正领军在北门外巡逻，迎面来了二十多个人。但见来人个个身强力壮，体格魁梧，一看是一伙鬼方人。这些人都是老百姓，见了徐通一齐躬身施礼。

“你们是什么人，从哪里来?”徐通问道。

来人中间有一个人回答道：“我们是鬼方的老百姓，因为我们鬼王欺压百姓，我们忍受不了，听说耿侯待人宽厚，特来投奔，希望将军带我们去见耿侯。”

徐通看了看这伙人，心里想道：“鬼方老百姓前来投奔耿国的已经有好几批了，但这一伙人有些奇怪。怪在哪里呢?……啊，是了。怪在所有的人个个精壮。不但没有一个老弱妇孺和病残者，看来个个都身手不凡，他们大概是刺客！对，是刺客。”

徐通再看刚才答话的那个人。发现他虽然穿着褴褛，但举止气度不凡。徐通想道：“这位先生在鬼方必定是有地位的贵族，我先不道破。”

徐通不动声色，下了马对鬼方来的人说道：“欢迎，欢迎。敝国新立，正当用人之际。我们侯爷说了，要不拘一格。鬼方虽是我商朝的敌国，但鬼方老百姓无罪。只要愿意为耿国效力，一概收留，并使大家安居乐业。如果有人才能出众，同样会得到重用。这里已经有几批鬼方老百姓前来投奔，他们建立了一个鬼方村。你们有许多老乡在这里，不会寂寞，我把你们安排到鬼方村去。”

“不，不，”为首那个人说道：“我们虽然愿意和老乡住在一起，但更想和耿国百姓打成一片。我们不去鬼方村，我们首先要拜见耿侯。”

徐通问道：“你是大家的头领吧？你叫什么名字。”

那个人回答道：“我叫巴力得，我不是什么头领。我们这些人都想投奔耿侯，偶然聚到一起，大家推我做大哥。”

徐通说道：“巴力得，你们来得不巧。耿侯为了答谢附近诸侯国的支援，目前正在巡回访问各诸侯国，一时还回不来，你们现在见不到耿侯，侯爷不在由我徐通主持一切。哈哈！山中无老虎，猴子称大王。不对，我不是猴子，金敏是猴子，他也随侯爷走了，我老牛称大王了。你们既然来投奔耿国，我就把你们收下了。我安排你们参加农田建设工作，只要你们工作出色，侯爷回来一定会见你们，不过敝国新立，工作和生活条件很艰苦，你们大家都能吃苦吗？”

巴力得回答说道：“我们鬼方老百姓个个都能吃苦。”

徐通说道：“好，既然你们想和耿国人打成一片，我就把你们安排到耿国百姓正在建设的一个村子里去。”

徐通把巴力得一伙人带到一个村子里安置好，然后对村长交代道：“这伙鬼方人自称是老百姓前来投奔耿国，我看他们多半是刺客，他们的目的是刺杀侯爷。我假托侯爷到附近诸侯国去了，先把他们稳在这里，估计他们在村子里不会生事。你给他们安排工作，他们干多少算多少。你派人给他们送饭，暗中监视他们，他们的情况随时报告给我。”

村长领命。

在田地里，鬼方人懒懒散散，有的人竟躺在田埂上睡觉。巴力得大怒：“给我起来，干活去！这那里像老百姓干活的样子！”村长送来了午饭，然后离开在远处观望。但见鬼方人一拥而上，抓起食物狼吞虎咽地吃起来，食物洒了一地。巴力得大怒：“把洒在地上的食物都给我捡起来吃掉！老百姓吃饭是这个样子吗？你们的父母都是老百姓，难道你们没有看过他们吃饭的样子？”

鬼方人安静下来。

午饭后稍稍休息了一会儿，鬼方人开始干活。巴力得以身作则，其他人谁也不敢偷懒。

不到十天，他们干完了一般人需要一个月才能干完的活。村长对巴力得一伙人的工作很满意，又给他们安排了新的活计。巴力得一伙人只知干活，哪里也不去，很守规矩。除了偶然打听侯爷什么时候回来外，别无他求。

转眼三个月过去了。巴力得一伙已开出了成片的田地，种上的庄家也长出了绿油油的小苗。他们盖了一排排的新房，房前房后种上了树，巴力得一伙住进了自己盖的新房。

“这里真不错，”一个鬼方军士说道，“我真想把老婆孩子接到这里来当老百姓。”

巴力得大怒道：“什么？难道你想投降商朝？”

鬼方军士连忙跪下道：“小人不敢。”

巴力得沉默了，他想道：“我为什么不能给鬼方百姓安排这样的生活呢？终日在田间劳作，风吹，雨打，太阳晒，虽然很苦，但能够养家糊口，百姓也就安于这样的生沽。到处杀人、放火、抢劫，抢到些宝物，其实一点用也没有。你去杀人，人家当然要杀你。”

想到这里，巴力得拉起跪在地上的军士说道：“兄弟，我不怪你，起来吧。我不是不想叫你们安居乐业，但我有杀父、杀兄的大仇，不能不报。”

在巴力得到达耿国的当天，祖丙并没有到别的诸侯国去，他就在耿城新建成的耿侯府里。祖丙正计划过几天去访问几个诸侯国，徐通见巴力得一伙来得蹊跷，又口口声声要拜见耿侯，就怀疑他们是刺客，因此假说耿侯不在国中，先把他们稳住。徐通叫村长观察他们的表现，自己到耿侯府去报告巴力得前来投奔这件事。

当天晚上，金敏遇到一个人。

当金敏从耿侯府出来，有一个人走近身旁对金敏说道："金将军，借一步说话。"言毕，转身快速向偏僻处走去。

金敏见此人有些面善，一时想不起是谁，忙紧赶几步跟上，那人到了城边站住不走了。

金敏向前，只见那人躬身施礼道："金将军，王屋关一战，蒙二太子先锋官和金将军不杀之恩。大树之下又蒙赠酒食，放回部属，辛某特来答谢。"

"您是辛平将军？"金敏问道。

"在下正是辛平。"

"耿侯久仰辛将军兄弟才能出众，人品高尚，很想一见。现在辛将军既到了耿城，请随我入耿侯府去见耿侯。"

"金将军，你这样冒冒失失地带我进耿侯府去见耿侯，难道不怕我辛平是刺客吗？"

"辛氏兄弟，堂堂君子，怎么会是刺客，我金敏敢以性命做保。"

辛平大受感动，说道："金将军的信任，辛平感激不尽。

只是辛平福薄，不能与金将军同在耿侯麾下。诚如金将军所言，辛平的确不是刺客，但已有鬼方刺客二十多人进入耿国，欲刺杀耿侯。我辛平为报二太子王屋关之恩，特来相告。鬼方刺客的首领是他们的三大王图迪罕，请耿侯和金将军千万小心。”言毕，辛平飞身上城。

以金敏的功夫，如要追赶辛平是易如反掌。但金敏不能追赶，人家现在不愿见耿侯，一定有人家的难处。

当金敏又返回耿侯府的时候，徐通正在向祖丙报告白天发生的事：

“今天来了二十多个鬼方老百姓，说是前来投奔耿国，为首的叫巴力得，他们要见耿侯。我怀疑他们是刺客，就托辞耿侯不在国中，先把他们安置在村子里，叫村长监视他们的行动。”

金敏说道：“他们的确是刺客，那巴力得的真名叫作图迪罕。”

祖丙惊问道：“鬼方的三大王图迪罕？他现在在我耿国的境内？”

徐通问通：“金敏，你见到巴力得了？认出他是图迪罕？”

金敏回答道：“我没有见到他，是夏将辛平告诉我的，他专程从壶口关赶来告诉我们这件事，请耿侯千万要小心。”

“辛平现在在哪里？”祖丙问道。

“刚才到了府门口。我请他入府见耿侯，他不肯，现在他已经出城回壶口关去了。”

祖丙叹道：“辛平真是个义士。他感激我在王屋关的不杀之恩，见我有险特来报告。既然图迪罕来到耿国并且已经住下了，我们就这样安排……。”

在三个多月的日子里，巴力得一伙由于辛勤劳作，不断受到村长的夸奖。同村的商朝百姓也很钦佩鬼方人的勤劳，他们耐心教导鬼方人如何种庄稼，问他们家里有什么人，欢迎他们把家眷接来，又给他们送来各种生活用品，鬼方的这些军士和村里的商朝百姓相处得十分融洽。徐通每次巡逻经过这里，一定要到村里看望他们。

有一天，徐通兴冲冲地来到巴力得所在的村子，徐通说道：“巴力得，告诉你一个好消息，耿侯回来了。跟耿侯一起还来了六位侯国、伯国和子国的国君，今天晚上耿侯要举行盛大的宴会欢迎这几位国君。我向耿侯报告，说你们来了三个多月，工作十分出色。耿侯非常高兴，他请你们参加今天晚上的宴会。巴力得，你们能出席今晚的宴会是你们的光荣。”

“是，是，我们很高兴。”巴力得说道。

徐通又说道：“你们没有爵位和官职，只能坐在台下，你们愿意自己坐在一起，还是愿意分散坐在我耿国百姓中间?”

巴力得说道：“我们集中坐在一起好，我们的人不大懂规矩。”

傍晚，巴力得一伙在村长的带领下来到了耿侯府。他们进入了宴会厅，只见一个身材瘦小的人在安排座位。村长对这个人说道：“金将军，巴力得他们来了，安排他们坐在哪里?”

巴力得一听，心想：“原来他就是杀我二哥的金敏。”他不由地摸了一下藏在衣内的短剑，恨不得拔剑刺向金敏，但他又一想："不能动。我此行的目的是刺杀丙，金敏不过是丙手下的走卒。"

巴力得正想的时候，金敏已经吩咐村长将巴力得一伙人带到宴会厅门口的两张桌子前，村长对巴力得说道："你们就在这里吧。"

巴力得说道："好，好，我们就在这里。"

巴力得环视宴会厅，只见正上方有一个平台，平台上摆了十多张桌子，想必是为耿侯、各诸侯和大官们准备的。台下有五六十张桌子，是为军士和百姓们准备的。从已就座的人看，军士们坐在靠近平台的桌子旁，老百姓坐在离平台较远的桌子旁。巴力得想："这大概是为了安全的缘故吧。"

巴力得一伙坐在门口，入场者不断地从巴力得身旁走过。巴力得看到台下的桌子周围的座位已经接近满座，而台上仍空无一人。巴力得想："如果丙从大门进来，就和其他人一样要从自己身旁走过，到那时……不过成功之后自己也跑不掉了。好，现在是有进无退了。大哥，小妹，我要为父王、二哥报仇，然后随他们而去。你们要照顾好母后，你们自己也要保重……"

全场爆发出热烈的欢呼声，打断了巴力得的思路。巴力得抬头一看，丙和诸侯们、官员们已经登台。他们没有从前门进来，他们是从后门入场登上平台站在帷幕后面。帷幕一拉开，丙和诸侯们、官员们出现在大家面前。大家起立欢呼，巴力得一伙也只得和大家一起起立欢呼。

耿侯祖丙请台上的诸侯们、官员们入座，然后发表了简短的欢迎辞和祝酒辞。耿侯叫大家开怀畅饮，不拘礼数。鬼方这伙人，个个好酒成性，近三个多月来他们滴酒未沾。这次看到满桌美味佳肴，成坛的好酒，早已垂涎三尺。耿侯叫大家开怀畅饮，周围的人都举杯畅饮起来，鬼方这伙人也饮起酒来。开始他们还稍有节制，后来越饮越凶。巴力得想制止，又不敢当众发怒。邻桌坐的正是同村的商朝百姓，还有村长，他们和鬼方这伙人已经混得很熟了。他们一个个端起酒杯，过来向鬼方朋友敬酒。商朝百姓们齐夸鬼方人干起活来有力气，饮起酒来好海量。鬼方人听后忘乎所以，不一会儿二十多人已酩酊大醉。巴力得看着这伙人心里想："一群饭桶！我图迪罕一个人也要报父兄之仇!"巴力得远远望见丙和台上的一些国君、官员们也都有了醉意，正在考虑如何行动。只见徐通过来敬酒，徐通先和大家共饮一杯，然后对巴力得讲："侯爷叫你到前面去喝一杯商王所赐的御酒。"

"好，机会来了。"巴力得想道，然后向平台走去。巴力得身旁两个人要跟上，徐通拦住说道："只请巴头目一人。"

巴力得说道："你们不要来。"

巴力得迈步向耿侯走去。徐通紧跟在后。当巴力得走到半途，忽见耿侯起立，台上诸侯们和官员们也随丙起立。丙身旁一将，正是金敏，手托一盘，盘中有一杯酒，向巴力得走来。只听得耿侯大声说道："诸位国君！我给大家介绍一下，这位是鬼方白部三大王图迪罕将军!"

图迪罕一听耿侯当众道出了自己的真名，大吃一惊，不由得站住。这时候金敏已经托着盘子到了自己的面前，挡住了去路。图迪罕没有回头，但感受到徐通就在自己的身背后。

图迪罕抬头看见丙态度平和，微带笑容，丙身后众将环立，手持斧钺，闪闪发光。

耿侯继续说道："诸位国君，敝国新建，赖各位鼎力相助，本侯万分感激。特别是白部三大王图迪罕将军，捐弃前嫌，亲自率领军士前来相助。三个月来，图迪罕将军所部军士，工作勤劳，成绩卓著。他们不但为敝国做了很多事，也为敝国的军士们和百姓们树立了良好的榜样。现在图将军就要回鬼方去了，我们在此同敬图将军一杯，一则向图将军致谢，二则为图将军送行，三则祝鬼方与我安邑一带诸侯国和睦相处。"

言毕，耿侯祖丙举杯，各诸侯国国君、官员们，全体出席宴会者举起了酒杯。这时金敏向图迪罕奉上御酒，图迪罕只得接过御酒，一饮而尽，然后转身向宴会厅大门口走去。

耿侯大声说道："送图将军！"

全场齐呼："送图将军！"

图迪罕走到门口，鬼方军士们一个个醉醺醺地跟着图迪罕走出宴会厅。图迪罕一伙走出耿侯府门，又走出了耿国的北门，每到一处守卫的军士都敬礼高呼："送图将军！"

图迪罕走到河边，爬在一块石头上洗了洗脸，又喝了些河水，然后放声痛哭。图迪罕的军士们一个个在呕吐，周围酒气，臭气熏天。

图迪罕哭罢，又放声大笑。笑罢，又洗了洗脸，喝了些河水。他回头看见军士们已经吐完，叫大家到河里洗净。

众军士跪在图迪罕面前请罪，图迪罕把大家扶起，说道：“我智谋不及人，让人家把我当猴子要，害得你们跟着我吃苦，你们何罪之有？我们回去吧。”

众军士正准备走山路，图迪罕说道：“山路难走，走龙门关。”图迪罕到了龙门关前，但见关门大开，守关的商军军容严整。图迪罕装着没有看见商军，穿过龙门关向北走去，鬼方军士提心吊胆地紧跟在图迪罕身后。商军对图迪罕一伙过龙门关不加阻拦，图迪罕每过一处，商军军士都敬礼高呼：“送图将军!”

过了龙门关，来到壶口关附近。一个军士喊道：“可到家了!”径直沿大道向壶口关走去。

“站住!”图迪罕喊道：“爬山走小路!”图迪罕率先向山路走去，鬼方军士一个个跟上。

“真奇怪!”那个想走大路的鬼方军士说道。旁边的人捅了他一下，他不说话了。

图迪罕没有作声，心里暗笑。想道：“我的行为确实奇怪，怪不得军士们弄不懂。”

关衡出山

耿城的建设初具规模之后，协助修建耿城的各诸侯国的军民陆续离去。前来投奔耿国的民众大多数安排在耿城四周的村落里，少居安置在城里。随祖丙迁来的商朝军民五千多人多数居住在城里，少数人住在城外。

一天，祖丙和来先丙、徐通、金敏一起商量如何治理耿国的事。祖丙说道："耿国的建设已经初具规模，迁来的军民和投奔我们的百姓都已经安置住下，城外村落里的百姓已经开始耕种和放牧，下一步的问题在于如何治理好这个侯国，以不负朝廷和周围诸侯国的厚望。治理国家是一件复杂的事，我们四人征战多年，带兵作战多少有一些经验。治国一事过去朝廷中有大臣们料理，我没有管理这些事务，你们更不熟悉。现在轮到我们来管了，感到不知该如何办理。我想我们应把关贤士请出来主持耿国国政，这样才能把耿国治理好，做到万无一失。"来先丙等三人称是。

祖丙留下来先丙和徐通守耿城，带着金敏去关家庄请关衡。祖丙先来到龙门关，龙门关守将稚超将祖丙迎入龙门关。

前次祖丙随主丁伐鬼方的时候曾驻守龙门关，现在是故地重临，祖丙感慨万分。祖丙问稚超道："稚将军这几年守龙门关的情况如何?"稚超回答道："断鬼坡一战侯爷杀了鬼王图克伦，给鬼方以致命的打击。当时商朝大军班师回朝，我受主丁元帅之命来取龙门关。当我率军抵达龙门关时，关上没有鬼方守军，侯爷撤离龙门关时留下的旗帜、号灯尚在。我驻守龙门关，几年来平安无事。安邑的费将军按时送来粮草，每逢年节附近诸侯国的国君，还有关家庄的庄主都派人来慰问龙门关守军。我们北面与壶口关的守将辛义遥遥相望，互不来往，也没有发生战斗。军士们上山打柴有时遇到辛义的夏军，也没有发生过冲突。近年来鬼方的力量渐渐恢复，人们对鬼方南下的担忧又有所增加，末将在这里守关时刻不敢松懈。”

祖丙说道：“龙门关有稚将军防守，叫人放心。”

稚超说道：“朝廷已下令，今后龙门关归侯爷节制，末将守关一切听命于侯爷。前些日子遵侯爷的命令大开关门放走了鬼方三大王图迪罕将军，未将不大明白其中的道理，只是遵命行事。”

祖丙向稚超说明了事情的经过，稚超点头称善。

稚超问祖丙道：“侯爷和金将军今欲何往？”

祖丙回答道：“到关家庄去请关贤士。”

祖丙来到关家庄，见到关衡。

关衡说道：“前者与二太子龙门关一别之后，闻听二太子在断鬼坡大败鬼方，杀了鬼王图克伦，关某十分兴奋。此后多年这一带老百姓得以过太平日子，都是托二太子的福。”

祖丙说道：“前者父王驾崩，丙心乱如麻，当时若非关贤士指点，岂能有断鬼坡之胜，所以百姓的太平日子实为关贤士所赐。”

祖丙又说道：“昔日关贤士赐教，说是在龙门关附近立一

尊敬的读者

首先感谢您的惠顾
我是本书的负责编辑陈辉
为了能够了解您对本书的
意见和建议
解答读者咨询
也为了联络广大热心读者
请您在方便的时候填写以下内容
并将其寄给我
我将免费为您寄上一份书目
扩大您的选择范围
及时购得称心图书
同时建立一座
编者与读者之间的桥梁

请您填写以下内容并寄回出版社

姓名:

职业:

电话/传真:

E-mail:

通信地址:

QQ/MSN

所购书名:

我的地址：北京市丰台区南方庄2号院1号楼 学苑出版社
邮编：100079 陈辉
我的E-mail：chenhui706@sohu.com
读者服务部联系人：李静文
我社网址：www.book001.com
联系电话：010-67601101
读者服务部(E-mail)：xueyuanyg@sina.com

诸侯国，方是安定鬼方的长久之策。丙在相都多次与王兄讲过关贤士的良策，王兄对此十分赞赏。后来商朝王都迁到邢，王兄命丙在龙门关以南建立侯国，国名为耿，作为这一带的诸侯长。耿国建设初期蒙关贤士派关永送去粮食、种子，并派种田把式教导耿国军民栽种，丙感激不尽。”

关衡说道：“区区小事，何足挂齿。”

祖丙说道：“现今耿国在各诸侯国协助下城乡建设已初具规模，军民也都已安置。建国难治国更难，丙与部下都一帮武夫，作战有一些经验，建国赖众诸侯国相助。现在对于如何治理耿国，使其长治久安，丙可以说是一点办法也没有，所以特来恭请关贤士出山相助。这不但是丙和耿国军民的愿望，安邑一带夏朝各诸侯国国君和安邑守将费甲将军也都力荐关贤士为耿国相。”

关衡说道：“二太子和各位国君，费将军如此推崇关某，关某实不敢当。但蒙二太子知遇之恩，关某理当效命。”

丙见关衡应允，大喜道：“昔我先祖成汤得伊尹为相而立商朝，今日我得关衡，耿兴国有日。”

丙留宿关家庄三日，丙与关衡同车回到耿国。

迎娶女芝

祖丙把关衡请到耿国，拜为国相。安邑将军费甲和安邑一带的夏朝所立诸侯国国君非常高兴，纷纷派人前来祝贺。

祖丙、关衡、来先丙、徐通和金敏在一起商议国政，祖丙问关衡道：“耿国新立，国政事务繁多，最紧要的事是什么？”

关衡回答道：“迎娶侯妃。”

关衡的一句话，引起了祖丙的无限情思。他想起了女芝和他的初次见面，想起了女芝为了自己的安全曾自愿焚祭巫神。他没有忘记曾答应伐鬼方回去迎娶女芝，但朝中事务繁忙，王兄娶后之后又赶上洪水和迁都。原想在迁都之后在新都办婚事，王室的内乱又迫使自己离开新都到这荒野建设新国。祖丙来到耿之后时时都在想念着女芝，但耿国尚未建好，没有精力办理迎娶的婚事，同时祖丙也不愿叫女芝来到这边远的地方受苦。关衡突然提起这件事，真叫祖丙百感交集。

祖丙对关衡说道：“女芝对我一片真情，我迟迟没有迎娶她，自己也觉得对不起她。但国家新立很多事情急待办理，我如果先办娶妃之事，劳民伤财恐失民心，我想等国事有了头绪后再从简办理此事。女芝一定会理解我，体谅我。”

关衡听了哈哈大笑，说道：“君侯还是没有听懂我的话。君侯刚才问我当前国事中最重要的事是什么，我回答的是迎娶侯妃。”

祖丙问道："相国的意思是迎娶侯妃是当前最重要的国事?"

关衡说道："正是如此，君侯现在的地位是一方诸侯。君侯娶妃，不同于一般人娶妻，也不同于官员们、将领们娶夫人。君侯娶妃，是为一国立国母，是国事而不是家事。国不可一日无君侯，也不可一日无国母，这个道理君侯不可不察。再说未来的侯妃女芝，是夏朝名门缯氏之后，夏朝后裔中的大学者缯衍之妹。安邑一带夏朝诸侯国和夏民众多，女芝为耿侯妃，大得夏民之心。再以从商朝来的耿国军民的想法看，这些人随君侯来到这边远的地方立国，他们个人的愿望是在此安家。无国无以为家，同样，无家也无以为国。他们中间带家眷来的人很少，有家眷在商朝内地者，日夜盼望能将家眷接来团聚，未成家者也希望能够成家。如果君侯不娶侯妃，属下也没有人敢提接眷和成亲一事，所以说，君侯娶妃不但不会失民心，而且会大得民心。为了扩大耿国与缯氏联姻对夏民的影响，婚事不能从简，必须大办。必须由商王和王后赐婚，并派缯司徒和大公主送女芝到安邑，君侯到安邑迎娶。这些都是国事，而且是当前最紧要的国事。关某既为国相，当负责操办迎娶侯妃之大事。"

来先丙说道："关相国真了不起。我们也觉得君侯应早日迎娶侯妃，但没有想到这里面有如此重要的含意。"

关衡说道："这件事还需要来三将军去办理。我即日以耿国相的名义致函朝中国相文甲前辈，请文甲国相奏请大王和王后赐婚，并派缯司徒和大公主前来主持。我想朝廷一定会同时办理册封耿侯的大典，耿国将要双喜临门。来三将军前往邢都办此两件大事，自己也有一喜，即来三将军的朝中上将职务也应该恢复了。”

来先丙说道：“末将的事不足道。我蒙耿侯抗王命相救之恩，又蒙朝廷免除了罪，在耿国备受重用，全家在此安居已心满意足。为侯爷办事需要我去邢都，末将愿意效劳。”

关衡说道：“来三将军原本无罪，当初下令免罪，也是一时的一种说法。现在朝中文甲相国主政，老前辈自会秉公办理。”

来先丙到达邢都后，一行人先奔司马府。邢都司马府的人员都是老司马来成的下属，如今来先丙作为现任司马耿侯祖丙的代表住在司马府，府中的人员都感到十分亲切。

第二天，来先丙到司徒府拜见缯衍。缯衍听说来先丙是为了耿侯娶妃事而来，连忙叫书童入内请出夫人大公主妇甲。

“来先丙拜见大公主！”来先丙上前施礼。

“来三将军请坐。”妇甲说道。

“来先丙曾有罪于朝廷，大公主和缯司徒为末将申诉，方得赦免，末将全家感激不尽。”来先丙又起身施礼。

妇甲说道：“来三将军不必多礼，你本来就没有罪，协助大王辨明是非是我们应尽的职责。免了你的罪本当恢复你的职务，但我看你正在帮助丙建设耿国，暂时没有提你复职的事，大王国事繁忙一时也没有顾及此事。你这次来邢都，正好把你复职的事办了。你若想回朝任职，我和司徒可以向大王提出。”

来先丙说道："我这次来邢都为的是办理商朝册封耿侯和迎娶耿侯妃两件大事，末将的复职一事实在是微不足道。耿侯对我恩重如山，为了我一家人的性命竟抗王令离开邢都，我岂能离耿侯而去。况且建立耿国目的在于保卫商朝，我来先丙身为军人也应当驻守边关。如今耿侯在龙门建设的耿城已初具规模，新近请出关贤士关衡为耿国相治理耿国。关相国任职后认为当务之急是迎娶侯妃，正式册封耿侯的大典也该进行了，两件喜事可一起办理。关相国说此事还要有劳大公主和缯司徒亲往安邑和耿国，关相国给文甲相国写来了呈文，请文甲相国奏明大王。呈文在此，先请大公主缯司徒过目。"

妇甲和缯衍看了呈文，妇甲说道："写得太好了。关衡真了不起，丙得了一位好国相。"

缯衍说道："关衡是先朝关龙逢之后，才识过人，在安邑一带夏民中声望很高。此人道德高深，隐居深山，很难请他出山。丙能把关衡请出来，可见丙确实深得人心。"

妇甲对缯衍说道："麻烦你和来三将军带着耿国呈文去见文甲相国，我回家把事情禀明父母并告诉小妹，然后我进宫去见大王和王后。"

第二天上朝，国相文甲出奏："前者大王颁令封丙为侯爵，在龙门关附近建立耿国，为我商朝西方屏障。耿侯祖丙遵令建国，辛勤劳作一年有余。今国已建成，大王当派朝廷重臣前往耿国正式册封耿侯。耿相关衡奏请迎娶女芝为耿侯妃，请大王和王后赐婚，耿侯已委派迎亲使来先丙来邢都候旨。"

商王祖乙闻奏，龙颜大悦。说道："丙弟建设耿国，一年建成，堪称神速。耿国建成，我商朝西方无忧矣。相国所奏册封耿侯事，准奏。迎娶耿侯妃及赐婚事，尚需由王后定夺后才能颁旨。”遂命内侍将文甲奏本送入后宫。少顷，内侍从后宫回来，启奏：“王后说，耿相关衡奏请迎娶女芝为耿侯妃，请大王与王后赐婚。王后意准其奏，命大公主妇甲送女芝赴耿国，代王后主持婚礼。”

祖乙大喜道：“宣来先丙上殿。”

祖乙颁旨：

“特命司徒缯衍为册封耿侯王命代表，携耿国玉玺、金册、玉斧、金钺赴耿国代王主持册封大典。

特命司徒缯衍和大公主妇甲送女芝赴耿国与耿侯成婚。赐耿侯祖丙与女芝成婚，册封女芝为耿侯妃。司徒缯衍和大公主妇甲代王和王后主持耿侯婚礼。”

满朝文武齐声称赞。

祖乙又宣布：“来先丙听命！

上将来先丙，保卫商朝，历经沙场，屡建战功。曾蒙冤受屈，其报国之志不改。协助耿侯建国，成绩卓著，恢复其上将职。

故司马汜水男来成，一生为国征战，功劳卓著，于迁都途中病故，特命以三公之礼葬于汜水关。其长子来先甲已追封男爵，子袭爵。其次子来先乙已封男爵，来成汜水男爵位由三子来先丙承袭。”

来先丙谢恩。

祖乙退朝，赐来先丙宴。

大公主对来先丙说道："来三将军，女芝出嫁，需要准备一个多月的时间。你先派人回耿国把来邢都后的情况和下一步的计划报告给丙和关相国，叫他们做相应的准备。一个半月后我和司徒送女芝去安邑，叫丙到时候到安邑去迎娶。你现在立刻渡河到汜水关去找来二将军，令先尊的灵柩已在汜水关，你们兄弟二人安排一下老司马的葬礼，按旨意以三公之礼进行。准备好了告诉司徒，司徒将代表大王前去主持葬礼，事毕我们一同到安邑去。"

来先丙听后连忙下拜道："多谢大公主。"眼中充满了泪水。缯衍连忙拉起来先丙说道："来三将军快快请起。"

汜水关，老司马来成的盛大的葬礼举行完毕。来氏兄弟的答谢宴会结束之后，邢都来的文武官员们渡河回邢都，来先乙和来先丙兄弟二人邀请了司徒缯衍和元帅目夷癸在关楼上吃便饭。

席间，目夷癸向来先丙使了个眼色，来先丙命令仆人们退下，席间只剩主客四人。

目夷癸对来先丙说道："三将军才到邢都的时候，本当去司马府拜访，但邢都人多眼杂，不方便。此次我来汜水关参加老司马的葬礼，才得到机会与三将军一叙。我之所以要找三将军面谈，是有一件事要请三将军帮助……"

"嘿！目夷老二，"来先丙说道："你现在贵为元帅，统率商军，还有什么事办不了需要我这个罪臣帮助？"

"三将军休要取笑。三将军蒙冤现已平反，官复原职又袭了父爵，还说什么罪臣。我说的事关系到四百多个兄弟和他们的家眷总共一千多人的命运。他们都是来三将军统领的相都西营的军士，因为跟随主丁作乱，现已被罚为奴，他们的家小也都做了奴隶。他们求救于我，我也曾启奏大王，说他们征鬼方有功，请大王赦免他们。大王说这些人罪证确凿，不得赦免。巫贤也指责我替反贼说话，说我身为元帅，当严格军纪。我想他们在邢都恢复自由已不可能，能不能由三将军把他们带到耿国。这些人素来敬重丙先锋和三将军，到了耿国一则他们恢复了自由，二则对耿国的建国也会起一定的作用。”

来先丙说道：“这些人是我们的属下，曾和我们出生入死，患难与共，理应帮助。可是他们犯了大罪，现已为奴，我怎么能够把他们连同家眷都集中起来又带出王屋关呢?”

目夷癸说道：“这事确实难办。不过这些人听说三将军来了，都寄托着希望，希望三将军能把他们带到丙先锋那里去。”

来先丙沉默不语。

缯衎说道：“二位将军勿忧，这件事容我想个办法。既不违反朝廷的法度，又能解救这些军士和眷属，必要的时候还要由大公主出面。”

目夷癸和来先丙说道：“全靠大公主和缯司徒做主。”

邢都城里，缯府张灯结彩，喜气洋洋，缯家的千金女芝要嫁给耿侯祖丙为妃。缯父和缯母为自己的女儿有了一个好女婿而高兴，但想到爱女即将离家远嫁，心里又恋恋不舍。缯家的长子缯衎和长媳大公主妇甲这些日子每天住在缯府，帮助父母准备妹妹的嫁妆。

耿国迎亲官来先丙住在司马府。耿侯祖丙在朝中官拜司马，位列三公，司马府就是丙在邢都的府邸。朝中不少官员把祝贺耿侯娶妃的贺礼送到司马府，来先丙竭力推辞。大公主派人对来先丙说："耿国初建财物贫乏。来礼应该收下，造册带到耿国留作建设国家之用，这也是邢都官员们支持耿国建设的一片心意。"来先丙听了大公主的话方才受礼。

大公主和缯衍来见祖乙和王后，报告女芝出嫁准备的情况。祖乙和王后问他们还缺少什么，大公主说道：

"一应物件都已备齐，只是耿国缺少一种东西，女芝想多带些去。我缯家想作为陪嫁给女芝，只是家中没有这许多。"

祖乙问道："什么东西，只要邢都，只要我商国有，大姐只管挑选。"

大公主说："谢大王，需要千余奴隶。"

祖乙说道："要这么多奴隶？行，大姐说，要什么样的，不管是谁家的奴隶，只要挑中都让女芝带走。"

"谢大王。"大公主说道："就要原相都西营犯了罪的那四百多个军士和他们的家眷。"

祖乙沉默不语。

王后妇兰说道："大姐为女芝妹妹要陪嫁的奴隶哪能不给。再说这些人武艺高强，留在都中为奴，如有风吹草动，一旦再作乱，也难对付。莫若送到丙兄弟那里去，让他们效力边关，还能为保卫我商朝起积极作用。他们与家人安居耿国，有丙兄弟管束，不会为害朝廷。"

祖乙说道："好吧，就依王后的意见办。"

祖乙颁旨："将为奴的原西营军犯并家眷赐与缯家做耿侯妃陪嫁，命元帅目夷癸将一应人等清点押住王屋关，待耿国迎亲队伍抵达王屋关后带到耿国交由耿侯发落。"

来先丙又四处寻找已随祖丙到了耿国的军士的家眷，在近一个月的时间里找到了一千多人。来先丙将他们安排在司马府和附近民家暂住，又叫随从到汜水关，请二哥来先乙送些粮食到邢都来供这些军眷们食用，再送些粮食和五百套军服到王屋关待用。

迎娶耿侯妃的吉日到了，缯府门外搭起了供商王祖乙和王后妇兰停驾的彩篷。清晨，商朝的文、武大臣们都来到缯府门外排班站立。辰时，商王和王后驾临缯府门前，主持盛典，缯衍和大公主将商王和王后迎入彩篷之中。大典开始，但见一辆彩车由西而来。来先甲身穿红袍，驾车来到缯府门前，先拜见了商王和王后，然后在缯衍和大公主带领下进入缯府，拜见缯父和缯母。来先丙作为耿侯祖丙的迎亲特使，恭请缯父和缯母准许将女芝嫁给耿侯为妃。

缯父请耿侯特使到客厅稍候，唤出女芝。缯母问女芝道："我儿，耿侯祖丙遣使前来求亲，要娶你为耿侯妃，你可愿意。"

女芝说道："谨遵父母之命。"言毕退下。

缯父请来先丙进入堂屋。缯父说道："耿侯不嫌小女粗陋，派贵使来寒舍迎娶为妃，此乃我缯家之荣耀。耿侯丙是我商朝的英杰，我二人花甲之年，能得丙为婿，可以说是老来添福，唯愿小女能帮助耿侯将耿国治理好。”

来先丙呈上聘礼，缯父收下。然后来先丙领头，缯衍和大公主陪着女芝走向大门，缯父、缯母送到门口。女芝突然跑回抱着母亲哭了起来，过了一会儿，缯父说道：“我儿去吧，大王和王后还在门口等着你。你到了耿国，要促进夏、商各诸侯国和睦相处，不要辜负大家的期望。”

来先丙、缯衍、大公主和女芝进入大王和王后的彩篷。来先丙请大王和王后赐婚，王后赐耿侯妃玉玺、金册，将玉玺、金册先交由大公主保管，待到安邑后由大公主代表王后颁赐。王后赠女芝首饰，大王与王后颁命赐祖丙与女芝成婚，女芝改称妇芝。

耿侯妃妇芝在大公主妇甲陪同下辞别商王和王后，登上了彩车。来先丙驾车启动，随后是缯司徒的车，然后是长长的车队载着妇芝的嫁妆。长长的马队，是大公主的随从和护卫。接着又是车队，载着随妇芝到耿国的随从，这些人中有种田的把式、种树的行家和各种能工巧匠。车队穿过邢都，邢都万人空巷，观看迎娶耿侯妃的盛典。

当妇芝的出嫁队伍出了邢都西门之后，看到有一千多人等候在城门外，原来是来先丙找到的耿国军士的家眷们，于是两队合在一起向王屋关方向进发。耿国军士家眷的队伍中车辆不多，多数人步行，其中有许多老人和孩子。妇芝的随从们纷纷下车，下马，让老人和孩子们坐上车或骑上马，自己步行。

妇芝出嫁的队伍来到王屋关，守将郑亥将他们迎入关中。

郑亥见过了大公主、缯司徒和来三将军，郑亥说道：“大公主和缯司徒前往耿国册封耿侯并送耿侯妃到耿国，要经过王屋关，朝廷已来过通报，我们也做了准备。只是这里条件太差，恐怕准备不周。”缯衍说道：“郑将军不必多虑。守关将士长年在此为国辛劳，我们路过断不敢过分打扰。”

郑亥向来先丙报告：“来三将军，目夷元帅差人押解奴隶两批，前几天已送到王屋关，说是由三将军发落，现在他们都在战俘营。来二将军给三将军的粮食，军服也已经送到。”

大公主说道：“官人，你和来三将军去看看那些西营的军士，我和耿侯妃去看看他们的家眷。”

缯衍、来先丙在郑亥的陪同下来到战俘营，但见这些原来的军士个个蓬头垢面，完全是奴隶的样子。这些军士不认识缯衍，却一眼就认出了来先丙。他们齐声高呼来三将军，跪在来先丙面前，来先丙叫他们起来。

一个军士说道：“我们不该听信主丁和髦纪的话，攻打大王犯了大罪，罚为奴隶，家眷也都为奴，终日为寺庙干活，食不饱腹，衣不蔽体，受尽巫师们的凌辱。今蒙三将军将我们同家眷一同救出，带往耿国，我们情愿为丙先锋和三将军为奴。”

来先丙说道：“末将哪里能有本事救你们，你们能到这里，全靠缯司徒设法，由大公主出面才说动了大王和王后。这位就是缯司徒，来看望你们，你们还不赶快参拜。”

众军士拜谢缯司徒。

来先丙命人把军服取来，对军士们说道：“从现在起，你们就是耿国的军士了。你们各领一套军服，到河边洗干净身子换上新军服，然后回来编队。你们这支部队暂时由我统领，到了耿国之后由耿侯安排。各位暂时按过去在商军西营时的职务任职，今后在耿国军中论功升迁。”

众军士大喜，一个个领取军服，然后到河边沐浴，更衣，返回后列队。这些人原本是军人，列队调度都是行家，一个近五百人的队伍很快整编完毕，唯独没有兵器。来先丙向郑亥借了部分兵器，又取出一些耿国的旗帜。这支部队打起旗帜，举起兵器，顿时显出威严。

来先丙说道：“从现在起，各位已不是奴隶，成了耿国的军士。军有军纪，各位都是老军士，应知道遵守军纪的重要性。”众军士称是。

来先丙又说道：“现在住在王屋关的人很多，营房不够，你们就仍住战俘营。房虽破旧，但要打扫得清洁。”

众军士领命。

与此同时，大公主和妇芝看望了军士们的家眷，赠送了新衣。

当迎娶耿侯妃的队伍离开王屋关的时候已经是三千多人的队伍，来先丙领着这支队伍缓缓地向安邑走去。当这支队伍到达安邑城的那天上午，安邑城全城张灯结彩，一派节日气氛。午后，费甲来到安邑城东门外等候迎娶耿侯妃队伍的到来。由于耿侯妃妇芝出自夏朝名门缯氏，同来的还有册封耿侯和主持婚礼的夏朝名士缯衍和夫人大公主，因此安邑周围不少夏、商诸侯国的国君和妃子们也都前来迎接，安邑东门外一时国君和君妃云集。申时，迎娶耿侯妃的队伍来了，费甲命安邑守军奏起欢迎的乐曲。来先丙到达安邑城下，与费甲交换了意见之后，来先丙将费甲和各诸侯国国君和妃子引见给缯司徒和大公主，然后让缯司徒、大公主、耿侯妃先到安邑城里的住所休息。迎亲的队伍在来先丙带领下进入安邑城，走在前面的是二百多人的仪仗队，然后是缯司徒、大公主和耿侯妃的车，接着是嫁妆，随从，最后是三百多人的卫队。安邑百姓倾城出动，夹道欢迎。

大公主、缯司徒和耿侯妃被迎入夏王宫。从邢都来的人一部分随耿侯妃住在夏王宫，另一部分人分别安排在别处。安邑城大房子多，城里增加了几千人也显不出拥挤。

晚上，安邑将军费甲在将军府设宴为大公主和缯司徒接风，夏、商各诸侯国国君和妃子们出席作陪。他们都想见耿侯妃，但耿侯妃没有露面。由于大公主和缯司徒一路劳累，接风宴会很快结束。

耿国国相关衡到安邑。关衡到了夏王宫，在来先丙带领下会见缯衍。这两位神交已久的夏朝后裔中的名士、学者初次见面都很高兴，两个人相谈十分投机。二人讨论了促进夏朝所立诸侯国和夏朝遗民与商朝和睦相处，使百姓安居乐业的宏愿，讨论了耿国的地位、作用和耿国的建设与发展，二人并对第二天的活动做了安排。

次日上午，费甲和安邑一带夏朝各诸侯国国君和他们的妃子们应缯司徒和关相国的邀请来到夏王宫。

会见时，一位国君说道："今天能见到我夏民中的二位名士缯司徒和关相国，真叫人高兴。我夏民的杰出将领费将军我们经常见到，他为我们办了不少事。今天难得我夏民在一起聚会，可惜辛氏兄弟不能和我们欢聚一堂。”

关衡说道：“耿侯一直希望辛氏兄弟与耿国和睦相处，也欢迎他们与夏朝各诸侯国直接来往。如今龙门关和壶口关之间久无战争，百姓、商人可以自由穿行两关。”

忽听侍者高呼：“大公主、耿侯妃到。”众人抬头观望，只见两位贵妇在众多侍女的拥簇下步入大厅，令各国国君和妃子们惊喜的是这两位贵妇都是夏民的装束。大家一想，这两位贵妇，一位是夏朝名士缯衍之妻，一位是待嫁的夏朝姑娘，二人穿夏民的服装合情合理。二人光彩夺目，各国国君和妃子们起身相迎。侍女们引导君侯妃子们一一见过大公主和耿侯妃。

缯司徒宣布：“请各夏朝诸侯国国君前往夏王庙祭祖。”

各国国君在缯衍、关衡、费甲带领下到了夏王庙，祭祀了夏朝的列祖列宗。祭毕，缯衍说道：“商朝虽然已代夏立，夏王庙的祭祀不可废。下官在朝中供职，不能年年来此，今后就有劳关相国、费将军和各位君侯了。”

众人点头称是。

缯衍又说道：“夏桀时的大夫关龙逄、安邑将军辛满都是一代忠良，下官以为夏王庙中当设此二位先贤之位，不知各位君侯意下如何？”

各诸侯国国君都表示赞同。

祭礼结束后，缯衍在夏王宫设宴招待夏朝各诸侯国国君，大公主设宴招待国君们的妃子。

宴毕，各国国君正打算告辞，缯司徒传令撤下午宴，请各位稍候，因为耿侯祖丙要会见各位。

不久，门卫高呼："耿侯到。"

只见耿侯祖丙在来先丙陪同下进入大厅，金敏紧跟在后。门外又不断传来商朝各诸侯国国君到达的呼声，商朝各国国君带着妃子们跟着祖丙进入大厅。

夏、商各诸侯国国君与官员们欢聚一堂，缯衍请出大公主、耿侯妃和夏朝诸侯国国君的妃子们。

关衡说道："今天，安邑一带的夏、商诸侯国国君首次相聚在安邑城，大公主和缯司徒也从邢都来此相会，请缯司徒讲话。"

缯衍说道："各位国君，夏、商两国，同为黄帝之后。昔者颛顼与喾相继为帝，贤能主国，天下美谈。大禹治水，功业千秋，遂开夏朝，历年四百七十有一。夏桀无道，天下共怒，汤代夏立，顺天意，合民情。我夏、商民众仍为一家，今众多夏、商诸侯国同居安邑一带，愿大家和睦相处，共御鬼方。鬼方为患，百姓受害，不分夏商。今商王祖乙封王弟祖丙为耿侯，作为此方诸侯长，得专征伐。鬼方来犯，耿国当先，望诸国共同响应。"

各诸侯国国君称是。

缯衍请耿侯讲话。

耿侯祖丙说道："昔鬼方白部南下，攻陷安邑，百姓遭殃，不分夏商。丙奉父王之命，讨伐鬼方，在各国相助之下，将鬼方赶回壶口以北。为保这一方的长久太平，王兄命丙在此立国，联络诸国，共御鬼方。建国之初，蒙各国相助，耿国得以很快建成。今后鬼方再入侵，丙当首先拒之，以不负众望，亦望各国共同出兵，以保家园。”

各诸侯国国君说道：“昔日我等互不支援，被鬼方一一击破。今日既立耿侯为诸侯长，诸侯长有令，敢不从命！今有耿侯号令，我等同心合力，不需商朝出兵，我安邑一带军民自御鬼方不成问题。”

缯衍说道：“这才是商朝之幸，各诸侯国之幸与百姓之幸。”

晚宴开始，大公主和妇芝请妃子们到后宫入席。

来先丙引导着耿侯妃出嫁的队伍，参加册封耿侯大典和耿侯娶妃婚礼的各诸侯国国君离开安邑来到耿城，徐通率耿国军民迎于东门。

在册封耿侯的大典上，司徒缯衍代表商王祖乙正式册封祖丙为耿侯，封地定在龙门关以南、安邑以西，颁旨命耿侯为安邑一带诸侯长，得专征伐，安邑一带各诸侯国、安邑将军、龙门关守将均受耿侯节制。缯衍代表商王向祖丙颁授了金册、玉玺、金钺、玉斧、尚方宝剑、调兵符、令旗、金牌，规定耿侯除在安邑一带活动外，必要时可自行率兵入王屋关，南渡孟津，经亳都、隞都直至汜水关，协助保卫商朝河南地。

册封耿侯大典的次日，举行了耿侯娶妃的婚礼。大公主妇甲代表商王和王后颁令赐婚，缯衍和妇甲又代表缯父和缯母将妇芝交到祖丙的手中。大公主对祖丙说道：“小弟，芝等你多年，你要好好待她。芝很能干，一定能帮你把耿国治理好。”

祖丙说道：“谢谢姐姐多年来替我照护芝。”

辛义归耿

祖丙和妇芝成了亲，在这一迎亲的过程中耿国不但增加了不少人，更重要的是许多家庭得到团聚，耿国也从建国之初完全像一个兵营的情况变得像一个国家，人们有国，也有家。附近诸侯国的夏民，看到大公主和缯司徒、耿侯和妇芝的美满婚姻，也都在愿和耿国军士和民众结亲。由此在耿国城乡，每逢吉日必有喜事。

国相关衡集中精力发展耿国的农、牧业生产，关衡对祖丙说道："一个国家能不能站住脚，不仅要有武力，还要有经济实力。我们不能长久靠邻国支援，更不能像鬼方那样以抢劫为生，我们要自己养活自己，还要有帮助别人的能力。"

妇芝在耿国的建设中起了很大的作用，她带来的种田把式、种树行家和能工巧匠，在耿国的城中和乡村大显身手。他们教导投奔耿国的百姓们种田、种树和做工。曾经跟随主丁的一些军士的家眷，由于当了几年的奴隶，一改过去当官太太时的养尊处优的恶习，个个知道勤俭。现在虽然又恢复了官太太的地位，不敢再游手好闲了。妇芝提倡种桑、种棉、种麻，要求妇女无论尊卑都要养蚕、纺织。妇芝又大力提倡在山坡和山沟中种柿子、栗子和枣，妇芝对丙说道："柿子、栗子和枣是树木，根子深能抗旱，种在山坡和山沟中不占良田。果实制成干果可以贮存多年，一旦发生连年大旱可以救人性命。"祖丙很以为然，发动军民大种柿、栗、枣。后来耿氏族人，把这三种东西称作祖丙三果，或丙芝三果。

一连五载，耿国取得农业上的大丰收，粮食已经自给有余，果树也进入了产果旺盛的时期。农村的丰收带来了城镇的繁荣，附近诸侯国来耿国做买卖的人络绎不绝，耿国百姓中也出现一批商人到附近诸侯国去贸易。由于耿国的物产丰盛，赋税低，官员为人谦和，投奔耿国的百姓不断增加。耿国成立五年，发展成有城乡人口六万、甲士三千人的一个强大的侯国。

祖丙从立国第二年起，每年派使臣到邢都向商王祖乙进贡，祖乙也有赏赐。随着耿国财力的增长，贡品开始增多，使进贡从开始的象征性逐步成为对中央政府的经济支持。

祖丙和妇芝成亲一年后，妇芝生了个儿子，取名日。隔了两年，又生下次子，取名月。

天公不是永远作美。这一年大旱，安邑一带赤地千里。

安邑一带各诸侯国这些年来也学耿国，做了适当的备荒准备。商王朝又从河南调集粮食运到安邑平价销售，百姓的生活尚可维持。

壶口以北多是贫瘠的山地，遇上大旱，寸草不生，庄稼枯死，羊群也大量死亡。辛义、辛平兄弟驻守壶口关，士兵们已陷入没有粮食的困境，万般无耐，辛义派辛平北上白部王都去见白部鬼王图必利请求调拨一些军粮。

却说白部鬼王图必利近来新宠一妃名叫古哈玉。图必利在一次打猎时与随从们走散，在一个小村边遇到了一个漂亮的年轻女人。女人把图必利接到家里，招待酒食。这个女人名叫古哈玉，古哈玉父母双亡，有一个哥哥名叫古哈庞已经成家。古哈玉还没有出嫁，但已经生了一个儿子，这在鬼方并不为耻。古哈玉的儿子生得眉清目秀，十分可爱。图必利很喜欢这母子二人，当晚图必利就住在古哈玉家中。第二天，图必利的侍从们找到图必利，图必利把古哈玉母子带回王宫，封古哈玉为王妃。古哈玉的儿子也成为王子，取名图鸟德。图必利对古哈玉言听计从，把古哈玉的哥哥古哈庞封为国舅，任命为将军，掌握兵权。

辛平见到图迪罕，说明来意，图迪罕带着辛平去见图必利。

图必利听说壶口关要求调拨军粮，正在犹豫，只听王妃古哈玉说道："辛将军，今年大旱，我白部举国各地都没有粮食，大家都来向大王要，大王哪里有。你们离安邑那么近，可以到那里去抢。"

图必利说道："辛二将军，不是我不想给你们粮食，实在没有，你们兄弟二人自己想办法吧。"

辛平回到壶口关，把情况告诉辛义，辛义无语。

军士报答："有壶口百姓数十人，想潜出关外逃荒，已被拿下，请示如何处置?"

辛义沉思了很久，摆了摆手，说道："让他们出关，放他们一条生路吧。"

壶口关不断有逃荒难民过来，说明壶口关的粮食快要断绝了，金敏到壶口关周围侦察了一番，回来向祖丙报告。

“侯爷，”金敏说道，“壶口关上的守军每天登城的人数大为减少。而且城上的守军没有生龙活虎的动作，一个个坐在地上，看来他们都饿坏了，现在正是攻取壶口关的大好时机。末将愿率领一支奇兵，连夜翻山到壶口关以北。来三将军和徐将军从南面攻关，来个前后夹击，壶口关唾手可得，辛氏兄弟也没有逃路。”

徐通一听大喜道：“金敏，你真有办法。侯爷，咱们什么时候出兵？”

祖丙想了一阵，然后下令道：“来先丙听令！”

“末将在！”

祖丙说道：“壶口关辛将军缺粮，命你押送军粮一百车，运至壶口关下。将粮食放在关门外，然后回来交令。”

“这，这……”来先丙一时尚未想通，但见祖丙目光坚定，答应一声，“遵令！”

“嘿，二太子又要玩什么花样……”徐通说了一半，被金敏止住。徐通抬头看了看国相关衡，但见关衡微笑不语。

几天以后，天色刚黑，关衡下朝回府后刚刚用过晚饭，家人报告说：“门口有一个人，四十多岁，说是相爷的故人，要见相爷。”

关衡说道：“带他进来。”

来客见了关衡，施礼道：“关贤士别来无恙？”

关衡觉得这声音很耳熟，猛然想起，站在自己面前的是壶口关守将辛义，连忙叫左右退下。

关衡问道：“辛将军，久违了，今晚辛将军何故一人至此?”

辛义泪如雨下，对关衡说道：“关贤士，我辛义为夏将辛满之后。辛氏自夏朝亡后，世代作誓要灭商复夏。然而我辛氏错投鬼方，引鬼方攻商，本意在重建夏朝，结果事与愿违。鬼方到后，到处烧杀，抢劫夏民，我辛义悔之莫及。后来鬼方被商军击败，鬼王和鬼方二太子丧命。我兄弟本也无法逃生，是丙先锋放了我们一条生路，才回到壶口，在关上偷生。耿国建立之后，耿侯若攻打壶口关，易如反掌。之所以不攻取壶口，实为我壶口夏军兄弟留个存身之地。今年大旱壶口绝粮，求之鬼王颗粒未得，再过两三天，我兄弟和壶口守军就饿死了，壶口关自然归属耿侯。此时耿侯却派人送粮到关下，真是叫人无论如何也想不到的事。不少奄奄待毙的军士和家眷，吃了耿侯送来的救命粮得以活命，耿侯之恩，我辛义无以为报。”

关衡说道：“耿侯为人宽厚，无人不知。耿侯对辛将军兄弟十分敬仰，辛将军是深明大义之人，为何不投奔耿侯，共保安邑夏商百姓?”

辛义说道：“我辛氏世世代代作誓，要灭商复夏。我若投商，愧对列祖列宗。我今夜来此只是想请关贤士转致耿侯。耿侯之恩，我辛义不是不知，只是我不比关贤士，虽遇知已不能相投。我回壶口后与舍弟辛平一同隐去，三日之后壶口关军士自会开关投降，望耿侯派将前往接防。”

关衡说道：“辛将军差矣！耿侯之愿，非为夺一关、一地，而是想和辛将军兄弟共保安邑。辛将军兄弟隐去，必令耿侯失望，耿侯得关何益？辛将军即已设誓，无法归商，关某有一变通的方法，望辛将军采纳。”

“什么方法，请关贤士赐教。”辛义说。

“归耿不归商。”关衡说道，“现在的耿国，其君侯为商朝之后，其侯妃为夏朝之后。耿侯作为安邑一带诸侯长，节制这一带夏、商及上古所建诸侯国。辛将军只要接受耿侯的节制，不受商王的任命，并不违誓。”

辛义说道：“如果耿侯能让我兄弟的夏军在原地驻防，保持原编制，并且耿侯能亲自登壶口关相请，辛义一定归耿。”言毕，辛义离去。

第二天上朝，关衡向祖丙讲述了辛义夜访的事。徐通说道：“那辛义诡计多端，侯爷千万不可轻信他。”

祖丙说道：“辛义和辛平兄弟都是忠义之士，我待他们以诚，他们不会暗算我。我等这一天已经等了好几年了，直到今日才接到辛将军的邀请，请我上壶口关，我怎么能辜负人家的一片盛情呢？”

祖丙叫人请出侯妃妇芝并带来两个儿子，祖丙传令：“我明日出外游山，如果三天没有回来，传位长子日，由国相关衡摄政辅国。”

次日，祖丙登程。徐通领兵护卫，出了耿城。祖丙对徐通说道：“我去游山，你要好好把守耿城不得有误。”徐通领命。

金敏持剑跟随祖丙，出了龙门关。祖丙对金敏说道：“我一人前往，你回去吧。”

金敏说道：“我一向跟随二太子，以防意外，我不能回去。”

祖丙说道："壶口关上我自有辛将军兄弟保护，你放心吧。你就住在龙门关上，等我回来后一同回耿城。"

金敏奉上随身带的宝剑说道："那就请二太子带上此剑。"

祖丙说道："我去游山、访友，并非出征，无须带剑。"言毕，策马而去。

祖丙来到壶口关前，但见关门大开，辛义、辛平兄弟率众军士出关相迎。辛义兄弟和众军见祖丙一人便服徒手而来，都非常感动。

祖丙与辛义兄弟登上壶口关，但见壶口关形势雄伟。祖丙上了关，辛义将祖丙迎入城楼。辛义请祖丙居中上坐，祖丙说道："我是客人，你是主人，我们分宾主入座。

"辛氏兄弟忠义，丙敬仰久矣。今天能作为朋友交往，实在令人高兴，愿辛将军能和安邑一带各诸侯国一起和睦相处共保百姓的安居乐业。"

辛义说道："耿侯提起共保百姓的安居乐业，实在叫辛义羞愧难当。过去辛义所为，弄得百姓流离失所，家破人亡。辛义时常自己反省，知道自己错了，但百姓们和各诸侯国国君恐怕不会原谅我了。"

祖丙说道："前几年缯司徒来安邑，大聚夏朝各诸侯国国君于夏王宫，又一同祭祀夏王庙。大家都为辛将军兄弟不能与会而惋惜，并无怨恨辛将军的话。缯司徒建议在夏王庙增设关龙逢大夫和辛满将军之位，认为这二位先人是夏末文武二忠良，理当永享祭祀。"

辛义听了十分感动，说道："我实在是有负众人之望。"

祖丙说道:“现在辛将军和大家走到一起也不为晚。我想辛将军兄弟在壶口居住多年,壶口一带的夏民都与辛将军兄弟同心同德,就请辛将军在此立一伯国,辛将军为壶口伯,平时统领壶口夏军。诸侯国合兵时,辛将军为夏朝诸侯国联军统帅。令弟辛平再招募一支夏军,驻守壶口关,任壶口关守将。一切军需由耿国按时供应,不知辛将军意下如何?”

辛义大喜道:“我兄弟既然归耿,一切听从耿侯的安排。”

祖丙与辛义兄弟相谈甚欢。夜深了,祖丙住在壶口关上。

半夜,祖丙被搏斗声惊醒,只听得辛平喊道:“拿下!”众军士抓住一个人。

祖丙问道:“抓住的是什么人?”

辛平说道:“刺客图迪罕。”

二放图迪罕

话说辛平前次北上请白部鬼王图必利调拨军粮，被图必利拒绝。辛平回壶口关走后，图迪罕对图必利说道：

“王兄，壶口关辛将军那里确实没有粮食了。王兄叫他到安邑去抢，他哪有这个力量。我们虽也缺粮，还可向黄部舅王那里去借。如果不管辛将军兄弟，恐其生变投降商朝，这就对我们白部不利了。”

图必利没有说话。忽听他的宠妃古哈玉叫他，就对图迪罕说：“不要管他们的事，由他们去吧。”

图迪罕离开王宫回到自己府中，叫管家清点自己家里的粮食。抽出了四五车。图迪罕又去找他的妹妹图薇公主和她的大夫左将军云素朗，讲了辛平要军粮被古哈玉阻止的事，云素朗和图薇夫妇将自家的粮食拿出了五六车交给图迪罕。图迪罕带着十来车粮食，南下壶口关。这十来车粮食对壶口关守军来说虽然是杯水车薪，但也是图迪罕的一点心意。图迪罕想劝慰辛氏兄弟，阻止他们归商，同时看看有没有解决困难的办法。

当图迪罕一行接近壶口关的时候，迎面来了一个小兵。图迪罕一看，正是自己留在壶口关的心腹。图迪罕在壶口关上有一间住房，这个小兵是一个鬼方孩子，负责打扫图迪罕的房间。小兵见到图迪罕说道：

“三大王，不好了！”

图迪罕问道，“什么事如此惊慌?”

小兵说道：“辛将军归顺了耿侯，现在正和耿侯在关上饮酒。”

图迪罕想道：“果然不出我所料。”问小兵道：“耿侯来了多少人马?”

小兵回答道：“只有耿侯一人。”

“难道连随从也没有吗？有没有一个人，瘦瘦的像个猴子?”图迪罕特别提到金敏，对金敏他是有所顾忌的。

“没有随从，只有耿侯一个人，而且是徒手登关，未带兵器。”

“天助我也!”图迪罕说道，接着又问小兵道，“你出来有人看见吗?”

“没有，从来没有人管我。”

“好，你还回去。装着在附近玩了一会儿的样子，弄清夜晚耿侯住在那一间屋子。四更的时候，你在他的屋门口插一支香头。”

小兵领命回壶口关，图迪罕叫随从们就地隐蔽休息。

深夜，壶口关上，凉风阵阵吹来，静静的夜晚，听得见西面远处传来的瀑布声。祖丙和辛义已经入睡，辛平打了个盹，立刻起身。辛平想道，今天耿侯只身徒手来到壶口关，这是对他们兄弟二人的极大的信任。万一耿侯有个闪失，他们兄弟二人跳进黄河也洗不清。辛平想到这里，顿时困意全无，起身佩剑，出外巡逻。

辛平遍查各个岗哨，哨兵们都很尽职，看来歹人乘夜登关不大容易。辛平返回关楼，坐在暗处监视着耿侯的住房。突然，一个小黑影一闪而过。辛平连忙追赶小黑影，但转眼就无影无踪了。辛平心想可能是进入了营房，一定是个内奸。辛平怕中了调虎离山之计，急忙返回耿侯住房前，发现耿侯住房门口有一支点燃的香火。

“原来如此。”辛平明白了，“内奸在为刺客做暗号。”

辛平也猜到了内奸和刺客大概是谁，辛平把香火拔起插到另一个空房间的门口，然后把大哥叫醒，又叫醒了二十多个军士，做了布置。

不久，一个黑影从关下缘墙而上。守卫在附近的军士假装没有看见，但把灯笼摇了两下。这个黑影往官员们居住的院子走来，进了院子，闪在黑暗处观看，忽然黑影一动，显然是发现了香火。

黑影走到门口，轻轻推了一下门。门一推就开了，借着窗外的星光隐隐看见靠近窗口的炕上睡着一个人。

黑影拔剑，双手把剑举起，自上而下用力向睡觉的人刺去。

只听一声响，剑穿过了睡觉的人，一直刺入炕上的木板中。与此同时，几个人从左、右、后三面冲过来。黑影想拔剑，剑插在木板中拔不出来，黑影只得徒手搏斗。来人也未带兵器，黑影寡不敌众，登炕跳窗而出，不料正好跳入了一个张开的绳网，被绳网网住。只听一声喊：“拿下！”

十几名军士手持火把过来。

黑影发现自己已被抓住，指挥抓他的正是辛平。从另一间屋子出来一个人，黑影认得是耿侯祖丙，祖丙问道："抓住的是什么人？"辛平说道："刺客图迪罕。"祖丙惊问："是三太子图迪罕将军？"辛平说道："正是。"祖丙说道："快快松绑！"辛义过来，叫人给图迪罕松了绑。

图迪罕说道："耿侯，二位辛将军，事到如今，我图迪罕没有什么好说的了。请快杀我吧。我不怪天，不怪地，只怪我图迪罕无能，不能为父、兄报仇。砍我的头时请用黑布把我的头罩住，不是我胆小害怕，而是我死后无面见我的父、兄。"辛义说道："三太子死都不怕，且到厅中略饮几杯如何？"

图迪罕说道："也好。你我叔侄一场，耿侯杀我，你敬我一杯为我送行，我喝！"

四人进入大厅，军士摆上酒菜，四人举杯同饮。

祖丙说道："三太子，我与三太子一向各处交战一方，相互是敌人。但我知道三太子深明大义，三太子口口声声说要复仇，请问三太子这仇从何起？"

图迪罕说道："你杀了我父王，你手下的金敏杀了我二哥，难道你忘了？仇不就是由此而起的吗？"

祖丙说道："我和金敏终日在相都西山的果园里种果、种田、读书、玩耍，为什么忽然丢下了田园，千里迢迢跑到这里来杀你的父兄？"

"这个，这个，"图的罕说道，"我们出兵南下，杀了不少商民，还有夏民。"

"别人杀了你的父兄你要报仇，你父兄杀了别人，别人是不是也可以报仇呢？"

祖丙问。图迪罕说道："当然，站在你的方面，杀我父兄，为死去的商民报仇，你们有你们的道理。"

祖丙说道："我们杀你的父兄不是为了报仇。如果是为了报仇杀了你的父兄，你要报仇再杀我和金敏，来先丙和徐通为我和金敏报仇再杀你，冤冤相报，何时是了？"

图迪罕说道："既然不为报仇，为什么杀我父兄？"

祖丙说道："为了以杀止杀。令先尊率鬼方军南下，杀了多少夏民和商民，不杀能止住令先尊杀人吗？"

图迪罕无语。

祖丙又说道："战事一开，伤亡难免。战事一停，我们力戒杀人。三太子想想，断鬼坡一战，你统率鬼方军北翼，杀了商将来先甲，可有此事？"

图迪罕说道："有此事。"

祖丙说道："我在耿国宴请你这位巴力得的时候，来先甲的弟弟来先丙就在席上。你要为父兄报仇，他为何不为兄报仇？"

图迪罕说："那次为什么不杀我？杀了我就不会有今日了，为什么不杀我？"

祖丙说道："这叫做以不杀取和。既然冤冤相报没有个头，就要停止仇杀，和睦相处。"

图迪罕无语。

祖丙又说道："今天三太子第二次前来刺我，我仍不杀三太子，望三太子也不要轻生。三太子回去后好好想一想，这些年的战争、杀戮，起因何在？结果如何？谁是谁非？百姓希望什么？君侯当如何做？我之所以看重三太子，因为三太子是鬼方将领中最明义达理的人，鬼方将领中也只有三太子能够明白我的想法。”

图迪罕沉思良久。说道：“耿侯既然又不杀我，还晓以大义，我图迪罕愚钝，没有完全想通。我回去后一定要按耿侯所说，好好想想，没有想通，绝不轻生。一个人生在世上，不能糊里糊涂地活着，也不能糊里糊涂地死去。耿侯、辛大叔、辛二叔，我就此告辞了。请耿侯转致来先丙将军，我对不起他们全家，有机会见到他将当面请罪。”言毕，起身而去。

辛平叫出图迪罕的小兵，小兵吓得浑身发抖。辛平说道：“跟你们三太子回去吧！”

小兵磕了个头，转身跑去。

南征班方

耿侯在壶口关上又住了一天，告辞回耿城。辛义留下辛平守关，带了十多个随从陪耿侯回耿城，耿国举行盛大的宴会欢迎壶口伯的来访。关衡看到辛义终于归耿，非常高兴。关衡陪辛义参观了耿国的城乡建设，辛义感叹道："这一带过去是一片荒野，几年间耿侯把它建成这个样子，出产的粮食能养活几万人。耿侯真了不起，不像我辛义只是一介武夫。"

关衡说道："壶口伯休要自暴自弃。壶口一带地虽贫瘠，只要经营得法自会有余。"

辛义说道："耿侯叫我在壶口立一个伯国，今后国中的事务还要请教关贤士。"

关衡说道："耿侯命辛二将军任壶口关守将，就是期望壶口伯能集中精力把壶口国建好。这不但能使当地的百姓安居乐业，而且给鬼方做一个样子。壶口的地理条件与鬼方相近，壶口国如能做到自给，鬼方也应能做到。"

辛义说道："耿侯站得高，看得远，非辛义所及。辛义过去与耿侯为敌，实在是错了。"

关衡带辛义参观了一个果园，这果园的农户原是从相都西山祖丙的果园迁来的。果园中也有一处房屋，周围有练武的场地，一帮孩子在这里习文、练武。辛义来参观时正遇到来先丙给孩子们讲兵法，关衡作了相互介绍，并把主丁、髦纪和耿国将领们的孩子向辛义一一介绍。辛义向孩子们提了一些问题，孩子们对答如流。辛义感叹道："耿侯教育孩子们，使他们长大后既有文才，又有武略，德才均备，看来耿国国运绵长有望。"

关衡陪同辛义访问了安邑，辛义再进安邑感慨万分。安邑将军费甲对老上级恭谦有礼，辛义在安邑拜祭了夏王庙，会见了几位诸侯国的国君。大家祝贺辛义晋封壶口伯，并表示愿意协助辛义把壶口国建好，这一切使辛义既感动又兴奋。

再说商王祖乙在迁都途中历经内乱，在各方面的力量较量中终于转危为安。祖乙到达邢都之后，任用文甲、缯衍、巫贤、目夷癸等主持朝政，商朝日渐繁荣。经过几年的太平岁月，国库充实，百姓生活安定。王后妇兰生了两个儿子，大太子名叫辛，二太子名叫甲。

一日上朝，汜水关守将来先乙遣使报告，关东二百里处发现夷方蓝部的大队人马，人数不详，不像通常的边境骚扰，有大规模入侵商境之势。

祖乙命信使回汜水关，嘱来先乙密切注意夷方的动向，探明夷方的实力。

次日，邢侯大癸遣使来报，新邢东北方向百里处发现夷方玄部军队向新邢杀来。

夜间，巫贤入宫报告，接亳都巫风来报，亳都被班方北部军队包围。

早起上朝，商王祖乙与文武大臣商讨对策，经过讨论，祖乙下令："由于夷方和班方一齐来侵犯，在相都征兵二师，在邢都征兵四师。命相都守将巫雨派兵一师北上新邢支援大癸，命目夷癸率军六师南渡大河支援来先乙并解亳都之围。"

当目夷癸的大军来到汜水渡时，汜水渡的南渡口已被夷方蓝部占领，与汜水关的联络中断。

这次夷方蓝部、玄部和班方北部同时分别由北、东、南三方进攻商朝，是由夷方的蓝部夷王巨山威策划的。在河亶甲当朝的时候，商朝曾打败夷方蓝部的大规模入侵，老夷王受了重伤，大败而扫，很快就病死了。老夷王死后儿子巨山威继位，一心要想报仇。特别是商朝亳都和隞都守将告老，换上了巫风和巫雷两个年轻守将后，商朝不断向东、西、南扩张势力。夷方蓝部经巨山威多年的整治恢复，力量又逐渐强大起来。在一次夷方的九部夷王的集会上，巨山威听到北方的夷方玄部夷王桥熊对商朝邢侯建立新邢十分不满，就联合桥熊一起伐商。九部夷王会后，巨山威为了万全起见，又派军师虞伯元游说班方北部班王班天龙一同伐商。巨山威估计，三方一齐伐商，必能打败商朝，占领商朝富饶的河南地区。巨山威和班天龙约定，亳都归班方，隞都归自己。巨山威还有个更大的野心，等他拿下汜水关和隞都之后，乘商军渡河消灭一部分商军，再乘胜渡过大河拿下邢都，在邢都召开九部夷王大会，然后登王位。

河南的亳都被班方包围之后，隞都和汜水关相继被夷方包围。商朝在河南设这三个重镇，本意是一方有难，另两方支援，现在三方同时被围，巫风、巫雷和来先乙各守一地，兵力不足，只能求助于河北的邢都。巨山威也很清楚，如果没有北方的援助，河南商朝三城是守不住的。巨山威一面寄望于北方的桥熊，希望他能有所进展，一面派兵守住大河的主要渡口汜水渡，不让商朝援军过河。隞都、亳都北面临河也有渡口，巨山威派兵进驻隞都渡口，并叫班天龙守住亳都渡口，不能让北方的商军过河。

目夷癸在汜水渡渡河受阻，转向隞、亳渡口，仍然受阻，急得目夷癸如同热锅上的蚂蚁，河南三城已危在旦夕。

祖乙召集文武官员商议对策，北方新邢传来的战报使祖乙稍稍放心。原来大癸在建筑新邢城时独出心裁，在四座城门之外各筑了一个高台，比城还高。高台上有军队把守，台中心地下有暗道通向城里。桥熊派兵来攻打城门，商军从高台上向攻城的夷方军背后射箭，使之腹背受敌。桥熊来攻高台，台高，云梯高度不够，难以攻打。这时巫雨的援军又到，桥熊兵退十里安营，望着邢台束手无策，大癸也不出战。

南面战场的情势危急，目夷癸所率领的商军六师主力过不了大河，无法解河南三城之围。一旦河南三城失守，夷方和班方就得到了充足的粮食，可以长期固守。因此，祖乙决定叫目夷癸强渡大河，祖乙也知道，强渡大河要付出很大的伤亡代价，但目前已别无选择。君臣们在分析选择哪一个渡口强渡损失可能会小一些。

宫门外传来了呼喊声："来先丙将军到！"

祖乙传旨："来先丙进宫！"

只见来先丙跑步进宫，汗流满面，来先丙向祖乙施礼后说道："末将来先丙奉耿侯将令向大王呈报军情。耿侯率耿国军一师、后备军一师、诸侯国联军一师共三师兵力在安邑南渡口已渡过大河，亳都之围今夜可解，明日耿侯将大破班方军。安邑将军费甲和王屋关守将郑亥按照耿侯将令合兵二师现在正在孟津渡渡河，耿侯奏请大王御驾亲征，坐镇亳都，指挥联军共破夷方蓝部。”

祖乙和满朝文武听了来先丙的报告大喜，祖乙说道：“国家转危为安，全靠吾弟。”

祖乙下令：“令目夷癸率所部六师沿河西进，准备在亳都渡口渡河。本王御驾亲征，国相文甲监国摄政，司徒缯衍、司空巫贤办理国政，司马祖丙指挥全军对夷方班方作战。本王明日起驾至亳都渡口，后日移驾亳都。”

来先丙奏道：“耿侯另有密报。”

祖乙宣布退朝，留下文甲、缯衍、巫贤和目夷癸，又请出王后妇兰和大公主妇甲来听取祖丙的密报。

来先丙说道：“按耿侯的安排，今夜金敏的前部将占领亳都渡南口，以迎商朝大军明日渡河。明日商军渡河之时，耿侯将与辛义、费甲和郑亥共破班方军。目夷将军所部六师过河后进驻亳都，按兵不动，以免促使夷方撤兵。耿侯之意，请巫司空督率二师，防守隞都渡北岸和汜水渡北岸，多张旗帜，作为疑兵，使巨山威认为商军主力将从此二处强渡。待他发现商早已从亳都渡过河，也弄不清楚商军过来多少人，更不清楚大王已经移驾亳都。”

祖乙说道：“此计甚好。巫贤，你就照此计率两师商军防守两处渡口北岸。”

巫贤遵命。

祖乙说道：“看来吾弟是先破班方，再会战夷方。破班方吾弟独立担当，会战夷方，则须集中我商朝的主力。来三将军，关于会战夷方，耿侯有何安排？”

来先丙说道：“耿侯命末将率商军后备军二师沿河东进，在汜水渡东二百里处渡河，占领夷方蓝部通往汜水关道路的山口，阻止巨山威的归路，也阻挡夷方蓝部的援军。耿侯破班方之后，将与费甲、郑亥、辛义分四路由南向北进攻隞都和汜水关下的夷方军。”

祖乙说道：“到这个时候目夷将军再引兵东进。”

来先丙说道：“正是这样的安排。”

祖乙说道：“目夷将军明日渡河，当晚可进入亳都。本王后日渡河，移驾亳都。根据耿侯安排，目夷将军在亳都停留几天再出兵？”

来先丙说道：“停留三天。如果发现巨山威撤兵则立即追击，但最好让巨山威拖延撤兵的时间。”

祖乙说道：“班方被击破，巨山威如果聪明，立刻逃走，或许能活着回到夷方蓝部。不过巨山花费了这么大的力气，不甘心就此罢休。同时，巨山威很自负，他看不起班天龙。认为班方被击败不会影响战局，因此他对撤兵会犹豫不决。我们要得藏不露，不要把他吓走。本王移驾亳都，暂不要打出本王的旗号。”

众文武齐道：“大王所言极是。”

祖乙问道：“各位还有什么问题？”

目夷癸说道："丙司马的安排很好。破班方丙司马已开始行动，胜利指日可待。会战夷方欲获全胜，达到丙司马的全部作战意图，来三将军是关键。来三将军行军作战计划很周全，唯所部二师力量稍差。这两个后备师虽经过一定训练，但对付凶悍的夷方蓝部，而且可能要腹背受敌，恐怕这两个师难以胜任。"

祖乙说道："确实有这个问题，目夷将军有什么办法呢?"

目夷癸说道："请从末将所部六师中抽出两师精锐，由来三将军率领前去包抄夷方后路，将两个后备师交由末将指挥。末将担任正面主攻，六师之中有四师精锐足以攻夷方西路。"

来先丙说道："目夷将军从大局着想，令人佩服，末将谢过目夷将军。

祖乙说道："两位将军忠心为国，值得大家效法。就这样定了，大家分头行动。"

祖丙对于夷方和班方的这次联合攻商能够做到处变不惊，从容应付，是因为他平日居安思危，对敌情早有调查，对敌人的突然袭击早有准备。

自从辛义归耿后，北面鬼方对耿国和安邑的威胁大为缓和，祖丙开始考虑南面班方的问题。在先王河亶甲在位的时候，班方和夷方就曾联合攻打过商朝，祖丙一直认为班方和夷方卷土重来的可能性是存在的。

祖丙开始想改善与南面班方的关系，争取和睦相处，避免战争。祖丙派金敏修复了安邑南的大河渡口，派人到班方做买卖，同时也欢迎班方人到耿国和安邑来贸易。金敏常常扮作客商深入班方境内，观察班方的情况。班方分作北部、南部和西部三部，北部班王为班天龙，南部班王为班天蛟，西部班王为班天虎。与耿国和商朝邻近的是班方北部。北部班王手下的国相赤江、元帅班常胜、将军巴獾和巴狐，协助班王治理班方北部。班方北部本是班方三部中最强盛的一部，其班王称作大班王。河亶甲时班方北部伐商失败，势力减弱，被迫取消大班王称号。近年来班天龙任北部班王，班方北部的力量逐渐恢复。

班方南部班王班天蛟的势力也在发展。班天蛟也想给自己加上大班王的称号，因而南北两班王不和。班天虎从中协调，约定哪位班王建立丰功伟绩就可加号大班王。班天龙原本无意与商朝作战，但夷方蓝部夷王派虞伯元游说班天龙。虞伯元买通了赤江相国，赤江鼓动班天龙伐商。巨山威声称此次伐商必胜，即使不能灭商，也将把商朝赶到大河以北。如果班天龙参加伐商，可将亳都划归班方北部，尊班天龙为大班王。班天龙终于被说动。

金敏发现班方北部举国征集兵马，知道大规模进犯商朝的战争即将发生。金敏通过班方商人了解到内情之后，星夜赶回耿城向祖丙作了报告。

祖丙认为伐商绝不是班方所能胜任的事，伐商的主谋和主力必是夷方蓝部，班方北部只是参加者。此次战争规模将大于以前对鬼方白部的战争，夷方蓝部是个劲敌。为了打败夷方，先破班方可以打击夷方的气焰，同时孤立夷方。班方离耿国近，而且仅靠耿国和安邑一带诸侯国的兵力就能打败班方，于是祖丙订出了一整套保卫商朝的作战计划。祖丙依据自己得专征伐的诸侯长的特权开始了攻班方解亳都围的战役，因为祖丙已接到亳都被围的消息，行动刻不容缓。

当班天龙的部队包围亳都的时候，祖丙、徐通和金敏率耿国军二师，辛义率诸侯国联军一师从安邑南渡口渡过大河。渡河之后，祖丙命金敏率一师精锐进攻亳都渡口，祖丙和辛义率军向班方北都进发。与此同时，费甲和郑亥的两师人马正在孟津渡渡河，然后由西向东杀向亳都城。

再说班天龙兵至亳都城下，包围了亳都，城内商将巫风闭城不出。班天龙为防止河北商军南渡增援，派巴狐守住亳都渡口南岸。班天龙派人与巨山威联络，得知夷方已包围了商朝的汜水关和隞都，班天龙放心安排攻打亳都。

一连三天，班方军攻城九次，均被巫风击退。傍晚，班天龙正在吃晚饭，忽听帐外军士们在争吵。班天龙问发生了什么事，左右回报道："军粮已尽，军士仍没有吃饱。"

班天龙问道："巴獾负责押运军粮，他现在在何处？"

左右回答道："巴獾押运的军粮现在还没有到。"

班天龙大怒，"巴獾昨天中午就应把粮食运到亳都城下，怎么现在还没有来。明天早上开不了早饭，怎么攻城？"

正在这个时候，忽听人声嘈杂。班天龙忙问道："又发生了什么事？"

探马回报道："一支商军由西面而来杀向渡口，我军与商军交战我军战败，巴狐被杀。商军占领了渡口，河北的商军正在渡河。"

班天龙大惊道："这支商军从何处来？"

探马回答道："从耿国来，主将是金敏。"

班天龙忙问道："那耿侯祖丙来了没有？"

探马回答道："未见耿侯的旗号。"

班天龙在考虑自己应该怎么办。班天龙想："看来耿侯已经渡过大河。如果耿侯来援亳都，我根本无法再打亳都，不过为什么没有见到耿侯的旗号呢？"忽然，班天龙把巴玃押粮迟迟未到与耿侯联系起来，班天龙想："会不会是遇到了耿侯。"

忽见巴玃的残都逃来，班天龙急问："发生了什么事？巴玃何在？你们押运的粮食呢？"

败兵们报告道："我们运粮途中遇到了耿侯。巴玃将军与耿侯都将徐通交战，失手被杀，粮食全被耿侯抢走了。"

班天龙又问道："耿侯现在在什么地方？有多少人马？"

败兵们报告道："耿侯兵马众多，同去的还有安邑各诸侯国的军队，总共至少有两师之众。耿侯夺了粮食之后，率军杀向北都去了。"

班天龙一听，心想："我这次出兵失策了。本来我就觉得没有把握，都怪赤江这个老贼，我必须马上撤兵。如果我丢了北都，只能沦为班天蛟的附庸。"

班天龙下令撤兵，忽听西面鼓角声大作，火把一望无边。探马报告道："安邑将军费甲和王屋关守将郑亥由孟津渡杀来。"又听得北面鼓角声大作，只见亳都城南门大开，商军由城里杀出。

班天龙率班方军急忙撤退。亳都城的商军追杀了一阵，不再追赶，但费甲、郑亥的军队紧追不舍。班天龙的兵，跑得慢的尽被费甲和郑亥的军队捉去。

黎明时分，班天龙率军退入山谷，回头看见追兵仍在后面。班天龙命令部队加速行进。忽然，前军报告道：“山路被乱树堵住，无法前进。”

忽闻两面山头上鼓角齐鸣，接着万箭齐发，班方军中箭死伤无数。原来东面山头上是耿侯的部队，西面山头上是辛义的部队。这时，北面费甲和郑亥的追兵也已经赶到，三面夹攻班方军。班天龙在班常胜保护下夺路而逃，辛义一箭射中班常胜，班常胜翻身落马被擒。班天龙率领残兵败将冲到谷口，只见耿侯及部将徐通率军挡住去路。

班天龙见逃命无望，勒马站住，拱手对祖丙说道：“耿侯请了！”

祖丙也对班天龙拱了拱手，说道：“班王请了！”

班天龙说道：“我班方北部与耿国一向和睦相处，不知君侯何故兴兵伐我班方？”

祖丙说道：“我耿国乃商朝侯国，职在保卫商朝边境。你班方北部攻我商朝亳都，本侯身为商王之臣，商王之弟，岂能不救？商朝与班方多年已无战事，班王为什么又挑起战事？”

班天龙说道：“是本王一时糊涂，受了那巨山威的煽动，现在真是后悔莫及。如果耿侯能放本王一条生路，本王发誓永不犯商犯耿。”

祖丙说道：“既然北部班王发誓永不犯商，本侯岂能不放过班王？”

祖丙下令："放了班常胜元帅，闪开大路让班王回都。"

班常胜说道："谢耿侯、辛将军不杀之恩。"

班天龙说道："谢耿侯。耿侯之恩，本王终生不忘。"

祖丙下令："所俘班方军士全部释放。"

祖丙集合队伍，稍事休息，然后命徐通、辛义、费甲、郑亥各率一师分四路往东北方向进发。

班天龙、班常胜领着残兵败将回到班方北都，国相赤江出城迎接。

班天龙见了赤江，怒从心头起，喝道："赤江，你得了巨山威多少好处，鼓励本王伐商，害得本王几乎丧命。班元帅受了伤，巴獾和巴狐二将军死在战场，全军死伤无数。你还有什么脸来见我？"言毕，班天龙把手中的长矛掷向赤江，赤江中矛丧命，班天龙进入班方北都。

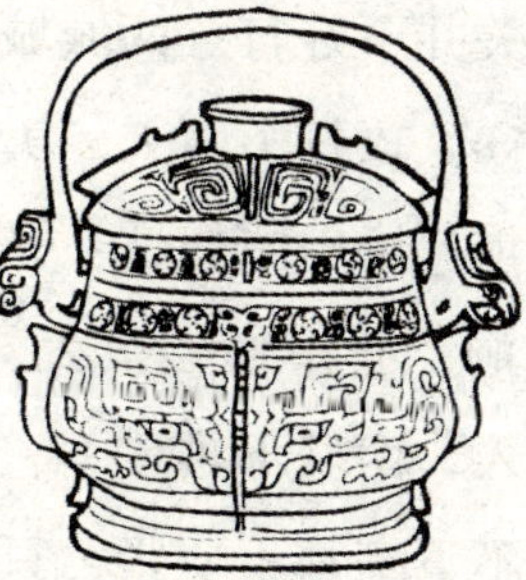

会战夷方

夷方蓝部夷王巨山威联合玄部夷王桥熊、北部班王班天龙伐商。在约定的时间里，巨山威留下太子蓝锋守国都，带领军师虞伯元，八大将阳吉、蓝泰、行山虎、行山豹、白狼、青鹿、纹狸、金羊大举伐商。巨山威派阳吉和蓝泰包围了汜水关，派行山虎和行山豹包围了隞都。巨山威特别强调围城的将领要控制往城北大河边的渡口，防止河北商军渡河增援。一切安排停当，巨山威与军师虞伯元，白狼、青鹿、纹狸、金羊四将及夷方蓝部的半数人马在隞都南边十里扎下大营，准备接应各方。巨山威派人到西面亳都打探军情，得知班天龙的部队已经包围亳都，并派人占领了亳都渡口。巨山威大喜，自己已无西面的威胁，可以放心攻打隞都和汜水关。

然而隞都和汜水关并不好打。两城城墙高大坚固，巫雷和来先乙率城中军民死守。攻打了两天，夷方军死伤无数，但守城商朝军民也伤亡惨重。巨山威想道："守城商朝的兵力有限，再过两天就会显出漏洞，我军伤亡虽大，但我这次兵力充足，到时我将后备兵力投入，两城不难攻下，要紧的是不能让商朝援军过河。班天龙打不下亳都不要紧，只要他牵制住亳都的商军，不能东进就行。等我打下隞都和汜水关，再西进攻打亳都，等我拿下亳都，亳都就不能归你班天龙了。"

巨山威正在盘算着自己如何占领商朝的地盘，忽报大河北岸商军旗帜摇动。看来有大量的商军云集渡口，准备渡河，把守渡口的夷方军请令定夺。

巨山威对虞伯元说道：“果然不出我所料，商军要强渡大河。因为商军如不渡河过来，河南三城就要全部丢失。我们占了三城，有了军粮，就能长久占领河南。商军渡河，我要乘商军渡河的时候大量射杀商军，这样我们拿下三城之后，乘胜北渡大河，攻打邢都，那时商军就没有多大的抵抗力量了。”

虞伯元说道：“大王神机妙算，无人能及。那商朝原本只有两个人能打仗，一个是主丁，被商王杀了。一个是丙，被商王赶走了。现在商军中的将领，多是一些草包，谁人能比得了大王！”

巨山威一听哈哈大笑：“虞军师过奖了。本王用兵作战，多由虞军师调度兵马。我听说过去商军中有一个军师髦纪，非常精明，除他之外，恐怕无人能比得了我们虞军师了。”

虞伯元说道：“那髦纪也让商王杀了。”

巨山威说道：“真是天助我也。想当初夏桀杀了关龙逢，商汤随之灭夏兴商。现今商王祖乙杀了主丁、髦纪，赶走了丙，我巨山威当灭商兴夷方了。”

巨山威和虞伯元正在得意地互相吹捧，报事的军士等待巨山威的军令已久，只得再报一次：“商军在大河北岸大量集结，准备强渡大河，请令定夺。”

巨山威这才想起前线来的军士还在候令，想了一下，说道：“绝不能让商军渡河，传令将弓箭手调到河岸上去，商军近岸立即放箭！”

军士领命而去。

过了两天，商军并没有渡河。夷方军攻城仍没有成功，而且伤亡加重。与此相反，这两天守城商朝军民伤亡很小，其原因是夷方掩护攻城的弓箭手都调到河岸上去了。

巨山威和虞伯元发现了原因，这两个自称天下第一的统帅和军师一时竟想不出办法。攻城没有弓箭手掩护不行。把弓箭手调回商军渡河怎么办？“商军会强渡大河吗？”巨山威开始怀疑自己先前的判断，对虞伯元说道：“能不能把弓箭手调回来掩护攻城？”

虞伯元没有回答。忽听探马进来。探马报告：“从大河上游流下不少漂浮物，其中有浮尸，看来亳都渡口河面上在交战。”

“啊，商军在亳都渡强渡大河，看来河岸上的弓箭手不能调走！”巨山威说道。然后又下令，派人速到亳都渡口打探，看看班天龙能不能阻止商军强渡大河。

黑夜，打探军情的军士回来，向巨山威报告：“河北商朝的援军已经渡过亳都渡口，进入亳都城。班方守渡口的守将巴狐被杀，人头挂在亳都东门上。亳都城四门紧闭，城外空无一人。看来班天龙阻止商军渡河失败，攻城无望，已撤兵回班方去了。”

“班天龙这个饭桶，”巨山威愤愤地说，“连商军渡河都挡不住，接着又是逃跑，连个招呼也不打。”

河岸守军来报：“大河北岸商军灯火大增，而且频繁移动，看来商军要夜渡大河。”

巨山威急令："加强河岸防守，弓箭手留在河岸，不得撤离！"

夷方军队紧张了一夜，然而大河北岸的商军并没有强渡大河。第二天早晨，巨山威传令停止攻城一天。亳都方面情况依旧，四门紧闭，城外空无一人，巴狐的人头孤零零地挂在东门上。

巨山威陷入沉思："看来商军的作战方针是强渡大河，增援河南三城。亳都渡由于班天龙防守不力，北岸的商军已经渡过大河，杀了巴狐，解了亳都之围。现在的问题是渡过大河的商军到哪里去了呢？是追赶班天龙去了吗？应该不会，因为隞都和汜水关被我包围，岌岌可危，他们不会远追班天龙，应该说他们现在在亳都城里。那为什么他们不东进解隞都之围？一定是他们兵力不足。他们知道我有众多的后备兵力驻扎在隞都南面，他们不敢轻举妄动。隞都和汜水关北岸也有商军集结，为什么他们不强渡大河？一定是惧怕我南岸的守军。我军不像班方军，商军在隞都渡和汜水渡强渡大河都不会有好结果。"

巨山威想了之后，召集虞伯元、白狼、青鹿、纹狸和金羊谈了自己的看法，虞伯元等认为巨山威分析得很有道理。

巨山威又道："目前我军和商军都处在进退两难的状况。如果商军一方面由北岸强渡隞都渡和汜水渡，一面由亳都东进，我后备军可以截杀亳都方面的商军，南岸守军可射杀渡河商军。商军一批批渡河，我们一批批射杀，商军要吃大亏，所以他们几天来天天想渡，却又不敢渡。如果商军把北岸大军调到西面从亳都渡过河，一方面费时间，另一方面他怕我军乘虚北渡大河，直取邢都。而我军，攻取隞都和汜水关看来已无希望，长期相持下去，我大军人多，军粮成了问题。如果我们现在撤兵，北岸商军肯定会立即渡河，亳都商军会立即东进，隞都和汜水关商军也会杀出城来，所以说商军和我军都是进退两难。”

虞伯元说道：“的确如此，看来我们这次出兵将是徒劳了。这次原定三方联军，共伐商朝。桥熊在北面打得不好，仅一个邢侯大癸就把他挡住了，没有能起到牵制商军主力的作用。南面三城，开始顺利完成了包围，但班天龙守不住河岸，致使商军南渡，亳都解围。现在我军与商军相持，一时虽能继续包围二城，但我军粮草不济，最终只得撤兵。”

巨山威问道：“依军师之见，我们应该如何办才好?”

虞伯元说道：“如果我们现在就撤兵，商军肯定要追，我们会受一定损失。为了减少撤退中的损失，我们一方面加强河岸的防守，并继续攻城。另一方面，派出一军到亳都诱商军出战。如果商军出城，我军且战且退，另派二军接应，击败亳都商军，打个胜仗，我军乘胜撤兵。如果亳都商军不敢出城，三天之后，我军撤回，然后我大军放心地撤回我方。”

巨山威听了大喜道：“此计甚妙，目前的情况在野外交战对我军有利。我们就这么做，把商军引出亳都和他们打。他们如不敢来，我们就退兵了。”

巨山威传令：“白狼领军一师到亳都东门外诱商军出战，商军出城，且战且退。如果商军闭城不出，三日之后撤回大营。青鹿、纹狸各领军一师，在离亳都五十里处埋伏在大路两旁，掩护白狼。若商军追赶白狼，包围抗击商军，商军不出战，则随白狼一起撤回大营。金羊留在王营率大军守卫王营，并准备接应各方。”

白狼等四将领命。

巨山威又传令：“阳吉、蓝泰、行山虎、行山豹四将从明日起继续攻打汜水关和隞都，并严守河岸渡口。”

巨山威的意思是不让商军看出他的归意。

白狼领命率领夷方军直抵亳都东门，亳都守军仍然闭门不出。城头上静悄悄，既不见守军，也没有旗帜。白狼在城下叫战一日，城上毫无动静。第二天，亳都城上仍无动静。白狼沉不住气了，派出十多名军士架云梯登城，十多个人未受抵抗登上了城。良久，仍无动静，也不见这十多个军士向城外传信号。白狼又派了十多名军士登城，结果仍是有去无回。白狼不敢再派人上城，更不敢大举攻城。但商军就是不出来，也看不见一个商军。如此又过了一天，白狼将情况禀报夷王。

第三天早晨，亳都城东门大开。但不见有商军杀出，也不见有人进城和出城，白狼也不敢进城，在城门外守候了半日。白狼想道：“今天商军再不出城，今夜我可就走了。”

午后，忽听号角齐鸣，鼓声大作。白狼抬头一看，但见亳都城上旌旗遍起，城头站满兵将。白狼不知商军何意，只见东门仍然开着。白狼心想：“商军如果要杀出，为什么站在城上？如果要守城，为什么大开城门？”面对近在眼前的商军，白狼十分警惕，随时注意商军的动向。

然而城上的商军毫无动静，白狼正在犹豫，探马忽报：

“商军出了南门和北门，向东杀去。”

白狼一听大惊，只见南北方面各有一支商军，每支商军有两师之众，快速向隞都方向奔驰，白狼率领的一师部队已经落在这两支商军的后面。白狼急令撤兵，只见亳都东门战车战马接连不断地冲杀出来，很快就听见商军的弓弦声，自己队伍中不断有人中箭倒地。

白狼本来是奉命且战且退，到如今无法战斗，只有逃跑。白狼一面跑，一面望着已经跑到自己前面的南、北两路商军。白狼想只要这两支商军转向合围，自己的军队就将全军覆没，一个人也逃不脱。

然而南、北两路商军好像没有发现自己这支在亳都城下待了两天半的夷方军，继续不停地前进，出东门的中路商军，在自己军队后面不停地追赶。白狼这时对追赶自己的中路商军的兵力做了一下估计，发现这支商军至少也有两个师，而且装备精良，训练有素。

白狼退到坡路上，对追兵看得更清楚了。原来追兵有两支，前一支约两师，后一支约三师。白狼估算，南、北、中三路商军共九师之众，是夷方调到亳都前线兵力的三倍。白狼忽然发现追赶自己的商军中，前军打着商军元帅目夷癸的旗号。更令白狼惊异的是后军竟是商王的旗号，原来是商王祖乙御驾亲征的大军来了。

白狼跑了五十里，损兵折将过半。白狼引军下坡的时候看见了路南和路北青鹿和纹狸所率领的两个师已在撤退，更确切地说已在逃跑。原定出击掩护自己的计划早已化为泡影，三支军队一起逃命。

眼看天近黄昏，商军南北两路突然包抄合围，将白狼，青鹿和纹狸的三支夷方军分割包围。商军包围圈逐步缩小，接着雨点般的箭射向夷方军，夷方军纷纷中箭倒下。许多人丢下兵器投降，三支夷方军全军覆没。青鹿和纹狸被射死，白狼中箭受伤被俘。

再说蓝部夷王巨山威与军师虞伯元、大将金羊在王营中等待各方的军情，一连过了三天。阳吉、蓝泰、行山虎、行山，山豹四将报告，攻打隞都和汜水关双方俱有伤亡，两城均未攻下，大河北面的商军仍未敢强渡大河。两城没有攻下原在巨山威意料之中，商军没有强渡大河，现在正合巨山威之意。前些日子巨山威希望商军渡河以便从岸上射杀商军，现在巨山威已决定撤兵，他倒希望北岸商军不要渡河。等商军发现他撤兵，再渡河追赶就来不及了，仅靠隞都和汜水关守城商军城追赶是不足为惧的。亳都城里的商军面对城外一师夷方军都不敢出城一战，可见亳都城里的商军并不很多。照此情况，明天夷方王营和亳都前线的白狼同时撤走，亳都商军不一定会追击，即使追击也不足虑。

巨山威刚刚松了一口气，开始盘算明天撤兵的事。忽然探马汗流浃背地跑入帐中报告："大批商军从亳都杀出，包围了白狼、青鹿和纹狸的三个师。"

接着，又有探马入帐报告："白狼、青鹿和纹狸三个师已被商军消灭，无一人逃回。"

又有探马入报："亳都商军杀奔王营而来。"

巨山威大惊："白狼他们三个师怎么一战即败，亳都商军共有几师人马，何人统率？"

探马报告："商军有九师之众，白狼他们共三师人马，自然寡不敌众。根据商军旗号看，亳都来的是商王祖乙御驾亲征的队伍，前军指挥是商朝元帅目夷癸。"

"啊！"巨山威如梦方醒，"原来商朝主力已经渡过大河，藏在亳都城里好几天了。既然商军主力来了，我不得不决一死战！"

巨山威一面考虑如何抗击西来的商军主力，一面派人将情况通知阳吉、蓝泰、行山虎和行山豹，叫他们注意商军的动向，并准备接应自己。巨山威明白，与商军主力恶战一场之后，自己无法再守王营，将向汜水关撤去。

探马入报西面的商军离王营已不到三里，忽见王营南面的火光冲天，鼓角声大作，左右报告商军已从南面杀入王营。巨山威惊问："南面怎么会有商军，是谁统率的部队？"

探马进帐报告："报告大王，商军司马耿侯祖丙率大军从南面杀来，已破大营，请大王速作定夺。"

巨山威说道："还定夺什么，快，备马撤往汜水关。"

金羊保着巨山威和虞伯元逃离王营，徐通所领的部队已杀入巨山威的营帐。巨山威王营很大，营中夷方后备军众多，尚不知发生了什么事。徐通看见巨山威营帐前有一个高杆，高杆下放着五颜六色的灯笼，知道是夷方夜间用的号灯，于是叫人把灯笼点燃。在高杆上时而挂起红灯，瞬间又挂起绿灯，又突然换成蓝灯，最后又把所有的灯都挂上。夷方军望着信号灯不知所措，乱成一团，多被商军俘获。

祖丙见巨山威王营已破，巨山威逃走，急派人通知目夷癸率军去解隞都之围，通知金敏保着祖乙移驾隞都。目夷癸率领商军主力杀到隞都城下，巫雷出城接应。目夷癸大败夷方围城部队，杀了夷方大将行山豹。行山虎率领残兵败将逃往汜水关，隞都解围，巫雷将祖乙和金敏接入隞都城。祖乙进驻旧王宫，目夷癸在隞都城外扎下大营。

再说夷王巨山威领着军师虞伯元，在大将金羊保护下逃出王营，一伙败兵溃不成军。途中遇到行山虎带着从隞都城下逃来的败兵，两军合在一起投奔汜水关下阳吉和蓝泰的大营。夷王进了大营方才坐下，忽报商军从南面杀来，阳吉和蓝泰急忙布置抵抗。探马报告前来进攻的是费甲和郑亥的部队，阳吉和蓝泰急忙调弓箭手到大营南面，登高台放箭助战，费甲和郑亥的攻势被挡住。

忽然夷方大营北面起火，鼓角声齐鸣。军士报告汜水关守将来先乙出城作战，已攻破大营北门。巨山威登高了瞭望，他看见西面又来了一支商军，知道大营守不住了，连忙率领夷方军向东撤退，但东边的退路已被郑亥挡住。阳吉和蓝泰奋力冲杀，冲开一条通道，巨山威领着夷方军突围而出。在突围的过程中，军师虞伯元中箭落马，死于乱军之中。行山虎和金羊保着巨山威且战且退，又退了十多里地，商军不再追赶。

祖丙率徐通、辛义、费甲、郑亥四部在汜水关东面扎下大营，祖丙命军士用饭、休息，准备明日追击夷方军。

来先乙来到祖丙营帐，来先乙说道：“汜水关被包围多日，耿侯远道趕来解围，辛苦了，末将代表全城军民对耿侯表示谢意。”

祖丙说道：“来二将军见外了。二将军驻守商朝东南边关，夷方大军来攻汜水关巍然不动，举国敬佩，丙与各诸侯赶来救援是义不容辞的责任。”

祖丙又说道：“令弟三将军协助丙建立耿国，起了很大的作用。”

来先乙说道：“舍弟蒙受诬陷，若非耿侯抗命保护早成冤鬼，耿侯之恩我来氏全家感激不尽。”

祖丙说道：“秉公办事保护忠良是丙应做的事。此次伐夷方，你兄弟二人为国立了大功。”

来先乙问道：“舍弟也参加了伐夷方的战斗？怎么未见他与耿侯同来？”

祖丙说道：“令弟大才当担大任。此次会战夷方，明日将是全歼夷方蓝部的决战，令弟将大显身手。明天二将军能不能率汜水关守军随本侯追击夷方，替出徐通，徐通另有差遣。”

来先乙说道：“大王已下令，命司马统一指挥商军对夷方的作战，司马下令末将理当遵命。”

祖丙说道：“不是下命令的问题，我怕汜水关守军已经苦战多日，需要休息。”

来先乙说道：“汜水关守将都是能征惯战之士，明天与夷方决战，如果把他们留在关中休息，倒要把他们急坏了，末将本人明天若不参战也要急出病来。”

祖丙说道：“好！那么我就命二将军明日率汜水关守军随我出征。”

来先乙说道："遵令！"

次日早晨，祖丙率来先乙、辛义、费甲、郑亥离开汜水关向东追赶夷方的败兵。在祖丙等出发前一个多时辰，徐通已率领一支骑兵沿大河快速向东方奔驰而去。

夷王巨山威逃出重围之后，因为没有帐篷在野地露宿。因奔波了一夜劳累过度，很快就睡着了，醒来时太阳已经很高了。巨山威回忆起昨天的战斗：自己派往亳都的三个师被目夷癸率领的九师商军包围消灭，行山虎、行山豹包围隞都的四个师也被目夷癸击败，自己在王营的五个师被祖丙击败，祖丙又击败了阳吉和蓝泰包围汜水关的四个师。自己还折了军师虞伯元，大将行山豹、白狼、青鹿和纹狸，看来商朝至少出动了十三个师的兵力。总的说来，商军连同河南三城守军，与自己出动的兵力相当。但一天四战，每战商军皆以一倍以上的兵力与自己的部队作战，而且是突然袭击，自己怎能不败。

巨山威看着熟睡的残兵败将，忽然想到自己还处在险境，商军随时都可能出现。连忙推醒号兵，吹起号角，夷方的残兵败将被号角声惊醒。

巨山威集合部队，现在他手下有四员大将：阳吉、蓝泰、行山虎和金羊，军士还有七个多师的人。巨山威将部队重新整编，由阳吉、蓝泰和行山虎各率领两师，金羊率领一个多师的军士作为自己的卫队。队伍整理好后，巨山威稍稍壮了胆，认为即使商军追来也能够抵挡一阵。

巨山威下令回兵夷方。夷方军以行山虎的两个师为先锋，巨山威和金羊随行山虎出发，阳吉和蓝泰领着四个师断后。巨山威派出探马打探军情，不多时探马回报："商军祖丙率军追来，约四师之众，距我军十里。"

巨山威闻报，心想如果仅仅是祖丙的四个师追来不足为惧，就怕祖丙军后还有商军。巨山威又想；如果祖丙后面没有援军，他绝不会仅率四师冒险追我，因此不可大意。巨山威看了看四周，知道再往东走三十里就要进山了。只要到了山口，伐树木堵住山口，再点燃树木，商军就无法追赶了。于是巨山威传令，全军快速前进。

走了十多里路，巨山威听见西南鼓角声起，商军的追兵来了。商朝追兵渐近，看得见追兵中打着一面大旗，旗上一个大字"丙"。巨山威往前方一看，离山口已经不远了，巨山威命行山虎登上山去，砍伐树木。

夷方前军正在登山，忽听山上鼓声大作。巨山威开始以为是自己的太子前来接应，但突然听出鼓声不对，是商军的鼓声。巨山威到达山脚下，看见一支商军立在山头，商军打着一面大旗，旗上也是一个"丙"字。

"怎么又来了一个丙?"巨山威大疑。

"是有两个丙。"金羊说道："商军二丙，非常厉害，曾经大败鬼方。我们遇到了二丙，不可轻敌。"

忽听一阵梆子响，山上商军的箭如雨点一般射来。金羊忙举起兵器为巨山威挡箭，自己脸上却中了一箭，接着身上又中了数箭，金羊倒地身亡。

巨山威和行山虎略退一箭之地，前面山上的商军并不下山，断后的阳吉和蓝泰已经和追来的商军打起来了。

巨山威明白了，前面山上的商军目的就是挡住自己的归路，好让后面的商军消灭自己的队伍。巨山威忽然听到到东面的远处传来了熟悉的号角声，巨山威立刻兴奋起来：“这才是夷方的号角声，是太子率兵前来接应。”但巨山威发现，太子的救兵被东边山上的商军挡住了。巨山威决定率军强攻山冈。山冈上的商军不会太多，而且也是腹背受敌，处境困难。

行山虎奉命攻打山冈。夷方军擅长山地作战，行山虎更是山地作战的好手。因此虽由下向上仰攻，在付出相当大的伤亡代价后行山虎终于攻到山冈上，在山冈上与商军交手。

巨山威也上了山冈，回头望见山下阳吉和蓝泰正在和后面的丙交战，阳吉和蓝泰已经阻止了商军的前进。现在要看行山虎能不能打败山上的丙，与太子的救兵会师。

巨山威忽然看见，从西面又来了一支商军，人数竟是山下的丙所领部队的一倍。巨山威大惊，心想这支部队赶到，阳吉和蓝泰无论如何也抵挡不住，行山虎必须赶快杀过山冈。巨山威又发现，后面来的商军打着商王的旗号，是商王御驾亲征的部队来了。

金敏的部队停止前进，保着商王祖乙转到南面的一处高地上观战，大王的仪仗在高地上展布开来，土旗迎风飘扬。祖乙一声令下，几百名号手吹响了号角，接着，几百名鼓手擂响了战鼓，作战的商军呼声雷动，夷方军恐慌万状。

目夷癸帅旗摇摆，所率领的商军主力投入战斗。祖丙率领来先乙和辛义向左翼迂回，与此同时费甲和郑亥向右翼迂回，把正面战线交给了目夷癸。目夷癸先命弓箭手放箭，又命战车冲击夷方阵地。

祖乙在高地上观战。作战的部队打着三种颜色的旗号，目夷癸指挥的商军主力打着白旗，祖丙指挥的耿国军队打着红旗，而敌军夷方部队打着蓝旗。但见打红旗的部队从左、右两翼绕过敌军，并从南北两面往山冈上进发，打着白旗的军队接替了红旗军包围了敌军。金敏指着远处山冈对祖乙说道：“大王，山上两面丙字大旗聚到一起，耿侯和来三将军会师了。”祖乙大喜。

山冈上，来先乙看见来先丙正在苦战行山虎。来先乙大喝一声：“三弟，二哥来也。”行山虎大吃一惊，来先乙和来先丙双矛并举，刺死行山虎。

辛义、费甲和郑亥已将巨山威团团围住，巨山威左右已无一人。巨山威扔掉大斧，拔出宝剑准备自刎。祖丙一箭射中巨山威的右手，巨山威手中的宝剑落地，辛义、费甲和郑亥将巨山威捉住。

山上的商军大喊：“巨山威被活捉了！巨山威被活捉了！”

山冈下夷方军大乱，夷方军士纷纷投降，阳吉和蓝泰束手被擒。

来先乙和来先丙兄弟由山冈西面杀向东去，夷方太子蓝锋节节败退，被来氏兄弟赶下山冈。山冈下来了一队骑兵，蓝锋以为是自己的军队前来接应，等骑兵来到面前，一看又是商军。商军两面夹攻蓝锋，东面来的商军为首一将，手持大斧与蓝锋交战。只一回合，来将手起斧落将蓝锋劈于马下。来先丙一看，连忙招呼：“徐将军，你怎么在这里？”

兄弟重逢

商王祖乙在高地上听到东面接连不断地传来胜利的号角声，同进鼓声渐渐平息下来，知道这场围歼夷方蓝部的战役胜利结束了。

参战的商军陆续来到商王祖乙所在的高地之下，商军在目夷癸指挥下列队。目夷癸上了高地来到祖乙面前报告战果：抓获夷方大将阳吉和蓝泰，俘获大批战俘，缴获不少兵器。祖乙命目夷癸将俘获的夷方官兵押回邢都。

打着红旗的耿国军队和安邑一带的夏、商诸侯国联军由东面山冈上下来。祖丙领着一部分军队来到祖乙所在的高地下，祖丙跑上高地来见祖乙。祖丙欲行君臣大礼，祖乙离座将祖丙拉起，祖乙祖丙兄弟重逢。

有一部分打着红旗的队伍没有到祖乙的高地下，祖乙问祖丙："那是谁的部队，怎么不过来?"

祖丙说道："是辛义和他率领的安邑一带夏朝诸侯国的军队。他们听从耿国的调动，在这次破班方、征夷方的战役中立了大功。他们不愿朝商，请王兄不必勉强他们。还有夏将费甲，接受了我商朝安邑将军的职务，现在辛义不朝商，他原是辛义的部下，也不便过来。"

祖乙点头说道："辛义兄弟和费甲，都是义士，他们和安邑一带夏民能与我商朝和睦相处就很好，这次又帮助了我商朝，朝廷本应封赏他们。他们既不愿朝商，也不能勉强。对他们及有功官兵的升赏，阵亡将士家眷的抚恤，朝廷自当拨款，由耿国出面办理。”

祖丙称是，对祖乙说道：“此次征班方和夷方，安邑一带只留下辛平镇守壶口关，稚超守龙门关，我很担心鬼方白部乘虚侵犯，我这就命辛义、费甲和郑亥立即赶回驻地，以防发生意外。”

祖乙称善。

祖丙安排辛义、费甲和郑亥回原驻地。辛义等出发后，各路商军将领，商朝参战各诸侯国国君率本部人马一齐到商王祖乙面前拜见商王。祖乙对诸侯们、将领们和军士们的功绩进行了表彰，命各将领和诸侯将有功人员的功绩申报朝廷，回朝后论功行赏。阵亡人员和伤员也申报朝廷，进行抚恤和安置。

祖乙命祖丙指挥班师回朝。祖丙请祖乙先移驾汜水关，命来先乙、来先丙兄弟先赶回汜水关准备接驾。祖乙在祖丙和金敏护卫下起驾，商朝各诸侯国国君随在王驾之后启程。目夷癸率大军带着商军阵亡将士遗体，押着战俘走在各诸侯国国君的队伍后面，徐通率耿国军断后。

祖乙祝捷

祖乙和祖丙率大军回到汜水关，来氏兄弟将祖乙和祖丙迎入关城。各诸侯国国君、目夷癸和徐通在城外安营。

商军在汜水关休息一日，目夷癸和徐通将商军阵亡将士遗体葬在老将来成的墓的附近。

祖乙率领各诸侯和众将领祭奠老将来成和商军阵亡将士。来成在河亶甲朝，统率商军大破夷方和班方，保卫了商朝的安全。河亶甲迁都到河北之后，来成长期驻守汜水关，保卫商朝河南产粮地。来老将军为国家屡建大功，并培养出无数军事人才。商王祖乙通过此次御驾亲征，深刻了解到来老将军对国家的贡献，祖乙下令追封来成为汜水侯。

王驾和商军陆续回到邢都，文甲、缯衍和巫贤率朝臣在都门外迎接胜利归来的商王和商军将士。各路人马到齐之后，商王祖乙在大殿召集文武百官和各方诸侯举行庆功大会，对作战有功人员进行封赏，祖丙居首功。商王颁令："祖丙，晋爵一等侯，任西方与南方诸侯长。大癸，晋爵二等侯，任北方诸侯长。"

目夷癸、来先乙、来先丙晋封伯爵，徐通、金敏、郑亥、巫风、巫雷封男爵。

参战诸侯国国君晋爵一等。

参战诸将士晋升一级。

参战夏诸侯国国君及将士由诸侯长耿侯封赏。

祖乙又下令，对阵亡将士家眷进行抚恤。

祖乙命巫贤审蓝部夷王巨山威及夷方将领，定罪后商王祖乙下令：

“蓝部夷王巨山威主谋犯商，罪大恶极，斩首。

夷将阳吉、蓝泰、白狼引兵犯商，残害百姓，罪不可赦，斩首。

被俘夷方军士为奴。”

祖乙又下令，派人送班方将领巴獾和巴狐遗体回班方。

祖乙斩了夷王巨山威和夷方三将，又将蓝锋、虞伯元、行山虎、行山豹、青鹿、纹狸和金羊的首级连同巨山威等四人的首级，派人送到新邢，邢侯大癸将夷王父子、军师和八大将的首级挂在邢台之上。

夷方玄部夷王桥熊又率兵来至邢台之下，忽见台上挂出了十一个人头，忙问是何人的首级，为何挂在此处。

台上军士回答道：“此乃蓝部夷王巨山威及其太子蓝锋、军师虞伯元和八大将的首级，玄夷王的首级也想在此悬挂吗?”

桥熊大惊失色，几乎从战车上摔下，忙引兵退回大营。

次日桥熊派使臣来见大癸，使臣说道：“玄夷王一时不明，误听巨山威的挑动，兴兵犯商，现已知罪。商朝天威，我夷方玄部感服。玄夷王特派小臣赴商都纳贡称臣，望君侯引见。玄夷王明日退兵回玄部，望君侯不要追击，玄夷王愿献地百里给邢国。”

邢侯大癸说道：“玄夷王派使朝商纳贡，理当嘉奖，本侯立即派官员陪尊使赴邢都。玄夷王退兵，双方罢战休兵是好事，本侯岂能追击重开战事？请玄夷王放心退兵。献土一事当献商王，邢国为一方诸侯，自有疆界，不能自行扩张。”

祖乙和祖丙回到邢都之后，祖乙将祖丙迎入宫中居住，来先丙，徐通和金敏住在司马府中。

祖乙请大公主妇甲入宫，姐弟三人相聚。

祖乙十分高兴，对大姐妇甲说道：“大姐，我虽为商王，能力大不如丙。前者丙代我出征，打败了鬼方。我没有寸功，登上了王位。这次夷方蓝部联合班方和夷方玄部犯我商境，我束手无策。丙南渡大河，击破班方，又调度指挥商朝大军，消灭了夷方蓝部，使商朝转危为安。由此看来，商朝可以没有我，不可以没有丙。今日大姐在此，我宣布丙为王位继承人，我死之后由丙继位为商王。商朝有丙为王，国家兴旺有望。”

祖丙闻听大惊，连忙起身。然后向祖乙跪奏道：“大王之言差矣，臣丙不得不奏。丙身为王弟，若大王年高多病而无太子，立弟为王储以安国家也是正理。今大王正值壮年，且王后已生大太子辛、二太子甲。大太子虽年幼，已显出聪慧过人，且为人谦如，长大必为明君。今大王另出异言，若传于外人，不肖之徒，离间我骨肉以谋其私利。国家兴旺非但无望，恐国将乱矣。愿大王此后不复出此异言。若大王当众宣布丙为王储，丙将弃耿侯之爵，流于外方，不复回商矣。”

祖乙连忙扶起丙说道：“小弟快起，有话坐下慢慢说。”

妇甲对祖乙说道：“王弟你身为商王，不当乱言，亦不当自暴自弃。王弟虽才不及小弟，为国君者，不一定要才过群臣，只要能分辨忠奸，善于用人，以德服人，就能成为明君。此番讨平夷方和班方，丙和众将虽立了大功，你作为商王能充分信任丙与众将，御驾亲征，鼓舞士气，也是制胜的原因。如果佩服丙的才智，不如命丙为两位太子的老师，叫他们向丙叔学习治国安邦之道。将来太子为君，有丙叔在耿国为君侯，朝中小人亦不敢轻举妄动。”

祖乙说道：“大姐说得很有道理，我上朝就宣布耿侯为两位太子的老师。”

图迪罕蒙难

祖丙领着徐通和金敏，以及耿国周围的各商朝诸侯国的国君，率领各部人马回各自的封国，来先丙奉祖乙之命留在邢都驻司马府代耿侯署理朝中司马的职务。

祖乙率满朝文武送祖丙和各诸侯国国君于邢都西门之外。

祖丙一行过了王屋关之后，祖丙请各诸侯国国君回封地。祖丙命徐通领耿国军回耿国，领着金敏携带大量财物到了安邑城，费甲将祖丙接入夏王宫。

祖丙请来了辛义和随军出征的各夏朝诸侯国国君，在夏王宫举行庆功、答谢宴会。祖丙感谢各位国君协助耿国完成抵御外方入侵的行动。祖丙宣布各国君晋爵一级。祖丙将邢都带来的大量金银珠宝取出，分给各位国君，叫各位国君回国之后分赏有功将士，抚恤阵亡将士家眷，并妥善安置伤残人员后半辈子的生活。

祖丙回到耿城，关衡出城相迎，在祖丙离耿期间关衡把耿国管理得井井有条。为了防止鬼方突然入侵，壶口关守将辛平、龙门关守将稚超与留守耿城的耿相关衡构成三道防线，互相联络，常备不懈。据细作打探，这段时间鬼方白部鬼王图必利患病，两位可能的王位继承人三大王图迪罕与太子图乌德不和，鬼方内部的问题使祖丙率军远征期间后方得以安宁。

祖丙见到了分别已久的侯妃妇芝和他的三个儿子，日、月、星，小儿子星是祖丙征战期间出生的。当夷方、班方大举犯商，祖丙要出征时，妇芝将近临产。祖丙与妇芝均以国事为重，祖丙上了前线，妇芝处理耿国的许多事务。

关衡入报，班方使臣、国相班常胜求见耿侯。

祖丙在大殿隆重接待班常胜。祖丙与班常胜已不是初次见面，祖丙像待老朋友一样对待班常胜，询问他的箭伤是否已经痊愈，这一切令班常胜感动不已。

班常胜说道："敝国班王，受夷王巨山威和敝国奸相赤江的蒙骗，参与伐商。耿侯出兵，我班方军不堪一击，损兵折将咎由自取。敝国与商朝平安相处已久，实不应该挑起战事。在与耿侯交战中，末将已中箭被俘，班王亦走投无路。仅班王一句话，耿侯就放了班王、末将及班方全军将士，后来又送回巴獾和巴狐的遗体，我班方感激不尽。班王曾发誓永不犯商、犯耿，敝国绝不食言。如今奸相赤江已除，班王命末将为国相。班王命末将为使前来耿国纳贡，愿世代称臣。贡品有金、玉、珠宝、犀角、象牙等物，请耿侯受贡。"

祖丙对班常胜说道："班王愿世代与商朝和耿国和睦相处，本侯万分高兴。只是纳贡一事，耿国乃一方诸侯，怎敢当班王称臣纳贡之礼，班方欲纳贡当向商王进纳。"

班常胜说道："敝国愿向商朝天子纳贡称臣，望耿侯引见。"

祖丙说道："班方归商是件好事，我王兄必定欢迎，以礼相待。尊使现为班方国相，我就让我的国相关衡陪同尊使前往邢都朝商。关相国是安邑一带名士，我王兄和朝中大臣，邢都名士也都极望有机会相见。"

关衡领命，安排启程。

一日，壶口关守将辛平求见，祖丙命辛平进殿。

辛平说道："鬼方的三大王图迪罕到了壶口关，说是要投奔耿国，我请他进了关。忽见一队鬼方军赶来，但离壶口关不远又退了回去。我问图迪罕是不是他要引兵夺取壶口关，图迪罕说不是，那鬼方军是他的侄儿，新鬼王图乌德派来追杀他的。"

祖丙问道："鬼方白部究竟发生了什么事？"

辛平说道："据图迪罕说，他哥哥鬼王图必利近来身体不好，后来卧病不起，他每天去看望王兄。过了些日子太子图乌德不准他去看大王，说大病重需要静养。又过了几日，图乌德宣布大王驾崩，传遗旨命图乌德继位，图乌德成了新鬼王。图迪罕见了王兄的遗体，伏尸痛哭。图迪罕突然发现王兄的七窍有血迹，显然是被毒死的，图迪罕当众提出质问，图乌图德早有准备，说图迪罕谋反，双方打斗起来。图迪罕寡不敌众，逃出鬼方王都，打算投奔耿国。我怕他又要行刺，把他留在壶口关上。"

祖丙想了想，说道："根据图迪罕的为人，他这次以真实身份说要投奔耿国，看来是鬼方内部发生了大事，图迪罕所说的情况大体可信。为慎重起见，同时也为下一步行动做准备，我叫金敏深入鬼方王都去打探一下。"

金敏扮着安邑布商，带了四个挑夫挑着布匹出了壶口关往鬼方王都进发。鬼方人不会织布，穷人身披羊皮，富人所用的布匹、绸缎都是用黄金向安邑的布商购买。鬼方对安邑来的布商，一伙人数在十人以下的一般都允许入城。金敏到了王都城门口，看见城门口有一告示：“捉拿反贼图迪罕，抓住的赏金一碗，还可做官。”

金敏领着挑夫进城，城守门的军士从每个挑夫的担子里取出一匹布，算作“关税”。

金敏进了城，住进了一家客店。店主是一位老者，来到金敏的房间。店主问道：“客人您贵姓？新大王刚刚规定，住店的要留下姓名和来处。”

金敏回答道：“在下姓全名文，是安邑全记布店的店主，今来贵地卖布。”

店主记了下来，又请全掌柜到前面用饭。

金敏一伙才吃完晚饭，进来一位买布的顾客，看样子像一位富家的管家。

金敏将顾客请到屋里，看了布。

顾客问道：“你的布怎么卖？”

金敏回答道：“一块金子一担。”

顾客说道：“太贵了，一块金子两担，行不行？”

金敏说道：“不行，我的布不贵。每一担布里面有一匹绸子、一匹缎子。”

顾客看了看，金敏掀开上面的布，底下果然有一匹绸子，一匹缎子。绸缎和布匹都是白色的，因为鬼方白部崇尚白色。金敏为什么把绸缎放在下面呢？因为怕被城门口的军士收税的时候收走。一担布中少了绸缎，就卖不了一块金子了。

顾客看完了货，说道：“好吧，我们府里要两担，给我挑两担去。”

金敏领着两个挑夫挑了两担布跟着顾客出了店。走了一段路程，来到一个大院。金敏一看，府门上写着“左将军府”。

金敏和挑夫进了府门，把布挑到堂上。只听顾客呼道：“有请公主。”

公主出来了，是一个三十上下的妇人。这妇人长得很健壮，金敏觉得她很面熟，一想才明白，她很像图迪罕。金敏想道，“她大概就是图迪罕的妹妹图薇公主。”

金敏把布呈上，请公主过目。金敏特别把每担布中的绸缎各一匹展示给公主，公主点点头。

驸马府的管家取来了两块金子，交给了金敏。

金敏接过金子，掂了掂分量，对管家说道：“这一块金子能不能换一块大点的。”

管家说道：“那一块很大，这一块就不能换了。”

只听公主说道：“给他换一块大一点的。”

金敏连忙说道：“谢谢公主”。

“你怎么知道我是公主。”

“刚才管家呼道：‘有请公主’。”

“我以为你认得门口的字。”

“在下会说鬼方话，鬼方的字认识不了几个。”

“你看到城门口的告示了吗？”

“看到了，但看不懂。”

“看不懂也好，一派胡言，究竟谁是反贼？”

“在下不懂，究竟谁是反贼。他会偷在下的布吗？在下店里还有两担。”

管家拿来一块金子，对金敏说道：“这块你总该满意了吗？这两块加在一起，快有三块重了。”

金敏说道："谢谢，谢谢。"

公主又问道："这位掌柜是哪里人，叫什么名字？"

"安邑人，在安邑开布店，叫全文。"

"你什么时候回去？"

"卖完布就回去"。

"你回去的时候给我带封信怎么样？"

"公主有亲戚在安邑"？

"不在安邑，在耿城。"

"我不去耿城。"

"你代我跑一趟耿城，我给你一块金子做酬劳，怎么样？"

"好，好，我替公主跑一趟。"

金敏和挑夫回到店里，店主说道："全掌柜好运气，今天一到就卖了两担布，买主又是公主，价钱卖得不错吧？"

金敏回答说道："还可以，照我说的价给钱。"

店主说公主为人和善。十年前，我们老大王曾出兵打下了安邑。后来商朝大军来了，杀了老大王和二太子，我鬼方军士死伤无数。大太子继位当了大王，大太子和三太子要征召新兵，为父王和二太子报仇，小妹图薇公主极力劝阻。说过去鬼方伐商，是鬼方的不对，而且鬼方百姓当兵死伤太多，应当休养生息。两位哥哥听了小妹的话，我鬼方白部的百姓才过了十年的太平日子。

金敏问道："听说你们又换了新王，新王怎么样？"

店主一听，连忙四下张望。见四周无人，才小声说道："一个魔头。我们原先的大王当太子的时候原有一个贤淑的太子妃，并生了个儿子。后来老大王伐商战死，太子当了大王，太子妃成了王后，儿子成了太子。后来大王在野外打猎，带回一个女人。这个女人很漂亮，但心如蛇蝎。女人还带来一个儿子，大王将女人封为王妃，将她的儿子封为王子。在以后的几年中，王太后、王后、太子都相继病死。王妃成了王后，她的儿子成了太子。不久前大王也病故了，太子登位成了新大王。三大王发现大王是被人毒死的，新大王大怒，与三大王打起来，三大王败走了，新大王正下令捉拿三大王，公主的丈夫左将军也受到监视。新鬼王上台后，就叫喊要征兵伐商，为祖父报仇，我们百姓又不能过太平日子了。”

金敏听了不住地点头，说道：“看来，你们的图薇公主是好人，还有三大王也是好人，新王不得人心。”

店主点点头，说道：“我们百姓都希望三大王为大王，可惜新鬼王势力大，他舅舅古哈庞掌握军权。这件事全掌柜千万不要乱讲，这里新鬼王的心腹到处都有。全掌柜若不是来自安邑，我也不敢说这些话。”

店主又说道：“天晚了，全掌柜安歇吧，要小心火烛。”

熄灯后不久，四个挑夫都睡着了，店里的人也都入睡。金敏身穿夜行黑衣，从客房的窗户出去，翻身上了房。金敏在房上奔走如飞，却没有丝毫的声息。金敏来到驸马左将军府的后墙，纵身跳入府中，只见后院厅中有灯光。金敏闪到窗下，从窗缝中看见厅里有二十多个人。

“各位将军。”金敏一听，是图薇公主的声音。

“王兄的内侍带来了王兄的临终前挣扎起来写下的遗嘱，完全证实了三王兄的推断。王兄是叫图乌德这个逆子害死的，他给王兄的药中下了毒药。左将军，你把王兄的遗嘱读一下。”

只听左将军云素朗读道："逆子图乌德给我药中下毒，我不行了。传位三弟图迪罕，叫他杀了这逆……"云素朗说道："这封遗书没有写完，大王就驾崩了。但谁是逆贼，该由谁继位已经写得很清楚了。"

只听公主说道："我给三大王写了一封信，叫他带领人马讨伐图乌德，我们做内应。你们每人带一些白布回家，行动开始时我们的人头缠白布，什么时候行动，等我和三大王联络后再通知大家。"

众人称是，一个个说道："我们受老大王、大王的厚恩，图乌德这个逆子杀父篡位，天理不容。我们一定听从公主和左将军的命令，除此逆贼，拥立三大王。"

随后灯灭，厅内的人三三两两地走出大厅，又分别从前后门出府。

金敏想道："原来如此，明天我进宫打探。"

第二天早上吃过早饭，金敏叫挑夫们在店里休息，不要出门，他自已挑了一担布到王宫附近去卖。

快到中午，王宫出来一位总管，看见金敏说道："有人卖布，宫里正需要布。卖布的，把布挑进宫去。"

金敏说道："一块金子一担。"

总管说道："挑进宫去。"

金敏挑着布跟着总管进了宫。才到第一道院子，只听悽惨的叫声接连不断，金敏问总管道："这些人犯了什么罪？

"总管说道："大王买了他们的东西，给了钱，他们嫌少。大王大怒，叫卫兵把他们抓来打死喂狗。"

金敏把布挑进了库房，总管过来，给了一块银子。

金敏说道："布价是一块金子，这是一块银子。"

总管说道："我们大王说这是金子，这就是金子。你说这是块银子，幸亏大王没有听见。我老总管心地和善，听你说说也就算了，不与你计较。如果和你计较，前面又要多一个惨叫的人，多一块狗食了。"

金敏忙说道："谢总管。是金子，是金子，大王赏赐的金子真大。"

总管说道："哈哈，你这个人真乖巧，一点就通，留在我鬼方一定能当大官。"

忽见两个奴仆抬着一个女尸过来，那女尸头已破碎，惨不忍睹。

总管问道："怎么死了？"

奴仆回答："跳楼自杀了。"

总管对金敏说道："这个女人真没有福气了。她丈夫只是个农夫，她和他丈夫进城，大王在马上看见她长得漂亮，把她丈夫抓去打死喂了狗，封她做妃子。大王叫她亲大王一下，她却打了大王一个耳光。尽管这样，大王还是舍不得杀她，叫她在楼上沐浴、打扮、准备今夜接驾，她倒跳楼自杀了，真是有福不会享。"

说着说着到了门口，总管说道："好，到宫门了，你回去吧，以后有好货只管挑到宫门口卖。叫门卫传话，就说阿木达总管叫你送货，我很愿意和你打交道。"

金敏说道："阿木达总管，今天的生意是个小问题，能和阿木达总管交朋友实在是令人高兴。"

阿木达说："老夫也很高兴。"

金敏问道:“不知宫里还需要什么货，我从安邑办来。”

阿木达说道:“你这种布，你运来多少宫里就要多少。”

金敏说道:“鬼方规定，生意人一伙最多十人。我在安邑的店里有很多布，下次我挑九担来，我最多能带九个挑夫。”

阿木达拿出一个银牌交给金敏，说道:“有了这个银牌，做买卖不限人数，进城门还不必交税。你报个名，算作王宫的供货商。”

金敏说道:“我叫全文，安邑城全记布店的掌柜。”

阿木达说:“好，全掌柜，再见。”

晚上，公主的管家来到了客店。

“全掌柜，今天的生意不错吧?”管家问。

金敏回答道:“今天宫里买了我一担布，给了我一块银子，据阿总管说这就是金子。”

“宫里怎么只买一担布呢?”

“我只挑到街上一担布，叫阿总管看见了，阿总管让我以后多挑些布去，他说这种东西有多少宫里要多少。”

“一担布只给一块银子，还指望人家再卖给你，人家上一次当也就够了。全掌柜，你这次带来的布卖完了没有?”

“还有一担。”

“挑到我的府上去，还是原价，一块金子，不会给你银子，而且给你挑块大的，把白天的损失补回来，怎么样?只是不要叫挑夫挑，有劳全掌柜自己挑去，好在路并不远。”

“好，这就去，白天进宫就是我自己挑的布。”

左将军府中，金敏放下了担子。公主并不看货，叫人取来两块金子，一封信。

公主说道："两块金子，一块是布价，一块是送信的酬劳，全掌柜收下。"

金敏问道："这信上没有收信人的姓名，也没有地址，耿城那么大，送到哪里？送给谁？"

公主说道："送到耿城耿侯宫，收信人是图迪罕。信封上不便写，请全掌柜牢记在心。出城时若被查出，全掌柜如何回答？"

金敏说道："在街头遇到一位老人，他的儿子在安邑经商，在我布店旁开了个皮货店，老人让我给儿子带封信。"

公主说道："很好！"

金敏带着四个挑夫，挑了四担皮货出城，守门军士叫挑夫放下担子检查。

金敏亮出阿木达给的银牌，对守门军士说道："在下是给王宫送布的商人全文。大王赏了些皮货，带回安邑卖几个钱，请关照。"

"走吧！"为首的军士说道。

图迪罕登位

图迪罕在辛义陪同下到耿城来见祖丙，祖丙说道：“鬼方白部发生的事，辛平将军已经对我讲了。刚才白部新鬼王图乌德派使臣来见我，许我割地百里，黄金一桶，要换三大王的人头，被我拒绝。图乌德杀父篡位，大逆不道，但这是鬼方的内部事务。我作为一个诸侯国的国君，也不便插手。况且图乌德杀父大罪，一定要找到确凿的证据，才能使鬼方人支持三大王讨伐逆子。我已经派金敏到鬼方白部王都打探消息去了，请三大王先到原先三大王住过的村子里住下。”

图迪罕说道：“全靠耿侯和辛大叔主持公道。”

图迪罕住在自己参加建设的村子里，住进了自己亲手盖的房子中。村子的房屋比过去多了，图迪罕种的树已经长大了，村外一片片菜地和粮田，山坡上一望无边的果园，丰收在望。图迪罕回忆起当年在这里开荒、耕作，无限感慨。

村里的农民听说老朋友巴力得回来了，带着好吃的东西，带着美酒，呼喊着巴力得的名字前来看望图迪罕，使图迪罕感动不已。图迪罕吃着老朋友送来的东西，感到格外可口。

一些忠于图迪罕的军士，陆续翻山越岭，来到壶口关和龙门关，他们来找三大王，祖丙把他们都安置到图迪罕所住的村子里。村子热闹起来，人多了，房子住不下，农民腾出房子给鬼方客人住，又突击盖了一些新房，农民们还送来了粮食、蔬菜、猪羊和酒。鬼方军士们说："我们过去一直想伐商，抢东西，现在想来实在不应该。"图迪罕也明白了祖丙叫鬼方军士与耿国农民一起生活的深远意义。

金敏回来了，祖丙请来图迪罕和辛义，商议如何对付图乌德。

金敏先介绍了他到鬼方白部王都打探到的情况，又把图薇公主的信交给图迪罕。图迪罕打开信，只见信上写道："你说的行情，经调查属实，有确凿的证据。大家都愿合伙经营，只要你当掌柜的，大家都肯出钱出力。"

辛义说道："根据金将军了解的情况，图乌德不仅是杀父的逆子，而且是残害百姓的暴君。最近有不少鬼方受害百姓，逃到我壶口伯国。图乌德还在征兵，准备侵犯邻国，所以我们必须除掉他。"

辛义又说："作为邻国国君，耿侯和我壶口伯均不应干涉鬼方白部的内政。但我辛义是老大王图克伦的结拜兄弟，图必利他们兄弟三人和小妹，都称我为叔。我曾帮助老大王登位，又帮助贤侄图必利登位。今贤侄图必利被害，遗旨传位贤侄图迪罕，作为长辈，我有责任为图迪罕贤侄做主，为图必利贤侄报仇。"

祖丙点头称是。

辛义接着说道："我已经有了办法，但要请金敏和徐通二位将军协助，不知二位将军肯不肯辛苦一趟？"

"太好了！"徐通跳了起来，"我就怕辛将军只请金敏这猴子，不要我老牛。"

金敏说道："侯爷还没有答应，你怎么自己就答应了。"

徐通连忙拱手道："末将该死！"

祖丙说道："徐通，金敏，此事就由辛将军主持。你二人协助辛将军，一切要服从辛将军的命令。此次深入鬼方王都行事，不可大意。"

布商全掌柜二次来到鬼方白部王都的城门口时，真是派头十足。全掌柜坐着滑竿，手持遮阳伞，两个轿夫抬着，更令守城门军士惊异的是在全掌柜后面跟着一百多个挑夫。来了这么多人，守城门的官长带着城上的军士也下了城。全掌柜从容不迫地下了滑竿，把遮阳伞挂在滑竿上，出示了银牌，向官长说道："王宫供货商全文，奉阿总管之命，采办先王葬礼用布，至少一百担，多则二百担。现在安邑的布是紧俏货，不易买到，我总算凑足了一百五十担。明天是先王驾崩四十九天，要举行先王的葬礼，我今天总算赶到了，没有耽误先王葬礼的大事。"

全掌柜叫了一声："阿福过来。"

一个小伙子挑着一担布过来。全掌柜从担子里取出一匹缎子，对官长说道："王宫采办先王葬礼用布，是不纳税的。这匹缎子不必交公，长官辛苦了，这匹缎子是在下送给长官的一点小意思。各位兄弟也辛苦了，每人一匹布，不要客气。"

阿福从担子里取出布匹，发给守城门的军士，一人一匹。鬼方军士拿着布匹，个个喜笑颜开。

官长说道："全掌柜是王宫的采购商，有银牌为证。运来的是明天先王葬礼的用品，误了大事谁也担当不起，请进城。”

全掌柜向官长拱了拱手，又从容不迫地上了滑竿，撑起了遮阳伞。两个轿夫起轿，滑竿后面的轿夫头顶大草帽，脸伏在滑竿的横竹上，又被全掌柜的遮阳伞遮住，谁也没有看清他的面貌。此人原来是城门口贴着的告示上悬赏捉拿的图迪罕，前面的轿夫是徐通。跟着全掌柜滑竿步行的有阿福，他的担子已经空了。还有一位年长的管账先生，是辛义。随后是一百多个身强力壮的挑夫，每人一担布，魚贯进城。这时，守城官长忽然想起了自己的职责，吩咐军士们道：“注意一下，挑夫中间有没有可疑的人。”说着夹着缎上城去了。

军士们都在端详自己手里的布，并没有人去看挑夫，军士们已在想象他们的妻子或情人穿上这崭新的白布缝制的衣服一定格外动人。

全掌柜把轿夫和挑夫安顿在两个客店里，独自来到宫门口，向门卫出示了银牌，说道：“王宫采办商全文，奉阿总管之命采办先王葬礼用品，明日使用。今天已采办回来，特来复命，求见阿总管。”

门卫入报。少顷，阿木达出来了，阿木达问道：“全掌柜，你又来了，有什么货要卖?”

金敏说道：“阿总管，明天是先王驾崩四十九天忌日，按礼当举行先王葬礼，否则儿子不孝。为了先王的下葬大典，在下特运来一百五十担白布，献给大王供办先王的丧事用，我只求大王恩准我在鬼方白部各城镇开设布店分号。”

阿木达说道：“你这个人真乖巧，开布店的事好说。你送来这么多白布，太好了，只是大王并没有安排明日先王的葬礼。”

金敏说道：“大王日理万机，难免忘记。但总管不能忘记，要提醒大王，并事先为大王做好准备。不然大王当了不孝的恶名，作为总管也失职有罪。”

阿木达恍然大悟，说道：“多谢全掌柜提醒，又及时送来这么多白布。你这个朋友我算交对了，真是帮了我的大忙。这样，我给你金牌一面，你先领人挑了白布到先王停灵的寺庙里去布置，通知巫师们明日举行先王葬礼，我赶快去报告大王。”

阿木达来到新鬼方图乌德的寝宫，求见鬼王。

侍女入报多时，不见图乌德出来，只听得图乌德在和妃子们嬉笑。阿木达大声呼喊：“阿木达有事求见大王！”

图乌德一听，以为有重要军情。“是不是图迪罕杀来了。”图乌德一边想，一边推开了妃子们，披着衣服出来，见到阿木达说道：“阿木达，什么事？”

阿木达说道：“启禀大王，明天是先王驾崩四十九天的忌日，按礼当下葬先王，否则儿子不孝。老奴已派人从安邑采办来白布一百五十担，现在派人在寺庙里布置明天的丧事。只是通知官员们和将军们参加丧礼，须由大王下旨，老奴不敢妄为。”

图乌德想了想，说道：“我倒把这件事情忘了。”

阿木达说道：“大王日理万机，难免忘记。但老奴身为总管不能忘记，要提醒大王，并事先为大王做好准备，不然大王当了不孝的恶名，作为总管也失职有罪。”阿木达把刚才全掌柜对他说的话对图乌德说了一遍。

图乌德说道："宫里几个总管，只有你懂事，及时提醒了我，又做好了准备，那几个总管都是饭桶。好，我提升你为大总管，由你筹办明天的先王葬礼。"

"大王快回来！大王快回来！"只听得妃子们在寝宫里呼喊。

"谢大王！请哪些人参加葬礼呢？"阿木达问道。

"该请谁由你大总管定，然后以我的名义下令。"图乌德说道。

"遵命！"

阿总管一下子变成了阿大总管，心中美滋滋的，有着一种说不出的高兴。他越觉得全掌柜十分可爱，这个人慷慨、大方、机智、够朋友，于是把全掌柜视为心腹。阿木达又想，这事还需禀明太后，如果把全掌柜的话向太后说一遍，说不定又要得到太后的嘉奖和赏赐。

阿木达来到太后的寝宫，只见一群侍女在门口，有的坐在门槛上，有的站在门外，有几个在打闹。

阿木达说道："大总管阿木达求见太后！"

几位侍女一听大总管三个字，忙问道："阿总管，你怎么自称是大总管？"

阿木达说道："大王刚封我为大总管，要不我怎么敢自称大总管。快，替我入报太后，说大总管阿木达求见。"

"恭喜大总管荣升！"侍女们说，"太后叫我们在门口玩，太后不叫我们，我们不敢进去。"说罢，几个侍女神秘地笑了。

阿木达走进大门，忽然听到太后寝室宫内有男女欢笑的声音，连忙站住，转身对侍女们说道：“不用见太后了。大王传令，明日举行先王葬礼，恭请太后参加。希望太后明日早起，不要耽误，你们务必禀报太后。如果忘记了，明天大王怪罪下来，谁也担当不起！”

“是，大总管，我们一定禀报太后。”众侍女回答。

图薇公主的管家一进堂屋大门大吃一惊，只见屋内椅子上坐着一个人。管家定睛一看，原来是安邑布商全掌柜。

“全掌柜，没听见门卫禀报，你怎么进来的？”

“跳墙进来的。”

“岂有此理！這是左将军府，你竟敢……”

“不得无礼！全掌柜是我请来的贵客。”里面传出了公主的声音。

公主出来了，全掌柜从椅子上站了起来。

公主说道：“贵客请坐。”

公主和全掌柜分宾主坐下，管家十分惊异地侍立一旁，不断地打量全掌柜。

公主说道：“前托贵客带信给家兄，出城时没有引出麻烦，想书信已经送到家兄处。今闻贵客又为先王葬礼送来一百多担布，先王的忌日，连先王的王后和儿子都忘记了，而贵客还能记起，本公主万分感激，请受本公主一礼。”

图薇公主向布商施礼又令管家大吃一惊，管家心想：“这布商跳墙而入，公主毫不责怪，又与他以宾主之位对坐，已令人不解。现又对他施礼，真是怪事。不过公主讲得也是，先王的忌日连先王的王后和儿子都忘了，人家安邑一个布商却能记起，又不惜血本来筹办，确实有可敬之处，看来这位布商有些来历。”

只听得布商说道：“公主托末将带给三大王的信，已经交给三大王。耿侯、壶口伯辛将军、三大王已经做了安排，行动就在明天先王葬礼上，由辛将军指挥。辛将军和三大王已随末将送布的挑夫队进入王都。”

“请问将军尊姓大名。”

“不敢，全文本名金敏。”

“你就是耿侯部下的上将金敏？杀了我二哥的冤家。”公主掩面痛哭。

金敏说道：“公主欲报金敏杀兄之仇，就请动手，金敏绝不还手。”

侍女给公主端来了水盆。公主洗了洗脸。然后镇静下来，对金敏说道：“方才失礼，金将军不要见笑。金将军两番冒险入我王都，用意我已明白。金将军欲助我除掉杀父篡位的逆子，助我三哥登位，同时也了结耿侯和金将军与我鬼方白部之仇。”

金敏问道：“难道公主不认为这是了结旧仇的好办法吗？”

图薇公主说道：“我父王和二哥被杀，起因于鬼方犯商。我父王和二哥死于战场交锋，三哥两次行刺耿侯，耿侯均礼送出境。此次金将军冒死助我兄妹，铲除逆子，旧仇不了，更待何时？”

金敏说道：“公主真女中豪杰。过去十年，公主力阻两位王兄起兵复仇，使得百姓能过太平日子，大家都感激公主之德。”

公主对管家说道：“请左将军出来与金将军共议大事。”

鬼方王都北面的寺庙里，停着死去的白部鬼王图必利的灵柩。大清早寺庙前神路两旁排列了鬼方军士，根据大总管传达的命令，西边一队由右将军古哈庞率领，东边一队由左将军云素朗率领。图必利的葬礼这天举行，因此要加强戒备。

参加葬礼的达官，贵人们云集在寺庙前，宫廷大总管阿木达奉命安排葬礼仪式。阿大管前一天已派他的好友全掌柜负责布置灵堂，全掌柜真能干，指挥他的属下把灵堂布置的庄严肃穆。正面是大幅白布幔帐，幔帐中有一朵用白缎子扎成的大白花，灵堂两旁又各有一列由白缎扎成的中等大小的白花。全掌柜布置好灵堂，就叫属下们在灵堂正面幔帐后休息待命。

时辰已到，军士们吹响了号角，阿大总管引导着达官、贵人、将军们鱼贯而入。这些人看到灵堂布置得如此端庄，无不佩服阿大总管的精明。阿大总管在灵堂门口发放孝布，参加葬礼的人每人一条白布，系在腰间，然后站在先王灵柩前指定的位置上。渐渐地，灵堂里人已站满，只在居中留出了一块空地。

公主图薇来了，进入中间空地。

新鬼王图乌德来了，进入中间空地。

王太后古哈玉来了，她哭喊了几声之后，也进入了中间空地。

丧礼就要开始了，谁来主持丧礼呢？没有任何安排。阿大总管正想找全掌柜问问该怎么办，只听得图薇公主大声说道：“根据我鬼方习俗，丧礼应由长辈中德高望重的人来主持，现在请先父的结拜兄弟辛义大叔主持丧礼。”

辛义从寺庙门口走入，徐通作为辛义的随从，手执一根木杵跟随在后。木杵上用缎子扎了一朵白花，大概是丧礼主持人的某种仪仗。辛义在鬼方多年，鬼方许多达官、贵人、将军们都认识，只是近些年没有见到。当然，鬼王死了，这样的大事辛义又来了也不足怪，人们记得鬼王图必利登位的时候就是辛义主持的。

辛义宣布奏哀乐。乐队奏起了哀乐，低沉的乐曲使人昏暗欲睡。

辛义又宣布，除长辈外，一齐向先王叩头四十九次。于是大家一齐跪下叩头，长辈们肃立默哀。

辛义又宣布，颂经。巫师们出来念经。冗长的经文一本接一本的念，以祈祷先王的灵魂能渡过一切险境，升入天堂。经念得大家更加困倦，特别是图乌德夜里没有睡好，困得前仰后合。

好容易颂经结束，辛义又宣布读先王遗书。

只见图必利的几名侍从出来站成一行，侍从长手捧图必利遗书读道：“逆子图乌德给我药中下了毒，我不行了。传位三弟图迪罕，叫他杀了这逆……”

在场的达官、贵人和将军们闻听先王的遗书大惊。图乌德新得了三个美女，连夜欢娱，今天昏昏沉沉地前来参加先王葬礼。他本来就没有把先王的葬礼当成一回事，并且已经忘记，经阿木达总管提醒，才觉得此事还是要应付一下，就一切交给阿木达去办。当王姑图薇公主提议辛义前辈主持葬礼时，图乌得心想辛义不过是个多年未露面的老朽，在这种无关紧要的婚丧嫁娶的事上就让他出出风头。谁知辛义主持的葬礼如此繁琐，弄得他昏头转向，又不好中途打断，只希望能快点结束，好回宫睡觉。当辛义宣布宣读先王遗书时，图乌德还没有警觉到问题的严重性，以为上来几个先王的老奴，让他们说几句应景的话，如同刚才巫师们念经一样。及至先王的侍从长读完遗书，图乌德犹如五雷轰顶，汗出如浆，顿时吓得面如土色。

王太后古哈玉和国舅右将军古哈庞也被这突如其来的先王遗书吓得不知所措。

只听得辛义大呼道："请三大王接先王遗书！"

正面幔帐后有人答应："图迪罕领先王遗书！"

但见正面的白色幔帐突然拉开，正面居中站立一人，正是三大王图迪罕。图迪罕身后站立着一百多名武士，个个手持利刃。

图迪罕从先王侍从长手中接过先王遗书，大喝一声："谁替我杀此逆子?"

古哈庞宝剑出鞘向前迈步，意欲阻止图迪罕身后的武士向前。

只见从庙宇房梁上落下一个黑影，状如猿猴。那黑影直往图乌德背后落下，尚未着地，凌空斜刺一剑，正中图乌德心窝，图乌德中剑身亡，那黑影持剑站定。大总管阿木达定睛一看，惊得目瞪口呆。原来这刺死新鬼王图乌德的黑影，竟是自己新交的好朋友全掌柜！

古哈庞正注视着前方，忽听背后图乌德一声惨叫，急忙回头观看，站在一旁的辛义的随从举起了木杵向古哈庞劈头打下。古哈庞举剑招架，哪里招架得住？那木杵打到古哈庞头上，古哈庞登时脑浆迸裂。

辛义的随从是徐通，徐通力大无比，但一根木杵也不至于能将古哈庞的宝剑打落，又将古哈庞的脑袋打碎。古哈庞也是一名勇猛过人的武将。原来徐通所持的木杵，中央是一根铁棍，重量近百斤。那古哈庞若知是百斤铁棒打下，也不敢用剑去招架了。

辛义大声宣布："根据先王遗书，三大王图迪罕继位白部新鬼王。"

图薇公主大呼道："拥护三大王为新鬼王的，把腰间的白布取下，缠在头上，一起参拜新鬼王，头上不缠白布者格杀勿论！"

达官、贵人、将军们纷纷把白布缠在头上，向图迪罕叩头。

左将军云素朗走出庙门，向卫兵们宣读了先王的遗书，并宣布逆子图乌德、反贼古哈庞被杀，三大王遵先王遗书继位为新鬼王，卫兵统由左将军率领。众卫兵齐呼，拥护三大王为新鬼王。

图迪罕走到辛义面前，对辛义说道："辛大叔，谢谢你。你立了我鬼方白部两代三王，对我白部是功不可灭。"

辛义说道："为了朋友义不容辞。"

图迪罕又向金敏和徐通致谢："金将军、徐将军，感谢你们冒死相助。"

金敏说道："这是我们侯爷的安排，我们侯爷希望能与鬼方长久得和睦相处。"

图薇公主说道："应该感谢耿侯。王兄你过去两次刺杀耿侯，耿侯都放了你，还劝你不要自寻短见。如果当时耿侯杀了你，现在有谁能铲除这逆子，为大王兄报仇？王兄你两次刺杀耿侯，当你走投无路时投奔耿侯，耿侯仍不计前嫌，倾力相助。我白部若再与耿侯为敌，就是不知信义的小人了。"

图迪罕说道："王妹所言极是。等国事稍定，我当亲赴耿国，面见耿侯致谢，永结盟好。"

古哈玉战战兢兢地坐在地上，不知什么时候，她已把腰间的白布取下缠在头上。"怎么，她也拥护三大王做新鬼王？"众人正在诧异，只听得古哈玉娇声娇气地说道："先王既有遗书，命传位给三大王，我也拥护三大王做新鬼王，我愿嫁给三大王。"

鬼方习俗，哥哥死了，弟弟可以娶嫂，所以古哈玉当众表示愿意嫁给小叔并不为耻，听者也不为怪。特别是大王死了，弟弟继承了王位，一般来说弟弟应娶王后为后，只有王后死了才能立自己的妻为正后。所以古哈玉想保住自己的王后地位不变，像操纵图必利一样操纵图迪罕。

大总管阿木达领人从宫里捆来一个男人，阿木达说道："启禀大王，这个野男人是从古哈玉宫中抓住的。昨晚老奴听到此人与古哈玉通奸，现在宫中的侍女都可作证。”

只听那人一面叩头一面叫喊：“王后救命！王后救命!”“王后”不理。那人又朝图迪罕喊道：“大王不能杀我，我是你的亲父!”

“放肆!”图迪罕大怒。那人抬头一看“是三大王”，顿时昏倒在地。众人一看，此人果然很像图乌德。

“推出去斩首!”图迪罕下令，军士们将此人拖出。

“赐古哈玉回宫自尽，遗体不得和先王同葬。”

阿木达叫侍女扶古哈玉回宫，押入宫中牢房，晚上用餐后准备毒酒让她自尽。

阿木达走到金敏面前，对金敏说道：“全掌柜，不，金将军，您真了不起呀，了不起。看在老朋友的面上，替我在大王面前说几句好话。”

“阿大总管，”金敏说道，“这次铲除叛逆，拥新鬼王登位，您是有功劳的。”

阿木达说道：“不敢，不敢，我只在金将军指挥下做了点小事。”

只听新鬼王图迪罕说：“既然阿木达是有功之臣，加俸一级，继续担任宫内大总管。”

“谢大王，谢大王。”阿木达连忙谢恩。

辛义高呼：“先王葬礼继续进行，起灵!”

先王图必利的灵柩起动了，人们按照金敏的安排依次跟着灵柩前往陵地。阿木达望着金敏的身影，心中暗喜道：“全掌柜，你这个朋友我算是交对了!”

永和鬼方

由于商军在祖丙指挥下对夷方蓝部作战取得了巨大的胜利，使商朝河南地区得以太平。农牧业连年取得丰收，农产品源源不断地运到邢都。夷方玄部、班方北部和鬼方白部也改变了对商朝的敌对态度，商朝在祖乙当政的时期出现了中兴的局面。

耿国欢庆新年，壶口伯辛义约白部鬼王图迪罕一同拜访耿侯。图迪罕带着过去一起在耿国乡村开荒种田的军士前往耿城，图薇公主也随同王兄一起去耿国拜访耿侯妃妇芝，鬼方白部留下国相云素朗监国。

图迪罕和图薇参观了耿国的城乡，深感鬼方白部的落后。鬼方的半放牧、半抢劫的生活方式已经行不通了，他们考虑要教会百姓耕田自食。过去和图迪罕一起来耿国开荒的军士们信心十足，他们自认为当时他们干得不比耿国百姓差，耿国军民当时都十分钦佩他们的吃苦耐劳的精神。军士们的信心，使图迪罕兄妹深受鼓舞。

祖丙召集大家为鬼方白部发展农牧业献策。关衡说道："鬼方多山地，土地贫瘠，气候寒冷，种田不及耿国。但鬼方的环境和壶口相似，壶口伯国近年来农业、畜牧业都有很大的发展，百姓还种麻自行纺织，国人的衣食大体可以自给。每年又运些皮货到安邑换回布匹，壶口国日渐繁荣，已不是过去那样一片荒凉。壶口国能办到的事，白部一定也能办到。”

图迪罕说道：“我也久闻辛大叔治理壶口国很有办法，我一定马上派人去学。”

辛义说道：“老夫哪里有什么办法，一切都是关相国替我安排。”

图迪罕听后，略思片刻，起身对祖丙施礼道：“我有三事相求，请君侯务必答应。”

祖丙笑道：“大王不必多礼，有话只管讲，能办到的事丙一定尽力而为。”

图迪罕说道：“第一件事是我想效法辛大叔，将我鬼方白部改作一个伯国，归耿侯指挥调度，永不与商朝作对。第二件事是请关相国做我伯国的国师，助我伯国发展农牧业，使其能像壶口伯国一般。第三件事是我想派些人来耿国学种田、纺织，也望耿侯派人到我伯国教我百姓建屋、修路。”

祖丙说道：“第一件事和第三件事我可以答应，至于第二件事还得关相国自己做主。

图迪罕恳请关衡相助。

关衡说道：“大王如此看重关某，关某岂能不答应？再说，发展鬼方的农牧业，使鬼方百姓衣食有保障，这不仅是鬼方的事，也关系到这一带的太平。如果鬼方百姓处在饥饿之中，轻者难民涌向安邑一带，给这一带百姓带来负担，重者饥民铤而走险，四处抢劫，百姓不安。欲使鬼方安定，必须使它的百姓衣食有着落，这是我们安邑一带夏、商诸侯国都应看到的事。”

辛义说道：“关相国果然是当今贤士，站得高，看得远。

敝国蒙关相国指导，几年间已大为改观。”

祖丙决定：封图迪罕为永和伯，立国在壶口伯国以北，派关衡、金敏协助永和伯治理伯国，对永和伯国的政治、经济、军事制度进行改造，发展永和伯国的农、牧业生产。

图迪罕接受了永和伯的封号，十分高兴。又请辛义一同到永和伯国，与关衡、金敏一齐出谋划策共建伯国。

从此、耿、壶口、永和三国之间官员、商贾、百姓来往不绝，龙门、壶口两关允许百姓自由通过，商贾的货物出入关口不收关税。

耿国与班方北部的关系也很融合。班方使臣朝见商王，总要绕道耿国来见耿侯。安邑南渡口和孟津渡口也繁荣起来，耿国商人到班方北部，并在班方北部的百姓、商人协助下远到班方南部和班方西部进行贸易。

祖丙归隐

过了若干年，邢都朝中的官员发生了一些变化。国相文甲去世，司徒缯衍年迈告老。祖乙命巫贤为国相，调邢侯大癸到朝中任司徒。由于祖丙恳辞司马一职，已任命来见丙为司马，司空一职起用了缯衍和大公主妇甲的儿子缯华担任，老将目夷癸仍任商军元帅。

祖丙六十岁的那一年，祖丙的哥哥商王祖乙崩。消息传到耿城，祖丙万分悲痛。

王室成员和朝中文武大臣聚会讨论继位新君，由于先王祖乙没有留下关于继承人的遗命，大家一致推举祖丙为商王，祖乙的大太子辛和二太子甲都赞同丙叔继位。

王室派祖乙的大太子辛和司马来先丙前往耿城，迎接祖丙入邢都登天子位。

祖丙见到了长侄，抱着长侄放声痛哭。

谈到了继位，祖丙说道："朝中群臣看重丙，丙感激不尽。王兄驾崩，丙悲痛万分。王兄有太子，年已三十有余，且聪明宽厚，可以成为一代明君。丙仅小王兄一岁，已年届花甲。如由丙继位为帝，不久商朝又将重立帝王。稍有不慎，取乱之道。现天下已享太平日子多年，太子继位，选用贤能，我商朝国运延绵有望。三将军速保太子回都，让太子早登大位，以免国中久无君主。我的子孙，将在耿国一代接一代地经营，永为商朝的西边屏障。"

来先丙保着太子辛回到邢都，二人到郊外去拜访缯衍和妇甲。妇甲说道："耿侯之言，很有道理，请速立太子辛为王。"

太子辛登位，称祖辛。

《史记·殷本纪》记载："祖乙崩，子帝祖辛立。"

耿国朝中的官员也发生了变化。关衡已告老回到了关家庄，国相由髦文接替。徐通和金敏也已告老，二人在耿国，壶口国和永和国一带山间种树自娱，耿国的军队交由明乙和髦武统领。

祖丙六十大寿，前来耿城祝寿的有祖丙的老友关衡、费甲、辛义、辛平、图迪罕，徐通和金敏也从山上下来为祖丙祝寿，商王祖辛派司马来先丙老将和弟弟甲代表商王前往耿城为王叔祝寿。来先丙和甲途经王屋关的时候，刚刚告老即将卸任的老将郑亥也跟随同来。

祝寿期间，祖丙宣布耿侯爵位传给长子。

祖丙对辛义说："辛大哥，小弟有一事要请辛大哥帮助。"

辛义说道："有什么事丙兄弟尽管说，只要老哥我能做到，一定尽力。"

祖丙说道："我已退位，想选一佳地修炼。耿国虽有佳地，但乾气过旺，宜进不宜退，建功立业有余，颐养天年不足。我看中一地，在贵壶口伯国境内。我想到贵国境内择地隐居，不知大哥能否同意？"

辛义说道："贤弟莫非看中了壶口瀑布？"

祖丙说道："正是。"

辛义说道："我将壶口伯爵位传给舍弟辛平之后，这几年一直在壶口瀑布修炼。若贤弟肯去，愚兄将得一良师益友，岂有不同意之理？我回去后，立即命人给贤弟准备房舍，迎接贤弟。"

祖丙说道："谢辛大哥美意。只是房屋建造当如民屋舍，万万不可造成宫殿，否则难以得道。"

徐通和金敏走过来对祖丙说道："二太子，你去壶口瀑布修炼，也带我们两个去吧。"

祖丙大喜道："好，好。没有你们二人相助，丙无法修得大道。"

壶口瀑布，大河之水从天而降，激起万丈波涛，顷刻翻做水花，水声伴着松涛在空谷中回荡。

祖丙对着瀑布，听着大自然的声息，感应大自然的气息，渐渐觉得自己已融汇于大自然之中。

祖丙将商朝的归藏易理、五行学说，结合自己一生征战、治国的经历，撰成耿易，在耿国中世代相传。

祖丙将自己一生征战中的武功和晚年修炼养生的体会，编成乾坤掌功法，在耿国中世代相传。

祖丙享年一百二十八岁，无疾而终。

后 记

1994 年我的业余研究《乾坤掌养生功法》由学苑出版社出版之后，一些读者，特别是耿氏族人对乾坤掌功法创始人、耿氏祖宗祖丙的故事很感兴趣，希望我撰写祖丙的故事出版。1995 年我写完了祖丙故事的第二稿，当时我的另一项业余研究砭石的发掘工作引起了中医针灸界的注意，一些知名中医针灸专家与我合作研究。2000 年学苑出版社出版了拙著《新砭石疗法》之后开始了新砭石疗法在国内外的推广工作。这样，祖丙的故事的出版搁置了 12 年。2007 年耿氏宗亲会在山东开会，全球耿氏族人齐聚一堂。大家都希望祖丙的故事早日出版，因此将旧稿找出再作整理定名为《古耿国的传说》。承学苑出版社陈辉老师、刘涟老师的帮助，祖丙的故事得以出版面世，作者在此谨表谢意。

耿乃光

2009 年于清华大学普吉院 32 号 A